新 潮 文 庫

馬上少年過ぐ

司馬遼太郎著

新 潮 社 版

2498

目次

馬上少年過ぐ

英雄児

江戸で学問するなら、当節、古賀茶渓《さけい》先生の塾《じゆく》である、ときいて、鈴木虎太郎は、安政六年、十六歳のとき伊勢国《いせのくに》津から出てきて、入塾した。

虎太郎、このひとは、のち禅に凝って世を捨て、俗体のまま、鎌倉円覚寺《えんがくじ》の宗演、京都の建仁寺《けんにんじ》の黙雷などについて参禅し、居士《こじ》号を「無隠」といった。晩年は三重県津市乙部三九番地に住み、明治三十二年に没している。この物語は、無隠居士遺談に負うところが多い。

古賀茶渓先生というのは、高名な古賀精里《せいり》の孫で、幕府の儒官である。

漢学者にはめずらしく多少蘭学《らんがく》も読め、そういうところから幕府の蕃書調所《ばんしよしらべしよ》の頭取をつとめており、官儒にしてはなかなか時勢眼があり、攘夷《じようい》思想のさかんな当時に、

——今日わが国の兵備は火器を用いるよりほかなく、今日の理財は外国貿易による

より外なく、環海のわが国は船舶によって動くよりほかはない。
と、いわゆる「三件の急務」というのをさかんに唱えていた。塾の名を、久敬舎《きゅうけいしゃ》といった。

諸国の志ある若者が、古賀茶渓の盛名をしたって、あらそって入塾した。十六歳の無隠もそのうちのひとりである。

私塾は、古賀の邸内にあり、建物は五十坪ほどのものであった。先生は幕臣で、蕃書調所頭取という役職をもっているから、十日に一度もじきじきの講義がない。自然、会読なども、塾頭が指導し、初学の者は古参門人について学ぶ、というふうであった。

会読のときの席はきまっている。無隠の隣席は、三十年配の、塾生としては年をとりすぎている人物である。

ひと目で、

——何者だろう。

とおもわせる風丰《ふうぼう》をもっていた。睫《まつげ》がうぶ毛のように茶色く、めだまがとび出て、それが底光りがしていた。眼中異彩ありというのはこういう人相であろう。

目が大きいくせに、ときどき眠ったようにほそくなることがある。維新後、無隠が想像するに、近視であったのかもしれない。大きな鼻で、鼻の穴が深く見え、口は思いきって大きいが、締りがあった。一言でいって、人を圧服させる顔である。

無口な男である。

しかしあまりに異相人なので、無隠は入塾早々、自分の名を名乗り、相手のことをききだそうとした。

「私は勢州《せいしゅう》の者、通称鈴木虎太郎、無隠と号しています。無隠とよんでくだされば私はよろこびます」

というと、その男はまじまじと無隠の顔をみて、やがて笑いだした。笑うと、齢《とし》に似あわずひどく可愛《かわい》い顔になった。

「無隠君か」

十六歳で無隠、というのがおかしかったらしい。しかし男はそのあいさつが気に入ったらしく、

「おれは蒼竜窟《そうりょうくつ》というんだ。越後《えちご》長岡の産、河井継之助《つぎのすけ》」

といった。

入塾後数日して、この人物のことがほぼわかってきた。歴《れっき》とした長岡藩士で、小藩だから禄高《ろくだか》は大きくないが、家中でもなかなか由緒《ゆいしょ》ある家らしい。裕福な様子で、身なりも書生としては贅沢《ぜいたく》だったし、大小の拵《こしら》えも粗末ではない。国侍ではあるが、以前にも出てきて、斎藤拙堂《せつどう》、佐久間象山《ぞうざん》の門人だったこともあり、そのころ一時、この久敬舎にもいたことがあるというから、帰り新参の塾生である。

学問は、おそろしく出来ない。

出来ないというより、自己流に興味のある特別な学問に熱中しているようであった。

(妙なひとだ)

とおもったのは、塾で、課題の詩が出たときである。門生は、与えられた題で、詩をつくる。

このとき、無隠にとっておじさんのような河井継之助が、

「無隠君。焼芋を十六文ばかりおごるから、おれの詩も作ってくれんか」

といった。無隠はびっくりした。詩文を学ぶために在塾しているのではないか。それに無隠はまだ十六歳の小僧っ子で、詩にとって初学の「詩語粋金」や「幼学便覧」をやっと学びおえたばかりの学力である。

「私にはできませんよ。第一、私のような幼い詩を河井さんの詩だということで先生の目にとまると、あなたの恥になります。焼芋はありがたいですけれども、おことわりします」

「君はばかだな」

このおじさんは、目をシバシバした。

「詩だの文章だのということがいくら拙《つたな》くても、人間の価値にかかわりはない。大体、漢学者などは、詩文がうまければそれでりっぱな学者だと世間も自分も心得ている。そんなもので、天下の事が成るか」

この劣等生は、学問に、ちがう定義をもっているらしい。無隠はやむなく、詩を作ってやった。

あるとき、無隠が註釈《ちゆうしやく》と首っぴきで三国志を読んでいると、この劣等生は、君は小僧のくせによく退屈もせずに勉強するなあ、と感心した。感心したあげく、

「どういうわけでそう勉強するのだ」

ときいた。無隠はこまって、

「面白いからです」

正直に答えた。すると河井が、

「面白いから本を読むのなら、寄席《よせ》か芝居小屋へ行ったほうがよい。もっと面白い」

(妙なことをいうひとだ)

そう思ったが、毎日接しているうちに、無隠はだんだんこの劣等生にひきこまれて行って、しまいには、先生、とよぶようになった。この塾では、塾生の先輩のなかから直接の指導者をえらぶ。——無隠は年少者中のきっての秀才だったが、この老いた劣等生を直接の師匠にしてしまった。

この師匠は、極端なほどに文字のへたなひとで、塾の評判では、

「河井のは字を書くのではなくて、字を彫るのだ」

ということであった。なるほど無隠がみていると、文字を書くのがよほど骨が折れるらしく、ちょうど木版屋が版をがみがみ彫っているような姿であった。そのくせ、さかんに文字を書いている。書物を写す癖《へき》があるのである。

この男の学問観は、学問とは自分の行動の力になるものでなければならない、というものであった。

あるとき、股《もも》に大きな腫物《しゆもつ》を作って、身動きするのも苦痛なようであった。無隠が
「塾をお休みになって治療されたらどうです」と忠告すると、

「おれは自分の学問を試しているのだ」

といった。腫物の激痛と闘うのがこの男の学問らしかった。「学問とは自分の実践力を拡大するものであるべきだ」といった。詩文や古典の些末《さまつ》な解釈などはなにもならない、というのである。

天保《てんぽう》ノ乱の大塩平八郎とおなじ思想の「陽明学」の行動主義に心酔しているようであった。当時の官学である朱子学は、まず理を窮《きわ》めてから行動する、というもので、自然、行動よりも知識偏重になっていたが、王陽明の儒教は、知ることと行うこととはおなじであるとしている。行動的なエネルギーをもった知識であらねばならず、その行動の主体である自分を作るのが学問であるとしていた。王陽明の言葉ですでに通俗化しているほど有名な句がある。

「山中の賊を破るはやすく、心中の賊を破るは難し」

この越後人が腫物の苦痛とたたかっているのは陽明流でいう「学問」なのであろう。

越後人は、独特の物の考え方をもっていた。

この塾の塾頭は、小田切《おだぎり》某といった。人におごるような顔をしながら、いざ勘定となると懐《ふとこ》ろをさぐって容易に金を出さぬたちの男で、ある日、継之助、無隠をまじえ、塾生八人で新宿のさきの銀世界へ観梅に出かけ、小料理屋でみなで酒をのんだ。いざ勘定となって、小田切が懐ろをさぐり「おや二分金ばかりだ。たれかこまかいのを持っていたら出しておいてくれ」といった。

河井はすぐ、

「よしおれが勘定する」

といって小女《こおんな》をよんで済ませ、

「ただし小田切、お前の分は勘定しない」

小田切を置きっぱなしにして一同をうながしさっさと帰ってしまった。これも「陽明学的批判」から出たものらしい。

無隠はますます興味をもち、さいわい河井と同藩の男に知人ができたので、この男のことを根掘り葉掘りきいた。

「くだらぬ男だよ」

ということであった。

屋敷は長岡の城下の長町一丁目にあり、門を入って両側にみごとな松の老樹がある。ここで育った。

父親はこの一人息子の学問ぎらいと腕白に業《ごう》をにやし、九つで武芸をさせた。馬術は三浦治部平《じぶへい》、剣術は鬼頭六左衛門で、家中でも鳴りひびいた達人である。

継之助は、長じてからも「弓馬剣槍《けんそう》のごときは武士の末技だ」として軽蔑《けいべつ》したが、最初から師匠の教える型を学ぼうとせず、我流で押し通した。馬術の三浦が叱《しか》ると、「馬は駈《か》ければ足ります」といい、剣術の鬼頭に対してはあざわらって、「剣は斬《き》るだけでたくさんです」と毒づいた。

要するに、我癖のつよすぎる性格で、その理屈も学問観もそういう自分に対する正当化のために考えたものらしい。

無隠は後年、長岡を訪ね、継之助を知るひとびとに会い、さまざまなことを訊《き》いたが、どの者も、「あのひとは中年になるまで何の話もなかった。われわれは別に着目もしなかった」といった。

無隠は、河井屋敷をも訪ねている。父代右衛門、母お貞、妻おすがに会ってきくと、十八歳のとき、庭前に儒礼による祭壇をもうけ鶏を裂いて血を滴《したた》らせ、なにやら激しい言葉で天に誓っていたという。

とにかく無隠十六歳、久敬舎の当時、継之助蒼竜窟に接したのは、わずか六カ月であった。その年六月、継之助は、

「備中《びっちゅう》松山に気に入った人物がいる」

といって退塾してしまったのである。

無隠は、生涯《しょうがい》のうちでこのときほど淋《さび》しいと思ったことがない。別れるにあたって

継之助に二つのことを質問した。

「この塾で、河井先生は何を得られました」

「ある奇書を読んだ」

といった。継之助はある日、久敬舎の書庫を物色していたとき、「李忠定公集《りちゅうていこうしゅう》」というほとんどの学者がその書名も知らない書物全十二巻を発見した。読むに従って狂わんばかりによろこび、在塾十カ月かかってそのすべてを筆写した。

李忠定は、宋《そう》朝末期の名臣である。徽宗《きそう》皇帝の晩年、異民族の金人《きんじん》が侵略してきたとき、宮廷は和議を講じようとした。が、李忠定はあくまで主戦論をとなえ、和議がついに国を破ることを痛論した。高宗《こうそう》の代に重用され、行政家としても野戦司令官としても獅子奮迅《ししふんじん》の働きをした。

ときに継之助は、幕末の物情騒然たる時勢に生きている。

——おれの生涯は李忠定だ。

と、ひそかに心を決するところがあった。この男は自分の気質にあう書物以外はよまなかったが、この「李忠定公集」ほど感銘したものはなかったらしい。

つぎに無隠はきいた。

「あとは塾のなかでたれに仕えればよろしいか」

といった。無隠は驚いた。土田は河井に輪をかけたような劣等生で、年は三十になるというのに漢籍がまるで読めない男である。齢《よわい》二十五で京都に出、のち天誅組《てんちゅうぐみ》の首領になった藤本鉄石に師事し、鉄石にその無学を叱られ、はじめて書物をよんだという。出羽《でわ》人である。

継之助が江戸を発《た》ったあと、無隠は土田に頭をさげて、指導をたのんだ。これには土田のほうがおどろいて、

「河井というやつはおかしな男だ。おれはこの塾で一緒にいて、互いに口をきいたことがないのにそんなことをいったか。しかしおれも天下を周遊してさまざまな人物を見てきたが、河井ほどの男はついにいない。おれはあいつが将棋をさしている姿を一度見た。あんな愉快な将棋をみたことがない」

土田の話すところでは、継之助の将棋は眼中まるで勝敗というところがなく、しゃアしゃア指してゆくのだが、そのくせどんどん勝ってしまう、というのである。

「あれは、百年に一度出るか出ぬかの英雄児かもしれんよ、――しかし長岡藩はわずか七万四千石」

土田はちょっと考えて、

「土田衡平がいい」

「世帯《しょたい》が小さすぎる。小藩であれだけの男がいるというのは、藩の幸せか不幸か、こいつは天のみが知ることだ」

と予言めいたことをいった。

後年、河井継之助は北越の天地がくつがえるほどの大騒ぎを演ずるにいたるが、土田衡平はこの予言の当否を見ることなく、筑波《つくば》ノ乱に参加し、各地に転戦し、ついには磐城《いわき》中村に走って再挙をはかろうとして捕えられ、幕吏のために斬られた。

とにかく、妙な男である。何を考え、何をしようとしているのか、無隠にはわからないところがあった。

久敬舎在塾中の河井の趣味といえば、吉原《よしわら》に女郎買いにゆくことと、いい齢をして枕引《まくらび》きをすることぐらいのものであった。箱枕を出してきて、三本指でつまみあい、引っぱりあうだけの勝負である。それに、

蠟燭《ろうそく》にらみ

という幼児のような遊びに熱中する。蠟燭に灯《ひ》をともし、その灯を睨《にら》みつけて瞬《また》きせぬほうが勝ちである。

どちらも、塾《じゆく》中のたれよりも強かった。

——河井は太陽を睨んでも瞬かぬようだ。

と評判された。

在塾中、河井は、にわかに机や行燈《あんどん》を片づけ、書籍、布団《ふとん》を荷造りして出て行ったことがある。みなが驚き、

「退塾されるのですか」

ときくと、まあそのようなものだ、といった。あとでわかったところでは、このとしは安政六年で、条約批准《ひじゆん》問題で対外関係が緊迫している。幕府は諸藩に命じて江戸周辺の沿岸警備を分担させた。長岡藩は横浜に警備隊を出すことになり、その隊長を河井継之助に命じた。

そのため一たん退塾したらしい。しかし数日すると、どういうわけか、再び、書籍、布団、行燈、机などをもってもどってきた。

「どうしたのです」

無隠がきいた。河井は、だまっていた。

あとで無隠は河井とおなじ長岡藩の塾生から、事情をきくことができた。横浜警備隊長をひきうけるとき、河井は江戸家老にむかって、

「横浜の警備隊長というからには戦さに行くのと同然です。生殺与奪の権は一切私にあるのでしょうな」

と念を押した。家老は驚いた。鼻白んでいると、河井はすぐいった。

「ことわります」

いったん塾に帰ったが、数日してまた藩邸から呼びだしがあった。出かけると、江戸家老は、

「なるほど申し出、もっともであった。隊員の生殺与奪の権を与えるから、隊長を受けてもらいたい」

といった。継之助は受けた。

馬上、隊士をひきつれて、愛宕《あたご》下の藩邸を出た。品川の妓楼《ぎろう》「土蔵相模《どぞうさがみ》」の前までくると、馬をおりて、手綱を馬丁に渡し、一同にいった。

「私は、隊の処分をまかされている。だからいうのだが、横浜ゆきはやめだ。江戸へ帰りたいものはさっさと帰りなさい。私とこの妓楼へ登楼《のぼ》りたい者はついてきなさい」

と登楼してしまった。

翌朝、久敬舎にもどると、藩邸からの使者が青くなって待っていた。河井は一喝《いっかつ》し

た。

「生殺与奪の権さえ与えられているわしだ。解隊するせぬは自由ではないか」

といった。この男なりに理由はあるらしく、藩よりもその上の幕府の処置を罵《ののし》った。

「外国はただこけおどしをかけているだけで、戦争はせぬ。相手に戦意がないのに、こちらが風声鶴唳《ふうせいかくれい》におびえて横浜に兵を出すなどは、一国の権威にかかわる」といった。

やがて河井は久敬舎を退塾して、備中へゆき、備中松山藩の参政で実学者だった山田方谷《ほうこく》を訪ね、入門を乞《こ》うた。

方谷は、名を山田安五郎といい、藩制改革家としては、天下に聞えた人物である。百姓のうまれであった。年少で学才大いに四方に聞え、藩主板倉周防守《すおうのかみ》に学資を給せられて京都、江戸に学び、のち藩校の学頭になり、ついで財務官、郡奉行《こおりぶぎょう》、参政を歴任して藩財政を豊かにした。

河井が訪ねて行ったころは、方谷は参政の職にありながら城下の屋敷を出て、西方村長瀬という開墾地に住み、下級藩士の開墾作業を指導していた。

河井は、ここで一年あまり、起居した。書物はほとんど読まなかった。ある日、方谷は、

「君はなぜ本を読まぬ」

とあきれた。河井は無言でいた。しばらくして、

「先生の仕事ぶりを見にきたのです」

といった。後年、河井が、長岡藩参政になるや、赤字財政から一転して富裕藩に仕立てあげ、小藩としては過大なほどに重武装化したのは、このときの見学に負うところが大きかったらしい。

この一年の備中滞留中に、長州藩、佐賀藩といった、すでに早くから一種の近代産業国家にきりかわっている西国《さいごく》諸藩を見学した。長州藩のごときは表高《おもてだか》三十余万石でありながら、百万石以上の実収をあげていた。

これからみれば、北陸、関東、東北の諸藩などは、依然として戦国時代そのままの農業中心経済で、藩財政は年々衰え、どうにもならぬところまできていた。

この東西諸藩の貧富の差は、河井継之助が遊歴したころには、これが同じ日本のうちかと思うほどにはなはだしかった。

（いつか西国雄藩の富が、武力のかたちで東国、北国を圧倒するようになるのではあるまいか）

と河井は思った。さらに長崎に足をのばし、通訳を傭《やと》い、しきりと西洋人の家を訪

問し、外国の情勢をきいた。その西国遊歴の感想を、万延元年四月七日付で、長岡城下にいる義兄（妻おすがの兄）梛野《なぎの》嘉兵衛《かへえ》に書き送っている。
一、天下の形勢は、早晩、大変動をまぬがれぬと存じます。いま世界の形勢は戦国時代と申すべきか。ペートル大帝を出したロシアなどは想像以上の勢威らしく、日本の攘夷《じょうい》などは無謀のことです。
一、京都と関東の御間柄《あいだがら》も、心痛なことです。薩長《さっちょう》の徒がこの両者の間にあって私心を挟《はさ》み、御離間申しあげようとする動きにみえる。関東におかせられても、かれらの術策に乗ってみだりに軽率なふるまいがあってはならぬことだ。
一、開国は、必然のおもむくところであろうと思われます。然《しか》る上は、公卿《くげ》（京都）だの覇府《はふ》（幕府）だのといっていられない。上下一統、富国強兵に出精すべきです。関東がいつまでもいまの徳川御治世がつづくと御量見なさっているようなのは浅慮きわまりないことで、なげかわしい次第です。
一、長岡藩としては、なにぶんにも小藩のこととて、天下の大勢をひきずってゆくにはとても力がおよびません。この上は、せいぜい藩政を整え、実力を養い、大勢をよく見ぬき、大事を誤らざるようにする以外にほかに策はありません。
河井は、万延元年の初夏、山田方谷のもとを去った。師の方谷は、他日ひとに語っ

て、

「あの男が、長岡のような小藩にいるのは、藩として利か不利か」

と要領のえぬ顔で首をふったという。

河井は、江戸にもどると、三たび久敬舎に入塾した。

別に学問をする様子もない。自室にひきこもり、革文庫をまくらに、終日ひっくりかえっていることもあった。

無隠は気になって、

「長岡のお家にはおもどりにならないのですか」

ときいた。河井の女房がかわいそうに思えてきたのである。河井は、革文庫の上で頭をころがし、ぎょろりと無隠をみて、

「小僧のわからぬところだ」

といった。

塾では、「河井の女房などは可哀《かわい》そうなものだ」という者があった。「なんでも河井という男は、おれはちょっと江戸へゆく、といって出る。女房が、江戸というのは長岡からどれほどのところでございます、ときくと、なあに信濃川《しなの》をのぼればそこが江戸さ、会いたければおいでと、言っておくらしい。だから女房は妙に安心している。

可哀そうなものだ」と義憤している者もある。

あるとき、無隠は、塾の仲間から堀切《ほりきり》の花菖蒲《はなしょうぶ》を見にゆこう、と誘われた。江戸の名所だというので、出かけようとした。支度をして出ようとする無隠を河井が部屋の中からじっとみて、

「帰ってから様子を知らせろ」

といった。

無隠は出かけた。ところが方角が悪い。帰りは仲間が、無隠の気づかぬままに吉原の郭内《くるわうち》へひっぱりこんでしまった。

「ここはどこです」

というと、みながどっと笑った。天下の不夜城だよ、という。

「君は筆おろしがまだだろう。こういうときには兄貴分のいうことを素直にきくものだ」

まだ十七歳の無隠はおびえた。子供っぽい恐怖がそうさせたのだが、一つには、こんな悪所へ行ったとわかればあの河井がどういうだろうということがこわかったのである。

無隠はふりきって帰ってきた。すぐ河井の部屋に行って報告した。河井は、いちい

ちうなずき、

「それはよかった。仲間の顔ぶれが悪いから行くのはよせといおうと思ったが、君ももう十七だ、分別があろうとおもい、だまっていた。饅頭《まんじゆう》をたくさん買っておいたから、食べろ」

と、包みごとくれた。

無隠はほめられたうれしさに、涙が出そうになった。むろん、河井というひとはそういう悪所に行かない人だと信じていたのである。ところが、数日して、

――河井ほど女郎屋にゆくやつはない。

という話を耳にした。

腹が立ち、数日前の饅頭がまだ二つ三つ残っているのを幸い、突き返しに行った。革文庫に頭を載せたまま、河井はおどろきもしなかった。

河井は不思議な頭脳をもっていた。物事の先きが、将棋指しのようにわかるらしい。無隠が堀切の花菖蒲を見物にゆくとそのあとはどうなるかということ、吉原からかならず帰ってくるということ、だからこそ河井は菓子を用意していた、――さらに、うわさをきいて無隠が饅頭を返しにくる、ということまでちゃんと読めていた様子であった。

河井は、無表情で手をのばし、饅頭をとりあげて、口の中に入れた。ゆっくりと噛《か》みほぐしてから咽喉《のど》へ入れ、そのあと革文庫の上で寝返りを打ち、鎌首《かまくび》をもたげて文庫のふたをあけた。小冊子をとりだしてきた。

「何の御本です」

「吉原細見《さいけん》さ」

無隠は、手にとってひろげた。吉原の遊女三千八百七十五人について値段、評判などが克明に刷られている。

「このシルシは何です」

と、無隠は遊女の名の上に朱筆で河井が入れたらしい符号を指さした。

「買ったやつだよ」

驚いたことに、この符号でみると、河井は有名な遊女を残らず買った経験があるようだった。

符号は、△○◎の三種類があり、消してあるものもある。

無隠がその説明をきいたが、河井は唇《くちびる》で笑っているだけで答えなかった。ただ、

「これだけ買いはしたさ。しかし◎の者となると、これは男子にとって容易な敵ではない。おれはかねて女におぼれるのは惰弱な男だけかと思っていた。しかしそうでは

ない。惰弱なのはあるいは○△におぼれるかもしれぬ。しかし◎には、英雄豪傑ほど溺《おぼ》れるものだと思った。溺れる、といっても、羽織を着せられて、背中をポンとたたかれるからどうこうというのではない。その情には、一種名状しがたい消息があり、知らず知らずのうちに男子の鉄腸が溶けてゆく。むしろ英雄豪傑ほど溶けやすい」

「………」

「だから試してみたのさ。そのあげくの果てのつまるところが、女は良いものだ、と思った。心ノ臓の慄《ふる》えるほどに思った。いまもおもっている」

河井の目の色がかわっている。この◎印のうちのたれかに、想《おも》いをこらしているのだろう。

「だから、やめた」

といった。

「おれという人間は、自分の一生というものの大体の算段をつけて生きている。なるほどおれの家は少禄《しょうろく》だし、おれの藩は小藩だが、小藩なだけに将来、藩はおれにたよって来ることになるだろう。なるほど同じ一生を送るにしても、婦女に鉄腸を溶かしてしまうのも一興《いっきょう》かもしれぬ。しかし人間、ふた通りの生きかたはできぬものだ。おれはおれの算段どおりに生きねばならん」

その算段というのは、おそらく自分をして自分の中に英雄をつくりあげることを指すのであろう。

十七、天ニ誓ッテ輔国《ほこく》ニ擬ス、という河井の自作の詩句のとおり、この男はこの目標のためにさまざまな工夫をかさねているらしい。

その後ほどなく河井継之助は、越後長岡の郷国《きょうこく》にもどった。その翌文久二年八月二十四日、藩公牧野忠恭《ただゆき》が、京都所司代《しょしだい》を命ぜられた。

忠恭は翌月十五日に長岡を発し、同月二十九日に京都二条の役宅に入った。

河井はなお長岡にいた。ある日、城で何かをきいたのか、屋敷に駈《か》けもどってきて、

「おすが、湯漬《ゆづけ》」

といった。おすがは、すぐ支度をし、継之助にきいた。

「こんどはどこへお旅立ちでございます」

「わかるかね」

搔《か》き込みながら、継之助は箸《はし》をとめた。おすがは、黙って微笑している。永年連れ添っていると、夫のそぶりでわかるようであった。

「京へゆく」

めしを掻きこみはじめた。おすがは苦笑し、すぐ旅の支度をした。十六歳のとき椰野家から輿入《こしい》れしてきて以来、この夫は屋敷に一年と落ちついていたことがない。おすがは、継之助の旅支度をするために嫁になったようなものであった。継之助は京へゆき、所司代屋敷に入るやすぐ主人に拝謁《はいえつ》を申し出て、許された。

継之助は、主人に役儀を辞任せよ、といった。

「そもそも所司代と申す御役目は幕威盛んなるときならば知らず、もはや時勢の用に立ちませぬ。いまは薩長宮門を守護して朝威を藉《か》りて幕府をないがしろにし、市中では浪人が跋扈《ばっこ》して奉行所はあってなきにひとしく、このときにあたって京都鎮護するには、百万石の兵威をもってするほかはないでありましょう。それがたかだか七万四千石の実力ではこのさきおつまずきが、目に見えておりまする」

「無礼であろう」

と、傍《かたわ》らから参政三間《みま》安右衛門が膝《ひざ》に扇子を立てて叱《しか》ったが、継之助は無視した。安右衛門はさらに声を荒らげてどなりつけた。継之助は、はじめて安右衛門の存在に気づいたようにまじまじと見ていたが、やがて小首をかしげ、

「人を怒鳴れば時勢が動く、とでも思っているのかね」

さっさと帰国してしまった。

藩公は継之助の意見をもっともと思い、その翌年七月、辞任、長岡に戻った。ところが幕府では引きつづき忠恭を老中にした。

「馬鹿げている」

と、この報をきいたときも、継之助は昼めしの最中であった。箸を捨てた。おすがは、その箸をひろいながら、

「また、お旅立ちでございますか」

ときいた。

「いや、お城へゆく」

拝謁を乞い、当節少禄の大名で老中などを勤むべきではない、といい、「ぜひ、御辞退あそばしますように」といった。

継之助の意見では、藩地の富国強兵こそ喫緊事《きつきんじ》である。閣老などになってもいまの幕府はもう運営できぬところまで来ている。御家としては無用の御出費である、というのである。

「余は、すでに受けた」

と、忠恭はこの異相の男を退けたが、その強烈な印象だけは残った。忠恭は江戸に

着任するや、すぐ継之助を御用人兼公用人に抜擢《ばつてき》して江戸在勤を命じた。

異数の抜擢である。

継之助はよろこんで江戸に着任し、こんどは公務として、藩主に辞職をすすめ、毎日御前に進み出てはそれを説いた。継之助の意見は、暗に「今日、無力化した幕府を輔《たす》けてもむなしい。大事なのは長岡藩の富国強兵である。それがやがては日本のためになる」ということであった。

忠恭はついにこの説を容《い》れ、病いと称して引きこもった。

が、幕府ではそれを仮病と察し、長岡藩の支藩である常州笠間《かさま》の領主牧野貞明をして辰《たつ》ノ口《くち》の老中屋敷に見舞にゆかせ、忠恭に対して辞職の非を説いた。

忠恭は、やむなくその説得に従うことにしたが、傍らに継之助がいる。

継之助には、議論の相手がたれであろうと見境いがない。大いに反対し、ついに御一門の笠間侯を口をきわめて面罵《めんば》した。このため退席せしめられ、すぐそのあとで辞表をかき、在職五カ月で長岡に帰った。

おすがは、この進退の忙しすぎる夫を玄関で迎えた。

その夜、父の代右衛門が、老妻のお貞にしみじみといった。

「おすがが、可哀そうだな」

またいつ亭主がどこかへ出てゆかぬともかぎらない。考えてみると、おすがが十六、継之助が二十三で結婚していらい、継之助が半年と落ちついて屋敷に居たことがなかった。

——あれでは子をつくる間もあるまい。

と家中では蔭口《かげぐち》をきく者もあった。げんにふたりは、いまだに一児も得ていない。

「ああいう奴《やつ》を」

と代右衛門は苦笑した。

「亭主にもった嫁の難儀もさることながら、お家も荷厄介《やっかい》なことだ。何度お役目を頂戴《ちょうだい》してもすぐやめてしまっている。一生、どうする気か」

とはいえ、代右衛門はこの息子が不満なのではなかった。

「継之助という男は、長岡藩とはこうあるべきだ、という考えが強すぎるのだ。こういう男は、藩の小吏にはむかない。一人でも上役を戴《いただ》けば衝突するだろう。あの男がつとまる職は、藩の筆頭家老しかない」

「しかし」と代右衛門は自嘲《じちょう》した。

河井家は門閥ではない。筆頭家老どころか、ただの家老にもなれないのである。継之助はついには家中の孤児になって世を終るのではないか。

「それもよかろう」

代右衛門は、この奇児をもったことをなかばあきらめていた。河井家は少禄の家ながら、知行のほかに先祖が買っておいた田地が多かった。役目につかずとも、悠々《ゆうゆう》自適できるだけの財産がある。

「奴の勝手にするさ」

江戸から帰った継之助は、毎日射撃に熱中していた。

この男は、かつて佐久間象山の門をたたいて洋式鉄砲について十分の知識をもっていたが、長岡ではそうした銃が手に入らない。そのため、十匁玉《もんめだま》の火《ひ》縄《なわ》銃をとくべつに作らせ、それをかついで藩の試射場へゆき、ついに五十間の距離に標的を置いて一発もはずれなくなった。

「西洋には剣付銃というものがある。おれに剣付銃を所持せる一隊千人の兵をひきいしめば、どういう堅陣でも破るだろう」

と、ひとにも言い、言うだけでなく、その一隊を指揮している自分の姿を夢想し、詩までつくった。詩句にいう、

剣　銃　千　兵　破ル二堅　陣ヲ一。

この詩句を家中の能書家某に書かせ、表装して書斎にかかげた。毎日ながめては、

硝煙のなかで西洋式歩兵を指揮している自分を夢想した。

継之助は、城下を無腰で歩いた。それが大得意であった。人がとがめると、得たりと論をのべた。

「武士に帯刀は無用のものだ。これからの戦さに何の役に立つか」

といい、さらに、

「武家のことを弓矢の家という。ああいうことをいっている間はだめだ。これからは砲船の家というべきだ」

砲船の家とは、鉄砲の操作を知り、航海術を知る者のみが武士である、ということである。

ほどなく藩主忠恭は、老中を辞して長岡に帰ってきた。帰るとすぐ継之助をよび、今後の藩政の方針をきいた。忠恭はすでに「剣銃千兵破堅陣」のうわさをきいていたから、継之助が「藩の兵備を洋式化せよ」というのかと思っていたら、「まず藩財政を豊かにすることでござりましょう。余のことはすべて金を持ってから考えるべきで、そのほかの施策は当分無用と存じます」といった。

長岡藩は表高七万四千石ながら、実収は二十万石はあるといわれていた。が、冗費が多く、借財が山のようにあり、藩財政が立ちゆかなくなっている。

藩主は、さらに継之助に財政上のことをきいた。継之助は大いにのべた。数日たって、郡奉行《こおりぶぎょう》という重職に補せられた。継之助はただちに諸代官に、村々から賄賂《わいろ》をとることを禁じ、庄屋と結託して納米に手加減をしている悪質な代官数人を罷免《ひめん》するなどの改革を行なった。

藩主は、継之助の意外な行政手腕をよろこび、その翌慶応二年には郡奉行のほかに町奉行も兼ねさせ、さらに慶応三年には年寄役を兼務させた。

藩財政はみごとに立ちなおり、旧債をすべて返済したばかりか、慶応三年暮には、藩庫に九万九千九百六十余両という、長岡藩勘定方がかつて見たこともない余剰金を積みあげるにいたった。

継之助はかつて、

「おれは武士だが、理財にかけても越後屋の番頭がつとまるほどの男になりたい」

といったことがあり、そういう道を学ぼうとして備中松山藩の山田方谷のもとに寄宿していたのである。

それがみごとに結実した。

藩主忠恭は大いによろこび、九万九千九百六十余両貯財の翌慶応四年（明治元年）

四月、継之助を家老にし、その閏《うるう》四月には執政（筆頭家老）に昇格させた。郡奉行就任いらいわずか四年という異数の累進《るいしん》である。嫁のおすがは、ひとにも、「ちかごろは、絶えて他国にお出ましでないからたすかります」とうれしそうに話した。

継之助は、長岡藩の独裁者になった。おすがは亭主が「もう旅に出そうにない」ことで喜んだが、長岡藩七万四千石そのものは、この瞬間、おそらく思いもよらぬ運命を選んだことになる。

河井継之助が、長岡藩の政権をにぎった慶応四年閏四月は、正月にすでに鳥羽伏見の戦いがあって幕軍主力は江戸に移動し、二月には徳川討伐の詔勅がくだり、三月、東征大総督が駿府《すんぷ》入城、四月、江戸城接収、閏四月には、徳川三百年間その豊国《ほうこく》大明神の称をさえ廃止されていた豊臣秀吉の神号が復活された。

「時勢がかわった」

とは、継之助はおもわない。継之助はすぐれた政治思想家であったが、たった一点において革命家ではなかった。

なぜといえば、時勢に対して天下随一といっていいほど鋭敏な男が、「京都朝廷を

中心として統一国家をつくる」という政治概念を、ただ一度も持ったことがなかったのである。この騒動は、

「薩長の陰謀である」

とした。事実、時勢がここまで来るには薩長が「陰謀」のかぎりを尽したかもしれないが、その陰謀は、家康が豊臣家をほろぼしたような戦国時代的な陰謀ではない。島津家、毛利家が将軍になる、というものではなく、新しい統一国家を作ろうとするものであった。

それが継之助にはわからない。わからないのもむりはなかった。幕末の第二政界（第一政界を江戸とすれば、京都を中心とした）の二大勢力の一つだった薩摩藩の指導者西郷吉之助でさえ、幕末ぎりぎりの薩長密約の寸前までは「長州は毛利将軍をねらっているのではないか」という疑いをすてきれなかった。北越人の継之助がそれをはげしく断定するのは当然といっていいことであろう。

それに、長岡藩というのは、徳川譜代の名門であるだけでなく、家祖牧野康成は徳川十七将の一人で、その子である藩祖忠成は、徳川氏発祥の地である三河牛久保《うしくぼ》の生まれであった。自然、藩士の家系は遠く三河に発する者が多く、三河武士団をもって任じていた。

継之助の頭には、そういう環境的制約がある。もしこの男が、薩摩、長州、土佐にうまれていれば、あるいは西郷、桂、坂本以上の回天の立役者になったかもしれない。継之助は、東征大総督が京を発したときいたときから、「その背に翼がついた」といわれている。異常な行動人になった。

「横浜の開港場を薩長の手でおさえられては、天下の事は終る」

といって、官軍東下以前に昼夜兼行で横浜へ急行し、洋式兵器の買いつけをおこなった。

当時横浜には、日本の内乱をあてこんで各国の武器商人が入りこんでいたが、英国商人が圧倒的な勢力を占め、しかもかれらは英国公使館の示唆《しさ》もあって薩長土をはじめ西国諸藩を顧客とした。

関東、東北諸藩に武器を売っていたのは、おもにエドワード・スネルというスイス生れオランダ国籍の商人である。

継之助は、英国ホテルのそばにあるスネルの事務所へ入って行った。例の無腰のままの姿である。

「私は、長岡藩の河井継之助という者だ」

と、日本人ボーイに名刺を渡した。

応接室に通された。

継之助は調べ好きな男で、この事務所に来るまでのあいだに、スネルについては十分に調べている。

オランダ人らしく日本の役人の通弊についてはよく知っていて、買付け方の役人に賄賂を贈ってずいぶん高値で売るという評判もきいていたし、それにもっと始末にわるいことには相手が無智《むち》な場合はとんでもない旧式銃を売りつけることであった。

被害は、南部藩をのぞくほかの東北諸藩で、多くは、欧米のどの陸軍でもすでに廃銃になってしまっているゲベール銃を売りつけられた。諸藩の役人には、兵器知識がない。みな満足した。第一、「洋式銃」というだけで、藩に帰っても十分言いわけが立つのである。

が、ゲベール銃というのは、発火装置が火縄のかわりに燧石《ひうちいし》になっているだけで、弾は先込めであり、銃腔《じゆうこう》内は滑腔《かっこう》である。その点、種子島《たねがしま》とかわりがなかった。発射操作に手間がかかり、ゲベール銃一発うつごとに他の新式銃では十発射《う》つことができた。この比率が、鳥羽伏見における会津軍と薩長土の勝敗の決定的なわかれ目だったことを、継之助はよく知っている。

スネルが入ってきた。

この男は、日本語ができた。それに、河井の来訪以前に河井の人物、長岡藩の藩情、支払い能力などを調べていて、いま目の前にいるまつ毛の茶色い人物が、藩の首相であることを知っていた。首相みずからが、武器の買いつけにやってきたことに、ひどく緊張していた。

「銃の見本をみせて貰《もら》いたい」

と、継之助は微笑もせずにいった。

スネルはすぐ店員に命じて、各種の銃をならべさせた。さすが、継之助に対してゲベール銃を見せるという愚はしなかった。まず、薩長や幕府歩兵が持っているミニェー銃をみせ、「射程が長い」といった。

「わかっている」

と、継之助はいった。ついで、エンフィールド銃、スナイドル銃、シャープス銃、シャスポー銃、スペンサー銃などを見せた。

スネルは、米国製のシャープス銃をしきりとすすめた。銃身が短く、取りあつかいが軽快で、しかも精度のいい元込銃である、と。

「これは安いはずだ」と、継之助はいった。スネルは、「いや高い、安価なものではない」というと、継之助は、即座に矢立と懐紙を出し、アメリカ大陸の地図をかき、この図が何国であるか汝《なんじ》は知っているか、といった。

「アメリカ」

スネルは、継之助の気魄《きはく》に圧《お》されている。

「然《しか》り。わが年号でいえば文久元年からこの国で内乱（南北戦争）が起っている。ほぼ終りつつあるそうだ。せっかく製造した銃が過剰になっている。それが国外に流れた。世界中でだぶついている。それでも高い、というのか」

スネルは、だまった。

「それに、私はこのアメリカ銃を好まない。なぜなら短かすぎる。彼《か》の国ではおそらく騎兵に持たせたものであろう。銃は白兵格闘の場合には槍《やり》の役目をなし、しかも槍《そう》術《じゅつ》は古来わが国が世界一だと思っている。長い銃がいい。ミニェー銃にしよう」

薩長が使っている英国製の銃で、英国ではすでに制式銃からはずされているため値は安い。

継之助はこれを大量に買う約束をした。これを一藩の上士から足軽にいたるまで、一戸一挺《ちょう》ずつ渡すつもりでいた。

さらに継之助は、エンフィールド銃をとりあげた。同じ英国製である。ミニェー銃を元込めにしたもので、新式だけに値が高い。それにわずかな数量しか、横浜、上海《シャンハイ》、香港《ホンコン》に来ていなかった。

「これも貰う」

と、数量を示した。この銃をもって藩のフランス式歩兵隊の装備にしようとおもった。おそらく小銃戦では最大の威力を発揮するだろう。継之助は、値をきめた。決めるとすぐ、従者に持たせてきた手付金を渡した。横浜での兵器売買はすべて現金取引きになっている。

「残金は荷物の着き次第わたす。指定のみなとは」

と継之助の取引きに渋滞がなかった。

「新潟」

「承知した。私自身がゆく。かの港で、あなたか、その代理人に会えることを望む」

スネルは、日本、シナにきて、はじめて商人らしい商人をみた、と継之助の手をにぎった。商人、といったのはスネルにとって最大の讃辞《さんじ》だったのであろう。

継之助はさらに四斤《きん》山砲数門を注文した。スネルはこのナガオカの首相が、北国、東北の雄藩よりも大量に買いつけるところをみて、世評どおり小なりとも富裕な藩であることを知り、さらに継之助の人間のどういう部分に魅力をもったか、別れるとき手をにぎったまま、「あなたの藩の戦争準備のために」といった。「出来るだけの力を尽したい」

いや戦争準備ではないと継之助はいった。兵制改革である、私は槍の数だけのミニエー銃をそろえたいと思っているだけのことだ、と無愛想なつら構えでいったが、スネルはただ両手をひろげて笑っているだけであった。スネルという武器商人は、アジア各地の硝煙の中を歩いてきている。硝煙のにおいを未然にかぐ能力がなければこういう商売はできない。すぐ継之助は長岡にもどった。

ほどなく新潟にスネルの汽船が入港した。カガノカミ号（加賀守号）という四百トンのスクーナ船で、オランダ旗をかかげていた。さらに二カ月後、スネルのカガノカミ号は再び新潟に入港し、おびただしい銃砲、弾薬、付属道具などを揚陸した。その後、ほとんどひと月ごとにカガノカミ号は入港してきた。スネルは継之助の藩だけでなく、この新潟港を基地に、東北諸藩へも武器を売った。

そのうち、横浜は官軍に包囲された。しかし東北、北国の諸藩は新潟にさえゆけばスネルから武器を買えるようになっていたから、不自由はなかった。会津藩がスネルに支払った額は七千二十弗《ドル》、米沢《よねざわ》藩は五万六千二百五十弗、庄内《しようない》藩は五万二千百三十一弗、しかしそのなかで最小の藩である長岡藩がスネルに支払った額がもっとも大きかったろう。

継之助は、この武器購入の金をつくるために、徴税の改革や冗費節約のほかに、天才的な貨殖《かしよく》の腕をふるい、城下の町人をして、

——河井様はお武家に惜しい。

とまで嘆ぜしめた。

大政奉還ののち諸侯は江戸をひきはらうことになったが、継之助はこのとき江戸屋敷の牧野家の家宝什器《じゆうき》をすべて横浜の外人に売って数万金を得、また江戸、長岡の藩庫の米を米価の高い函館《はこだて》に輸送して売り、また江戸と新潟とのあいだで銭相場において一両につき三貫文の差のあるのに目をつけ、二万両の銭を買いこみ、船に積んで新潟にまわして土地の両替商に売って利ざやをかせぎ、宛然《えんぜん》長岡藩そのものがブローカーに化したかと思われるほどの荒かせぎをした。それらの財貨をすべて兵器購入にあてた。すべてスネルから買った。スネルの汽船カガノカミ号は汽罐《きかん》を焼けんばかりに焚《た》いて、いそがしく横浜・新潟間を往復した。

これら揚陸された武器のうち、驚嘆すべき新式兵器があった。米国製の速射砲である。この兵器は南北戦争の末期にあらわれ、一門よく二十門に匹敵すといわれたほどのもので、当時、スネルの手で日本に三門だけ着荷していた。継之助はそのうちの二門を、一門五千両で買った。ついに、

「剣銃千兵破堅陣」

という継之助の夢は、その百倍もの規模で現実化された。

継之助は、軍備に熱中した。かつて書生のころの継之助の軍備論はあくまでも外敵が対象であったが、いまは国内の敵が目標であった。賭博者《とばく》に似ていた。賭博者にとって賭博そのものが目標であり、相手がたれであろうとかまわないように、いったん軍備に取《と》り憑《つ》かれた政治家は、敵がたれであれ、軍備そのものが情熱の対象であり、ついには惑溺《わくでき》し、とどまるところを知らない。

継之助は軍備強化こそ長岡藩主に対する、「輔《ほ》国《こく》ノ任」であると信じていた。

継之助は、「官軍」の徳川討伐の勅がくだるとともに、藩制を臨戦体制にきりかえた。これはほとんど革命といってよかった。

軍制を洋式の歩騎砲の三兵科に建てかえたと同時に、藩士の禄高《ろくだか》の平均化をはかったのである。従来の軍制では戦国時代の法により、百石についての軍役がきまっていたが、それが洋式化によって無用になったため、百石以上の者の禄高を減らし、百石以下の者には増額することにした。たとえば二千石の者は五百石とし、二十石の者は五十石とした。平均化は、軍団としての団結強化に役立った。

すでに継之助は、城下殿町に兵学所を設けて洋式士官を養成し、城西中島の地に練兵場をつくり、家中の子弟を選抜して八個大隊を編成し、射撃、各個教練、密集教練、散開教練、前哨《ぜんしょう》、宿営、払暁戦《ふつぎょうせん》、夜襲の各課について猛訓練をほどこした。

さらに兵糧方《ひょうろうかた》をつくり、城下の菓子屋には携帯用のパンを作らせた。家中の者はなんのためにこれほどの改革と訓練に耐えねばならないかがわからなかったが、ただ継之助を信頼して従った。

「謙信の再来であろう」

という者もあった。たしかに北越の天地は三百年前に上杉謙信をもち、つぎに河井継之助をもった。ふしぎなほど、この二人は共通しているところが多かった。

謙信という人物は、軍神に誓って生涯《しょうがい》女色を絶ち、その代償として常勝を願った。ほとんど奇人といえるほどに領土的野心が乏しく、むしろ芸術的意欲といっていいような衝動から戦さをし、常に勝った。謙信は戦争を芸術か宗教のように考えていた男だが、河井継之助にも、気質的には多分にそういうところがあったにちがいない。

とにかく、北越の天地に、謙信以来三百年目に、規模は小さいながらも精巧そのもののな軍事集団が誕生した。それもわずか四年のあいだに仕立てあげられた。

官軍の北陸道鎮撫《ちんぶ》総督が越後高田に入ったのは、慶応四年三月七日である。継之助が筆頭家老になった閏《うるう》四月には、越後一帯に会津藩兵、旧幕軍衝鋒隊《しょうほうたい》、桑名《くわな》藩兵などが入りこんで、すでに各地で戦闘がまじえられていた。

越後は、天領のほか十一藩に分割されている。最大を高田藩十五万石の榊原《さかきばら》家とし、ついで十万石の新発田《しばた》溝口《みぞぐち》家、三番目が長岡藩、つぎが五万九千石の村上内藤家、以下は三万石から一万石の小藩にすぎない。高田はいちはやく官軍に随順し、以下の小藩もこれにならったから、旗幟《きし》不鮮明なのは北越のなかで唯一の洋式武装藩である長岡一藩になった。

継之助は、あくまで北陸道鎮撫総督を薩長の偽《にせ》官軍と見、その見解を徹底させるため四月十七日朝八時、藩士の総登城をもとめ、藩主臨席のもとに訓示した。

継之助の解釈では薩長を「天子を挟《はさ》んで幕府を陥《おとしい》れた姦臣《かんしん》」とし、「わが藩は小藩といえども孤城に拠《よ》って国中に独立し、存亡を天にまかせ、徳川三百年の恩に酬《むく》い、かつ義藩の嚆矢《こうし》となるつもりである」というものであった。かといって、会津藩が奥羽連盟に加盟して共に戦おうと迫ってきても応ぜず、あくまでも、

武装中立

を表明し、動かない。

このあたりが継之助の限界というべきものであった。この明晰《めいせき》な頭脳は、時勢の解釈には適していたが、あくまでもそれにとどまっている。薩長の首脳は、時勢を転換させようとし、会津藩はあくまでも徳川中心の政体にもどそうとしている。どちらもいわば国家論的な発想から出たものだが、継之助の場合は、自分がその武装に熱中してきた長岡一藩だけが念頭にあり、この藩を亡《ほろ》んだ徳川幕府をとむらう最後の義藩に仕立てることだけが、いわばかれの世界観であった。長岡藩は、軍制、民治とも継之助の独創によってうまれかわった藩で、いわば藩そのものがかれの作品であった。

継之助は、その作品を愛着した。かれと同じ佐幕主義であるはずの会津藩が、藩士佐川官兵衛に兵を与えて長岡城下に迫り、奥羽攻守同盟に参加せんことを強談してきたときも、

「それほど長岡城が欲しければ、会津、桑名の強兵をもってすれば朝飯前であろうから御遠慮なく武力でお取りなさい」

といった。会津側はやむなく長岡の中立主義を認めて引きさがらざるをえなかった。

この談判のあと、佐川官兵衛は同藩の会津人に、

「呼吸《いき》の油断も出来ないような話し方をする人だ」

とこぼした。

そのころ幕府の衝鋒隊長古屋作左衛門が、歩卒四百人を率いて新潟に着陣し、市中を騒擾《そうじょう》した。

継之助は下僕一人を従え、単騎新潟にゆき市街に入ると、酒に酔った幕府歩兵がめぼしい商家の雨戸をたたき割って掠奪《りゃくだつ》をしようとしていた。継之助が馬上から睨《にら》みすえると、そのすさまじい目つきにおそれ、たちどころに四散した。そのまま旅館櫛屋《くしや》に入り、隊長の旧幕臣古屋をよび、

「兵を寺町に屯集《とんしゅう》せしめ市中に出さぬように」

と、命ずるようにいった。古屋はおとなしくその意見に従った。閏四月に入って、いよいよ官軍、会津藩以下との戦闘が越後各地においてはげしくなり、ともすればその戦場が長岡藩領にまで及ぼうとした。

継之助は、「ただ藩領を警備する」という名目のもとに、ついにその手塩にかけ、莫大《ばくだい》な費用をそそぎこんだ藩軍を藩領の四境に展開させた。

まず野戦司令部を城外摂田屋《せったや》村に置き、みずから総指揮官としてそこに陣した。

城内陣地には、家老山本帯刀《たてわき》を隊長とする一個大隊、砲二門。

南境の警備陣地として一個大隊に砲八門。

草生津《くさうづ》村には、二個小隊、砲三門。

蔵王《ざおう》村には、二個小隊、砲三門。

ほか遊撃隊として三個小隊、砲三門。

を配置した。しかもこの火砲は、例の米国製速射砲のほか、フランス製速射砲が三門ふくまれており、しかも四斤山砲はいずれも施条砲《しじょうほう》で官軍砲兵の水準よりやや精度高く、しかも野戦火砲としては世界的ともいうべき後装式の砲が二門このなかにまじっている。

火力装備としては、会津藩はおろか、官軍でさえはるかに劣弱であった。おそらく継之助の長岡軍は、当時、陸軍装備としては世界的な水準にあったのではないか。

継之助は、この装備をもって北越に蟠踞《ばんきょ》し、東西衝突の調停勢力となり、あわよくば天下に義軍を喚起して薩長をほろぼせるものと正気で信じていた。

いや、信じてはいなかった。継之助が単に一私人なら、これほどの頭脳が、時勢の動きをみてもはやどうにもならぬと思うはずであったが、かれ自身が育てた「武力」が、かれの頭脳とは別に、まったくちがった思考を命ずるようになっていた。

——できる。

と思うのである。米式速射砲がそれを考えさせ、仏式後装砲が自信をつけた。もはや武器が、継之助の脳髄であった。

「むかし、上杉謙信は北越に蟠踞して天下を観望し、その牽制力《けんせい》によって、甲斐《かい》の武田、尾張の織田をして容易に天下を取らしめなかった」

と、継之助は思った。その謙信が、これほどの火砲を持っていたか。閏四月は、武装中立のまま暮れた。

この間、官軍は継之助の意見とは無関係に包囲作戦を進め、軍を二つにわけて行動を開始しつつあった。

一つは、岩村精一郎（高俊）を軍監とする歩兵千五百人に、砲二門。その任務は、まず小出島（会津藩領）を陥落させ、進んで小千谷《おぢや》に至り、信濃川を渡って榎峠《えのきとうげ》を占領し、しかるのちに長岡城を攻撃する。いま一つは、三好軍太郎を軍監とする歩兵二千五百人に砲六門で、参謀黒田了介（清隆）山県《やまがた》狂介（有朋《ありとも》）はこの部隊と行動し、海道を進んで新潟を占領する。

閏四月二十一日、この官軍両部隊は高田を出発し、途中、会津兵を駆逐しつつ海道軍は二十八日柏崎《かしわざき》を占領し、岩村の率いる山道軍はその前日、長岡城を北方六里のむこうに望む小千谷を占領した。

継之助は、ある種の決意をした。

翌月一日、使者を小千谷の官軍本営に行かせ、執政河井継之助出頭嘆願したきことあり、と言わしめた。官軍はこれを諒《りょう》とした。二日、継之助は藩士一人のほかに下僕松蔵を連れ、駕籠《かご》に乗って長岡を発《た》っている。胸中、策があった。官軍に徳川討伐の非をさとらしめ、長岡藩が会津との間の調停に立とう、というのである。わずか七万四千石の長岡藩が、天下を二つに割った対立の仲介ができると継之助は正気で考えていたかどうか、わからない。

官軍の本営は、小千谷の旧会津陣屋にあり、総大将は土佐藩出身の軍監岩村精一郎、二十三歳である。維新後、佐賀県権令、愛知県令、貴族院議員などを歴任したが、別段の才がある男ではない。

継之助はいったん信濃川畔《かはん》の旅籠《はたご》で衣服をあらため麻裃《あさがみしも》をつけ、官軍が指定した会談場所の慈眼寺《じげんじ》に入った。

岩村が、数人の士官を侍《はべ》らせてこれに応接した。

継之助は岩村をみて、

（こんな小僧か）

と、内心軽侮した。

（いよいよこのたびの大乱は、薩長土の小僧どもが幼帝を擁していたずらに兵を弄《もてあそ》ぼうとするものだ）

そう確信した。後年、岩村の述懐談では、「河井は嘆願にきたはずだが、態度は傲《ごう》然《ぜん》としており、言葉は詰問《きつもん》口調で、気焰《きえん》に満ちていた」といっている。

岩村も、なるほど小僧にすぎない。当時、多少諸藩の事情にあかるい者なら北越に河井継之助ありという知識はあるはずだったが、この土佐の僻地《へきち》宿毛《すくも》出身の若者はそういうことにはまったく無智《むち》であった。

いたずらに官軍の威をふりまわした。

要するに河井のいうところは、

――いましばし、攻撃の時期を待ってもらいたい。されば弊藩でも藩論をまとめ、さらには会津、桑名をも説得し、無事に局を結んで差しあげる。というのである。

「そのためには」

と、さらに河井は条件をつけるのだ。

「徳川討伐をやめよ。そうでなければ東国の争乱はやまない」

「…………」

岩村らは、無言できいている。田舎家老が血迷って出たのであろうとしか思わなかった。

事実、継之助は、正気で嘆願するつもりなら、たしかに血迷っていた。その嘆願書

の文書の中に、

――徳川に鉾《ほこ》をむけるなどは大悪無道。

という文句がある。まるで挑戦状《ちようせん》であった。しかもこれを京都朝廷の代理者である総督に渡せ、と岩村にいうのである。

「ことわる」

と岩村は嘆願書をつき返した。

継之助は、繰りかえし調停の労をとりたい、そのためしばらく時日を貰《もら》いたい、といった。

岩村はその猶予《ゆうよ》嘆願が、長岡藩が戦闘準備をするための謀略であると思った。

「とにかく貴藩は朝命を奉じていない。これ以上は兵馬の間に相見《あいまみ》えるしかない」

と、岩村は一方的に会談を三十分で打ち切り、席を立ってしまった。岩村としても、応じられる条件ではない。

河井の嘆願は、官軍への攻撃にみちていたし、さらに滑稽《こつけい》なことには、いまから攻撃をうけようとしているこの小藩の家老が、

「会津藩との調停に立ってさしあげよう」

と申し出ている。継之助は意識的に官軍を愚弄《ぐろう》していた。自分の背景に日本随一の

装備があることに、自信をもちすぎていた。嘆願書のなかにも、もし官軍にしてこの申し出を聴かなければ、

「大害ノ生ズル所」

と暗に武力でおどしている。会談は決裂し、継之助は自軍に帰った。途中、笑いながら、

「官軍は馬鹿だ。なぜおれを縛らなんだか」

といった。継之助の胸中、勝敗はともかくとして、戦争への昂奮《こうふん》が湧《わ》いていたのであろう。

継之助は帰陣するや、藩論をまとめ、さらに会津、桑名、旧幕臣の諸隊に通牒《つうちょう》し、共に戦うことを宣し、藩主父子《おやこ》を城外に退避せしめ、五月四日、諸隊を進発せしめた。

すでに、雨期に入っている。

雨中の交戦が各所でおこなわれ、そのほとんどの戦闘において長岡、会津軍は勝ち、官軍の拠る榎峠にせまった。

ついに十一日榎峠を陥《おと》し、十三日には旭山《あさひやま》の戦闘で官軍を大いに破り、司令官時山直八を戦死せしめた。

柏崎方面から参謀山県狂介が駈《か》けつけて、直接作戦指導をし、官軍のある砲などは

一門に一日百五十発も射撃するほどに戦ったが、敗勢はおおうべくもない。

「河井をなぜあの慈眼寺の会談のときに抑留せなんだか」

と、山県があらためて岩村を叱《しか》ったのはこの前後である。

官軍諸将は、このころになって、自軍が異常な天才と戦っていることに気づきはじめた。

官軍の士官だった二階堂保則が、「継之助はもとより剛愎《ごうふく》の士であり、権を専《もっぱ》らにし、同僚を圧伏している。長岡の向背はこの男ただ一人にあった。これを捕えれば一兵も殺さずに長岡を攻めえたはずである。ついに虎《とら》を野に放ったようなものだ」という意味のことを書きのこしている。

山県有朋が後年書いた北越戦争の回顧手記にも、

捷《か》てば得意、則《すなわ》ち自ら驕《おご》り、敗るれば沮喪《そそう》、徒《いたず》らに恐るるは何《いず》れの軍隊に於《おい》ても殆《ほと》んど免《まぬか》れざる所。（中略）独り我が（長州の）奇兵隊は多少の素養ありしを以《もっ》て、この敗軍のために意気沮喪するに至らざりしと雖《いえど》も、其《そ》の他の兵は多く恐怖心を生じ、薩州兵の隊長にして尚且《なおか》つ、一時この方面を退却する得策なるを云ふものあるに至れり。

結局、信濃川を隔てて、両軍対峙《たいじ》のかたちになった。

継之助は、毎日、自軍の陣地を巡察した。

藩兵はすべて、紺木綿の筒袖《つつそで》に割羽織、下はダンブクロといった服装で、背中に五《ご》間梯子《けんばしご》の合印をつけていたが、継之助だけは紺飛白《こんがすり》の単衣《ひとえ》に小袴《こばかま》をつけ、大座《おおざ》の下駄《げた》をはき、雨がふれば傘《かさ》をさしていた。

例の米国製速射砲のうちの一門は、城内陣地の山本帯刀指揮の隊にあったが、この砲のそばにほとんど毎日きては、あいさつするようにして触ったり、自分で操作したりした。六つの小さな砲口のついた異様な形の砲で、

藩では、

ガットリング・ガン

とよんでいた。機関砲、と訳したほうがより正確かもしれない。

「一度、わしに射《う》たせてみろ」

と継之助は砲手にいった。そう冗談をいいながらも、継之助の指さきは砲尾についた泥《どろ》などを丹念にこすり落していた。ひょっとするとこの砲を使うがために戦さをおこしたのではないかと疑わしくなるほどの愛撫《あいぶ》の仕方であった。

「なあに、官軍がいまに逃げるさ」

継之助の計算では、北越の官軍を撃退すれば、いままで官軍に面従腹背していた天

下の譜代大名が奮起して鉾を逆《さかし》まに持つだろう、ということであった。他人が聞けばはかなすぎるほどの希望かもしれないが、継之助にとって重要な戦略要素であった。

「わが藩は北国第一の砲兵団をもっている」

というのが、すべての自信の根源になっており、そこからさまざまの希望が生れた。かつての久敬舎の無隠がきけば、おそらく信じられないほどに、継之助の頭脳は平衡をうしなっていた。むろん、継之助自身は自分に変化がおこったとは思わない。継之助が久敬舎で知った奈翁《ナポレオン》がその強大な砲兵団をもったときに世界制覇《せいは》を考えたように、継之助の腹中には二十七門の新式砲がずっしり入っており、すべてその腹中の巨砲群が、藩の前途を考えた。恫喝《どうかつ》的な嘆願書を出したのもこの砲であり、予想どおり官軍を敗走させたのも、この砲の群れである。

ところが、一方、長州藩士三好軍太郎指揮のもとに海道方面を担当している官軍部隊は、予定どおりの進撃をつづけ、十五日出雲崎《いずもざき》に入った。山県はこの部隊を長岡攻撃に使おうとおもい、急行して三好と打ちあわせた。

これが思いがけない奇功を生んだ。十九日払暁《ふつぎよう》、長岡方にとっては不幸な濃霧が信濃川流域に満ちた。気がついたときは、濃霧の中から官軍二千が不意にあらわれ、ついで第二軍が渡河した。不意を打たれてこの方面の長岡方の部隊が潰走《かいそう》し、城中に逃げこんだ。官軍はそのあとを追い、三方から城下に突入し、大手口にせまった。

継之助は、山本帯刀の隊をひきいて戦場へかけつけ、みずから速射砲を操作してその六つの小砲口からさかんに砲弾を敵にむかって浴びせかけたが、一弾左肩をくだいた。

やむなくいったん城中に入ったが、味方の主力が城外陣地にあるために力及ばず、敗兵をまとめて城を出、栃尾《とちお》へ退却した。たちまち官軍の放火で城下の町々は一団の火になって燃えあがり、火はやがて城楼に移り、またたくまに城郭のすべてを包んだ。

城は失ったが、河井は死んでいない、ということが、全軍を鼓舞させた。しかも野戦兵器はなお長岡軍の手にある。

河井はもはやいっぴきの鬼になった。何の得るところもない戦さに、かれは長岡藩士のすべてを投入しようとした。

落城は十九日、栃尾退却は二十日、しかし二十一日には、継之助は長岡軍の諸隊をひきいて加茂に前進し、そこで全線の諸将を招集して作戦会議をひらき、六月二日には行動を開始していたるところで官軍を追い、山県が堡塁《ほうるい》を築かせていた安田口、本道口、中之島口をつぎつぎと破ってついに今町の官軍本拠に攻めこみ、大手門を破って入城した。

この今町の戦闘では、継之助は三方から包囲砲撃をあびせたため町家はすべて自藩の長岡軍の砲弾で粉砕され焼かれ、路傍には頭蓋《ずがい》砕けて脳漿《のうしょう》の流れている男女、腹壁をえぐられて臓腑《ぞうふ》が出ている者、手足、首のない市民の死体が塁々ところがり、新式砲の威力がいかにすさまじいかが、如実《にょじつ》にわかった。

継之助は、さらに軍を進め官軍を刈谷田川左岸に追いつめて砲戦をつづけ、ほとんど全滅同然の被害を与え、いったん栃尾の仮本営にもどって兵を休め、七月十九日ふたたび行動を開始し、長岡藩兵十個小隊を選んで夜襲部隊とし、継之助みずから率いて二十四日栃尾を進発し、同夜、長岡東北方通称八町沖という沼沢地《しょうたくち》から守備隊の不意をついて一直線に城下に入り、翌二十五日激戦のすえ官軍を追って城を回復することができた。

が、すでにこの戦闘で継之助は左足膝下《ひざした》を砕くほどに銃創を受け、戦闘指揮が不可能になった。

このためにわかに長岡軍の士気が衰え、二十九日、城はふたたび官軍に奪取され、継之助は戸板に乗せられて敗走した。その後会津に走り、八月十六日、この傷口の膿《のう》毒《どく》のために死んだ。

長岡藩の抵抗は、継之助の死とともに熄《や》んでいる。

かつて継之助に、小山良運という友人がその強引すぎるほどの藩政改革に不安を抱き、暗殺されはしまいか、と注意した。継之助は笑って、

——二度か三度はドブへ投げこまれるかも知れないが、おれを殺すような気概のあるやつは家中に一人もいない。おればもっと面白い藩なのだが。

といった。明治二年、新政府は継之助への報復のために、

——首謀河井継之助の家名断絶を申付く。

旨《むね》を令達し、同十六年ようやく家名再興の恩典があった。

妻おすがは、舅《しゅうと》たちとともに落城後、長岡の南約二里の古志郡村松村に難を避けていたが、のちゆるされ、明治二年、旧観をとどめぬまでに焼けた長岡の城下にもどった。そのとき継之助の遺骨を会津若松建福寺から収めて長岡へ持ち帰り、菩提寺《ぼだいじ》の栄涼寺に改葬した。戒名は忠良院殿賢道義了居士。

この墓碑が出来たとき、墓石に鞭《むち》を加えにくる者が絶えなかった。多くは、戦火で死んだ者の遺族だという。

おすがは居たたまれずに、縁者を頼って札幌に移住し、明治二十七年、そこで死んでいる。

栄涼寺の継之助の墓碑はその後、何者かの手で打ちくだかれた。無隠は晩年までしばしば栄涼寺を訪ね、墓碑が砕かれているのを見つけては修理し、

「あの男の罪ではない。あの男にしては藩が小さすぎたのだ」

といっていたという。

英雄というのは、時と置きどころを天が誤ると、天災のような害をすることがあるらしい。

(「別冊文藝春秋」昭和三十八年十二月)

慶応長崎事件

星が美しい。

長崎風頭山《かざがしら》のふもとの唐人寺のかいわいでは、この夜、星を祭る数百の献燈がかがやき、せまい街路は参詣《さんけい》する唐人《シナ》の男女や見物の市民の群れでごったがえしていた。

慶応三年七月六日の夜である。折りから盂蘭盆会《うらぼんえ》の最中でもあって、南京《ナンキン》町からこの山手の寺にかけては灯《ひ》の群れで満ちていた。

土佐藩海援隊士《かいえんたいし》菅野《すがの》覚兵衛は、この夜、白の筒袖《つつそで》、白のだんぶくろ、それに朱鞘《しゆざや》直刀《ちよくとう》の大小を差し、朴歯《ほおば》の下駄《げた》、といった海援隊独特の服装で見物にまじっていて、崇《そう》福寺《ふくじ》への坂をのぼっていた。同行は、おなじく隊士の佐々木栄《さかえ》。

「異国に在る思いだな」

竜宮城のそれに似た崇福寺の赤い楼門をくぐりながらこの土佐人はいまひとりの土佐人にいった。崇福寺は唐人寺である。長崎の日本人たちは、

赤寺
とよんでいた。第一峰門《だいいっぽうもん》、大雄宝殿、護法堂、媽姐《まそ》門など、南シナの建築様式で、青丹《あおに》の色があざといほどである。

菅野と佐々木は、群衆にもまれた。

群衆のなかに、「洋夷《ようい》」もいた。水兵服を着ている。

ちょうど長崎港に英国軍艦イカレス号が碇泊《ていはく》中で、この乗組員らしかった。菅野の知識ではおなじ英国海軍でも軍艦によってずいぶん気風がちがうらしく、このイカレス号の乗組員は全員が狂人ではないかと思われるほど粗暴な連中が多い。市中で毎日のように事故を起し、町人が殴打《おうだ》されたり、婦女子が凌辱《りょうじょく》同然の暴行に遭ったりしたという噂《うわさ》を耳にしている。そのうわさは、長崎港南岸小曾根町に本拠をおく海援隊の連中の耳にも入っていて、

「こらしめに斬《き》ってやろうか」

という者があったほどであった。が、菅野が言ったわけではない。菅野は、坂本竜馬《りょうま》を首領とするこの隊の士官で、むしろそういう隊士をおさえるほうであった。隊士を外出させるときも、

「イカレス号の連中とは事を起さぬように」

と、注意している。

しかしその菅野覚兵衛でさえ、あやうく叩《たた》っ斬ろうかと思った事件が、ほんの数分後、この「赤寺」の境内でおこった。

境内の中央では、和と唐の群衆がなにかわめいている。

菅野は掻《か》きわけて、境内の中央へ出た。

予感した事態がそこで起っていた。

そこにイカレス号の水兵が二人いた。一人が、中国服の娘に抱きついているのである。卑猥《ひわい》な腰つきをして離さないのだ。娘は泣き叫ぶのだが、執拗《しつよう》にその動作をくりかえしていた。

いま一人の水兵はそれをみてげらげら笑っている。この男が、仲間のいいことをからかうために、いきなり短筒《ピストル》をぬき、天空にむかってぶっ放した。

どっと群衆が崩れた。

あらそって楼門にむかって逃げ出した。それがまたこの水兵にあたらしい興味をそそった。二、三発、つづけさまに天へ撃ちあげた。群衆は散り、水兵たちのまわりに大きな空地ができた。

残ったのは、菅野と佐々木だけである。腕を組んで、水兵をにらみすえている。や

がて水兵に近づくなり、

「やめろ。――」

菅野覚兵衛は大喝《だいかつ》した。

娘を抱いていた水兵は、はっと手放した。

娘は逃げだした。その娘へ、短筒をもった水兵がおどしのつもりか、一発ぶっぱなした。娘は横ざまにころんだ。佐々木栄が駈《か》け寄って抱きおこした。怪我《けが》はない。娘は佐々木を突きとばすようにして逃げた。

現場では、菅野覚兵衛が、水兵と対峙《たいじ》している。胸もとに銃口がある。

菅野は、相手の目をにらみすえたまま、微動もしていない。動けないのである。水兵は、一歩しりぞいた。さらに二歩、三歩しりぞきつつ、何か毒づいた。かちっ、と親指で撃鉄をおこす音がきこえた。弾が入っていたかどうかは知らない。

とにかく菅野に照準しつつかれらはしりぞき、やがて回廊のほうの闇《やみ》へ消え、ほどなく楼門のあたりで、嘲《あざけ》るような笑い声がきこえた。一発、銃声が鳴った。弾は菅野の横をかすめ、背後へ飛んで媽姐門の前の祭壇へあたり、酒器を打ちくだいた。

若い佐々木が、追おうとした。

「よせ」

菅野はとめた。とめたが、歯噛《はが》みして唇《くちびる》から血が流れ出ている。体が怒りで慄《ふる》えていた。やはり斬るべきであった。あの獣を、――と菅野は思った。菅野は隊長の坂本竜馬に感化されるまでは強烈な攘夷《じょうい》論者であった。斬る、と決意した。楼門を出た。坂をおりた。体がまだ慄えている。

事件はこれが発端だったといっていい。

菅野らは夜半までに、港内に碇泊しているかれらの海援隊汽船「横笛丸」にもどる義務があった。あす早暁《そうぎょう》、横笛丸は試運転のため出航することになっており、士官の菅野は乗船と同時に当直を勤務することになっていた。

が、このまま帰る気になれない。

「行こうか」

と、思案橋を渡り、丸山の遊里に入った。

当時丸山は日本の三大遊里の一つといわれていたが、柳暗花明《りゅうあんかめい》とか、狭斜《きょうしゃ》の巷《ちまた》とかいったふるい漢語にもっともふさわしいふんいきをもっていた。

坂が多い。

菅野は行きつけの小料理屋にあがり、一人四百文程度の酒肴《しゅこう》を注文した。

座敷は、他の客と相部屋になっている。武士も町人もいた。

酒がきた。どちらも二本空けた。それ以上は金がなかったから立とうとした。そのはずみに、

「卒爾《そつじ》ながら」

と、背後から声がかかった。

ふりむくと、初老の武士である。どこか大藩の上士なのであろう、服装、大小ともに立派だし、挙措も落ちついている。ただ目がするどく、朱の下緒《さげお》がめだった。

この武士が福岡藩士金子才吉であると菅野が知ったのは、維新後のことであった。

「一献《いっこん》、受けて頂きたい」

と、朱の下緒がいった。

人をそらさぬ物柔らかな調子である。菅野はつい、この武士のもつ独特のふんい気にひきこまれた。いや、不覚といっていい。

気がついてみると、菅野らは、名も藩も知らぬ朱の下緒の武士と銚子《ちょうし》十本を倒すほどに飲んでいた。

「貴殿、いずれの御家中でござる」

と菅野は訊《き》いたような記憶がある。――奢《おご》りをうけては心苦しい、いま持ちあわせがないが、次回は当方からお誘いしたい、と申し出たはずである。

とにかく、菅野は酔っていた。

相手もだいぶ酩酊《めいてい》の様子で、

「なにを申されるか。藩がいずれであり、名をなんと申そうと、日本人にかわりはない」

日本人、という語は、日本語のなかですでに千数百年の古さをもっているくせに、この当時はひどくみずみずしい一種の流行語として攘夷主義の志士のあいだで使われていた。嘉永六年「洋夷」との交渉がはじまってから、この民族呼称は、にわかに実用語になったのである。それまでのこの国の住民は、生涯《しょうがい》この単語をつかわずに死ぬ、というのが普通であった。日本史は幸福な数千年をもった。徳川時代史も、この言葉が使われるまでは、幸福であった。それまでは、薩摩《さつま》人はいた。むろん、長州人、津軽人もいた。庄内《しょうない》人もいたし、紀州人もいたし、安芸《あき》人もいた。土州人などもいた。

長人

土人

薩人

というぐあいで、武士はその藩によって一種の種族的割拠をし、それぞれの主人につかえ、主人は徳川家に仕えていた。それだけでこの国はよかった。

ところが、嘉永六年米国東洋艦隊司令官ペリー准将が武力的背景をもって開国を迫るにおよんで、幕吏をはじめ諸藩の士は、はじめて三百諸侯の概念から、一つ国家の意識にめざめた。日本人という言葉が流行《はや》った。

「われら皇国の民」

という言葉もはやった。どちらにしても単一民族とその国家をあらわす流行語である。

ちなみに、西郷吉之助などの書簡をみるとしきりに「御国、御国」という言葉をつかっている。御国とは、薩摩藩のことである。皇国という用語もつかっている。これは統一国家をさすときに使っている。

「そういうわけだ」

と、朱の下緒の武士はいった。

「だから、御遠慮なく飲んでいただきたい。第一、この郭内《くるわうち》で、藩だの名だのというのは不粋《ぶすい》ではないか」

「借りておこう」

菅野も上機嫌《じょうきげん》でいった。土佐人の通弊は、酒さえ飲んでいれば機嫌がいいということである。

朱の下緒の武士には、連れがひとりいた。色の黒い手の小さな男で、まげはつけているが、蘭学《らんがく》書生のようであった。同藩で、しかしながら「朱」より身分がひくいらしい。頭を垂れっぱなしで飲んでいる。ひょっとするとこの男が最も多く飲んだかもしれない。

菅野は、はっと気づいて、時計を出した。第十字（午後十時）を過ぎている。

「いかん」

立ちあがった。

朱も、やっと腰をあげた。

四人の武士は、路上に出た。星あかりと妓楼《ぎろう》、料亭の灯で提灯《ちょうちん》をもたずに、かろうじて坂をおりてゆくことができた。

夕凪《ゆうなぎ》がおさまって、風が出はじめている。

「いい気持だ」

海援隊士官菅野覚兵衛は、名も知らぬ武士と連れ立ちながら、まんさんと歩いた。

「ところで」

と、例の武士がいった。

「お手前、一刻《いっとき》ばかり前に赤寺におられたな」

え？　と菅野は武士を見あげた。背がおそろしく高い。

酔いの醒《さ》めるおもいであった。武士は、性根のどこかで酔っていない。なぜならあの献酬の最中にこの男はひとこともそれについて言わなかったではないか。

「いた」

「あれに」

と、武士は思案橋のたもとを指さした。辻燈籠《つじどうろう》があり、柳がゆれている。

「あれにそのときの夷人がいる」

「いる？」

菅野は、目をこらした。なるほど、それがあのときの水兵であるかどうかはわからなかったが、白い水兵服の夷人が、欄干にもたれ、往来する町人をからかっている。

それ以後の菅野、佐々木の記憶は、ひどくあいまいになっている。すくなくとも公表された上では――。

菅野の記憶では、朱の下緒の武士が、菅野よりも早く数歩踏み出したようにおもう。なぜなら、ひどく肩幅のひろい背が菅野の網膜に残っている。

しかし不幸なことに、現場を目撃した町人の証言では、白い筒袖が、まず踏み出した。夜目には白装がめだつのであろう。

菅野も、踏み出したことはたしかである。

二人の水兵は、目の前にあらわれた二つの影の殺気に気づいたらしい。

欄干をとびはなれるなり、拳銃《けんじゅう》を構えた。

「ローニン！」

と、水兵の一人が叫んだ。

当時、世界の新聞が、この日本語をあたらしい時事語としてとりあつかっていた。両刀をたばさみ、剣をあやつるのがうまく、夷人を禽獣視《きんじゅうし》し、もしくは侵略者視し、時に剣をきらめかせて斬る、——そういう概念である。

もっとも、このときはすでに慶応三年夏のことだ。

長州は四カ国艦隊との交戦で敗れ、薩摩は薩英戦争で洋式兵器のおそるべき威力を知り、両藩とも短兵急な攘夷がいかに愚であるかを高い代償をはらって知った。

しかし、洋夷たちは「ローニン」だけは油断はできぬと思っていた。かれらのほとんどはなお二年前の段階におり、狂信的な攘夷主義を捨てていない……。

英国水兵は、酔っている。酔っていたから、この国際的常識になっている「ローニン」への恐怖を感じなかったのか。それとも、もともと勇敢な男だったのか。

どちらも素早く拳銃をかまえ、親指を動かして撃発の操作をした。

銃声が、二発、前後しておこった。

が、そのときはすでに二つの巨軀《きょく》から血煙が立ち、銃弾はむなしく星空に撃ちあがっていた。

朱の下緒の武士は瀕死《ひんし》の二人に近づき、この国の古来の作法である、
とどめ
を刺した。ひどく緩慢な操作で、しかも何度か刺しぞこなっているところからみると、ずいぶんと酔っていたらしい。

作業をおわると、刀をおさめ、菅野のほうをふりむき、いきなり菅野の肩を抱いた。やはり、昂奮《こうふん》していたらしい。

「君が当然、赤寺で討ち果すべきであったものを、私が討った。これが知れ、私の藩の名が世間に知れれば、藩に迷惑がかかる」

急に「日本人」から藩士に立ちもどったようであった。顔が緊張で青ざめている。

「私が討った、これは確かだ。討つべきものを、私が討った。君のせいではない。ここは私の」

と、ちょっと言葉を探し、

「手柄《てがら》にしておいてもらう」

といった。罪を着る、といわずに、手柄という言葉をつかったのは、この男は恩着せがましいことを避けたのであろう。

「私の藩は」

それを言おうとした。言わねば、卑怯《ひきよう》だと思われはしまいかという武士らしい廉恥《れんち》心《しん》が働いたらしい。

菅野は、さえぎった。

「逃げよう」

といった。このあたりは、策の多いことをもって天下に知られた土佐人気質《かたぎ》である。

菅野は、武士をつきとばした。

それぞれが柳暗のなかを逃げた。

菅野は、長崎港の南岸にある海援隊本部にもどった。この屋敷は、この町の本博多町の質商小曾根英四郎の別荘で、竜馬と親しく、よろこんでその別荘を提供したものである。

海援隊というのは、土佐藩坂本竜馬の創設にかかるもので、もとは長崎の亀山に本部をおき、

「亀山社中」

とよんでいた。

さらにさかのぼれば、幕府の軍艦奉行勝海舟が、竜馬の案を容《い》れて摂津神戸村にひらいた勝塾がもとになっている。文久三年から元治元年にかけてわずか一年だけ存在した。この間《かん》、事実上勝の私塾とはいえ、勝の工作で幕府の汽船、炭礦《たんこう》を借りることになり、自然、官制化され、神戸海軍操練所と称された。竜馬がその塾頭になり、京都にあつまっている浪士や諸藩の士数百人をその傘下《さんか》にあつめた。

練習生は、竜馬の関係から土州藩士が多かったが、まずまず西日本の諸藩の士を網《もう》羅《ら》しているといっていい。このなかでのちに名をなした者が幾人か出た。たとえば紀州脱藩陸奥《むつ》陽之助（宗光）、薩摩藩からはのちの日清《につしん》戦争の提督伊東祐亨《すけゆき》。維新後、爵位《しやくい》をもらった者も多い。

幕吏である勝の主宰とはいえ、竜馬の影響で倒幕主義的な気分が濃厚で、この塾生のなかから、塾を脱走して京へ走り、池田屋ノ変で斃《たお》れたり、蛤《はまぐり》御門ノ変で戦死した者も多く、そのため勝は、幕閣における勝の反対勢力から、

──勝は神戸で不逞《ふてい》浪人を養っている。

という嫌疑をかけられ、勝はこのために失脚して元治元年十月江戸で謹慎を命ぜられ、成立後ほどなく神戸操練所は閉鎖、塾生は解散ということになった。

竜馬は、五十余人と長崎へ走り、ここを本拠として「亀山社中」を作ったのである。天才的な創案といっていい。諸藩の繋留《けいりゅう》中の汽船を賃借りし、それを運転して海運業を営み、その利潤をもって倒幕資金とし、いざ討幕というときには、艦隊として活動しようというのである。

現に、幕府の第二次長州征伐のときには応援してこの「私設艦隊」の旗艦ユニオン号が坂本の指揮で馬関《ばかん》海峡にあらわれ、長州艦隊（オテント丸、癸亥《きがい》丸、丙申《へいしん》丸、庚申《こうしん》丸）司令官高杉晋作と戮力《りくりょく》して小倉《こくら》藩沿岸砲台を砲撃し、幕府艦隊の来襲をおさえている。

その後、この「亀山社中」は土佐藩の外郭浪士団となり、海援隊と名づけられた。竜馬のつくった海援隊規則では、隊士の資格を、

「脱藩の者、海外開拓に志ある者、みなこの隊に入る」

ときめている。隊長の竜馬自身、二度脱藩して二度ゆるされたが、みずから浪士と称していた。

「隊長、其《そ》の死活を制するも亦《また》許す」

あきらかに軍事団体である。

土佐藩との関係はあくまでも独立した存在で、ただその経済的援助をうける都合上、

「国（土佐藩）に附せず、暗に出崎官《しゅつきかん》（長崎駐在の土佐藩商務官吏）に属す」

としてある。

佐幕派における京都守護職松平容保《かたもり》支配の新選組と、ややその組織上の性格が似ている。倒幕派の海上浪士団というべきものであった。ただ、海運業だけでなく、「万国公法」など翻訳出版業まで進行させていた点、新選組とは政治思想の点だけでなく、活動分野のひろさに相違がある。ついでながら、海援隊は各地に支部をもっている。京都支部は三条河原町下《さが》ル材木商「酢屋」の二階。大坂支部は土佐堀二丁目の薩摩藩定宿「薩摩屋」。下関支部は阿弥陀寺《あみだじ》のそばの伊藤助大夫方。

さて。——

菅野覚兵衛と佐々木栄が、本部へもどった。屋内に入ると、一室の灯火がともっている。

菅野は、その明り障子をあけた。

室内にいたのは、隊士ではない。土佐藩から派遣されている出崎官の一人、岩崎弥

太郎である。

岩崎は行燈《あんどん》をひきよせ、背をまるめてなにかしきりと食っていた。

それをみると、菅野は腹がひどく減っているのに気づき、

「すこし寄越せ」

と、手をのばした。

岩崎は、奪《と》られまいと丼《どんぶり》をかかえたまま、むこうをむいた。

「何を食っている」

と菅野がのぞくと、ひどく臭い。赤茶けた飯と肉片がその中に入っている。

岩崎が食っていたのは、長崎の清《しん》国人が星祭りの夜に供える油飯《ユウファン》というものらしい。

この土佐藩における「村浪人」あがりの小吏は、長崎での藩の商務がおもに清国人相手であるために、懇意のその国の者から差し入れがあったのであろう。

岩崎は食べおわると、ふりむいた。

太い眉《まゆ》、大きな口、めったに笑ったことのない樹《き》の瘤《こぶ》のような顔が、じっと菅野覚兵衛を見た。

「おンし、その右袖《みぎそで》の血は何じゃ」

と、不審な顔でいった。

菅野覚兵衛は、はっとした。しかし海援隊では隊長の坂本竜馬以下、この藩派遣の会計方をばかにしている。

「磯《いそ》で釣《つ》りをしてきたのよ。魚の血じゃ」

といった。

岩崎は、信じていない顔である。もはや海援隊は純然たる浪士団亀山社中ではなく土佐藩が背景にあるのだ。喧嘩《けんか》刃傷沙汰《にんじょうざた》のとばっちりは当然、藩が受けるのである。

「たしかに魚か」

岩崎は、にじり寄ってきた。性来、何事も自分の目でたしかめなければ納得せぬという厄介《やっかい》な性分だった。

「見ろ」

菅野は、右袖をひっぱった。

「いや、血はわかった。釣った魚はどこにある」

「腹中にあるわい」

「菅野、ひとを馬鹿《べこのかあ》にするもんではないぞ。お前《まん》はいま何と申した。めしを寄越せというたではないか。お前の腹は減っちょる。そンでも魚を食うたち言うか」

「俗吏。——」

吐きすてて、菅野は部屋を出ようとした。出るときに岩崎の膝《ひざ》の横の丼鉢《どんぶりばち》をみた。猫《ねこ》がなめたようにきれいに平らげてあった。

菅野は、佐々木とともに、海岸へ出た。繋留してある短艇に乗り、横笛丸（二百トン）に漕《こ》ぎつけた。

甲板へのぼり、ふと星空の下の長崎港を見渡した。

あちこちに、各国各藩の汽船、軍艦が碇泊《ていはく》している。舷燈《げんとう》で、ほぼ識別できた。土佐藩の藩船もいる。土佐藩士野崎伝太を船長とする外輪船の「若紫」（二百トン）であった。そのそばに、千数百トンもあるかと思われる黒々とした大艦が横たわっていた。英国軍艦イカレス号である。

菅野の酔いは、まだ醒めない。

士官室に入り、着衣のままベッドに横になった。一時間ねむった。

やがて、水夫に起こされた。船はすでに錨《いかり》をあげていた。汽罐《きかん》にはとっくに火が入っている。予定どおり試運転のため出港するのである。

甲板へ出た。

東天が、白みはじめた。

横笛丸は帆をあげず、蒸気運転で徐々に動きはじめ、やがて波を蹴《け》って港を出た。

偶然なことに、土佐藩船の若紫も汽罐に火を入れ、横笛丸を追うようにして本国の須崎にむかい、出港して行った。

長崎には、英国水兵の死骸《しがい》だけが残った。

日が昇るにつれて、菅野覚兵衛は昨夜の記憶がしだいによみがえった。

（おらア、斬《き》ったかな）

そう思うと、手ごたえが腕に残っているようである。士官室へひきかえした。念のため、佩刀《はいとう》をぬいてみた。土佐の貧乏郷士出身の菅野にすれば、この差料《さしりよう》はわるいものではない。

銘は、新刀期の土佐における代表的な鍛冶《かじ》であった南海太郎朝尊《ともたか》である。刃の長さ二尺四寸六分、地がねは、板目に柾《まさ》がまじり、小沸《こにえ》が締って鋩子《ぼうし》がまるい。この作者は在世当時の名声ほどには名品をのこしていないが、それでも十のうちに二作ほどはいい。

この刀は、数年前、京都三条小橋西詰め池田屋で闘死した神戸海軍操練所時代の同志望月亀弥太《もちづきかめやた》の所持していたものである。

菅野のきくところでは、望月は新選組に襲撃されるや、白刃の間をかいくぐり、二階から、三条通に飛びおりた。

が、辻々《つじつじ》には会津藩兵を主力とする幕府の包囲陣が布《し》かれている。

木屋町《きやちょう》の角に屯集《とんしゅう》していた会津藩士に見とがめられた。その会津藩士のなかには、同藩が京都守護を受けるにあたって江戸で新規に召しかかえた剣客大柳俊八、五十嵐《いがらし》虎之助がいる。

望月は、大柳のさしだした提灯《ちょうちん》をこの南海太郎朝尊で右腕もろともに斬って落し、さらに五十嵐の面を斬撃《ざんげき》し、面鉢をたたき割って逃げた。この両人は、数日後に絶命している。

望月はのがれて角倉《すみのくら》屋敷の軒下まで駈《か》けたがすでに全身に傷を負っており、のがれられぬところとみて、その場で切腹した。

その刀が一時奉行所におさまったが、のち土佐藩にかえされた。菅野は幼なじみであったから、望月の父団右衛門にたのみ、譲り受けたのである。

数カ所に刃こぼれがあるうえに、大柳、五十嵐を斬った脂《あぶら》がそのまま曇りになって付着している。菅野はむしろそれを珍重し、

——亀弥太の恨みを晴らしてやるのだ。

といって、砥《と》ぎには出していない。

（膩《あぶら》がついている）

が、どうみても元治元年六月五日の池田屋ノ変のもので、昨夜のものではなさそうであった。ただ重大な発見がある。刃こぼれであった。以前は三カ所であったものが、物打ちに一カ所あきらかに昨夜のものと思われるものがあらたに生じているのである。

（やはり斬ったか）

菅野は、昨夜の同行者の佐々木栄をよんだ。佐々木は海援隊測量官で、船尾のほうで作業をしていた。

やがて、入ってきた。この男もまだ酔いがさめないらしく土色の顔をしている。菅野は、せきこんでいった。

「おンしは憶《おぼ》えちょるか。うらは昨夜《よんべ》、えげれすを斬ったか」

「斬った」

と、佐々木はいった。が、菅野に情景を問いつめられてみるとわからなくなったらしく、

「そういわれると、定かでなくなる」

といった。

「ただ」

と、佐々木は言葉を継いだ。

「どちらが斬ったにしろ、ただはっきり憶えていることは、おンしが、あの思案橋から逃げるときに金打《きんちょう》をしたことだ。あの福岡藩士と。――これは武士として覚えておかねばなるまい」

意外なことである。まず、佐々木栄はあの男が福岡藩士であったことを知っている。菅野とのあいだに、だいぶ記憶の相違があるらしい。

「あの男は福岡藩士か。おれはそのようには聞かなんだぞ」

「いや、むこうはわれわれが土佐藩の海援隊士であることを知っていた。第一、服装をみればわかるだろう」

「それもそうだが」

佐々木の語るところでは、あの思案橋の南詰めで、

――主家に迷惑がかかるから、互いの藩名は、天地が崩れてもあかすまい。

という誓約を、菅野は相手とかわしたようであった。その口上をのべたうえで、筑《ちく》前《ぜん》人と土佐人は、たがいに鍔元《つばもと》を打ちあわせて、金打をした。とすれば互いに「藩人」である。おたがい、「日本人」として洋夷《ようい》を斬ったものの、斬ってみれば妙なものでは の意識にもどり、主家の迷惑を考え、さらに一転して個人である「武士」という立場

で、金打をかわしている。菅野も、筑前人も、複雑な社会に棲《す》んでいるといえばいえた。

「間違いあるまいな」

「音まで耳に残っている」

といわれてみると、どうやらそんな記憶があるようである。

(金打か。——)

相手がたれであるにせよ、これだけは守らねばなるまい。菅野覚兵衛は、そういう社会に育ち、そういう社会に生きている。

隊長の坂本がおれば、あるいは相談したところかも知れないが、折りあしくかれは長崎を留守にして京へのぼっていた。

この時期、坂本は多忙であった。前月の六月九日に土佐藩船夕顔丸で長崎を出航し、同十一日、兵庫入港。同十四日京都に入り河原町三条下ル「酢屋」に投宿し、同二十二日、薩摩藩重役小松帯刀《たてわき》の三本木の寓居《ぐうきょ》(といっても料亭だが)で、薩摩藩西郷吉之助、土佐藩後藤象二郎、同福岡孝悌《たかちか》、同中岡慎太郎らと密会し、薩土秘密同盟を協議、さらに同二十六日、竜馬ははじめて西郷に対し、大政奉還案をもちかけている。

むろん長崎の事件など、知るよしもない。

思案橋畔の英国水兵の斬殺事件についてはその早暁《そうぎょう》に、幕府の長崎奉行能勢大隅守《のせおおすみのかみ》頼之から英国の長崎領事フランソワーズに報告され、イカレス号からも士官がきて、――いかにも当艦乗組員である。ひとりは水兵ロバート・フォード、他の一人は水兵ジョン・ホゥチングスである。

ということがわかった。

領事館、奉行所が双方で調べたところ、当夜の状況からみて、容疑者は土佐藩海援隊士に相違ない、ということになった。

菅野らの海援隊制服を目撃した町人が、一、二にとどまらなかったのである。だけではない。

事件発生後ほどもなく、海援隊汽船横笛丸があわてて錨をあげて出航しており、おなじく土佐藩の若紫もあとを追うように払暁に出帆している。状況証拠としては動かぬところといってよかった。

早速、長崎奉行から幕閣へ、英国領事館から、英国公使館へ通報された。

「元来、土佐人は気が荒いという評判であった」

と、事件の処理にあたった英国公使館および同横浜領事館付日本語通訳官アーネスト・サトーは、その先入主を手記のなかでのべている。

サトーはロンドンうまれの二十五歳の青年で、文久二年、二十歳のとき横浜に着任しそこで日本語を学習した。当時、攘夷《じょうい》運動が熾《さか》んで、横浜、神奈川在留の外国人は「路上たまたまサムライに出会って事無きを得れば胸をなでおろした」という時代であった。

サトーは、利口で冒険心に富み、時勢感覚に鋭敏な青年で、このヨーロッパの文明社会からみれば不可解な任地での仕事をたれよりも愛した。そのうえ、日本語に堪能《たんのう》で、候文《そうろうぶん》の読みかきまで出来た。

かれについては、この当時（慶応三年）、英国公使館書記官だったアルジャーノン・ミットフォードが「パークス（駐日英国公使）は、その側近にサトーという非凡な才能の人をもっていた。かれはその豊富な日本語の知識と人をそらさぬすぐれた技巧と、正直な性質とによって当時の日本の指導的人物の大多数と親しい関係を結ぶことができた。かくして彼ははかり知れぬほど大きな利益をパークス公使に与えうる立場をかちえたのである」といっている。

なにしろサトーの日本語のうまさは、幕府の役人がなにかのときにそれをほめると、

「おだてと畚《もっこ》には乗りたくねえ」
と江戸前で啖呵《たんか》を切ることさえできた。この若者の才能のふしぎさは、当時、他の日本人さえわからなかった薩摩弁までわかったというのだから、おおよその想像はつくであろう。

サトーが「事件」を知ったのは、かれが北陸道の旅行をしていたために事件後二十日を経ており、大坂につくとすぐ寺町の宿でその報告をうけた。

当時将軍慶喜《よしのぶ》は大坂城にあり、老中板倉周防守《すおうのかみ》、外国奉行加役《かやく》平山図書頭《ずしょのかみ》などおもな閣僚も大坂に滞留していた。

英国公使ハリー・パークスも江戸から大坂についた早々で、サトーの宿館の隣りの寺を宿所とした。

パークスというのは、極端な短気者で、激すると場所かまわずに怒号するくせがあった。早くから清国にきて阿片《あへん》戦争にも参加し、厦門《アモイ》の通弁官からたたきあげ、福州、上海《シャンハイ》、広東《カントン》などの領事館を転々とし、上海領事から二年前に駐日公使として日本に赴任した。シナではもっぱら恫喝《どうかつ》外交で腕をあげ、東洋人相手の外交は怒鳴るだけで事が済むと経験上思いこんでいる男であった。

——日本とシナとはちがう。

とサトーは婉曲《えんきょく》に教育はしてきたが、この外交技術上の信念を変えようとしない。ただ無能ではなかった。

サトーは、後年、「幕末維新回想記」のなかで、自分とはあまり折りあいのうまくゆかなかったこの上司を、ひどくほめていた。

パークス卿《きょう》は剛毅《ごうき》沈着、生死の間を通ってきた傑物（シナでは清国軍の捕虜になったこともある）として極東在留の全ヨーロッパ人から最大の尊敬を受けた外交官で（中略）、もしかれが維新のとき、反対の側（幕府側）に味方したならば、ミカドの王政復古はあのように容易に実現することはできなかったであろう。（中略）不幸にして私は彼の好意を得ず、最後まで親しくなれなかったが、しかし彼は決して私を悪く思っていなかった。

パークスは、「事件」に激怒した。さっそくサトーを連れて大坂城に登城し、老中板倉に強談し、卓をたたき、犯人の検挙をせまった。

この間のことを、サトーはその手記でこう語っている。

公使は非常な意気ごみで問題をとりあげ、将軍《たいくん》の宰相板倉に強硬な話しかたをした。板倉は善良な紳士だったが、決して腰の弱い人物ではなかった（つまり、パークスの恫喝に卑屈な態度をとらなかった)。年齢は四十五歳ぐらいだったと思うが、見たところは老人のようだった。長崎では、犯人は土佐藩だといううわさだった。

幕府は、とにかく重大事件とみた。

土佐藩に幕府から正式に連絡があったのは、七月二十八日のことである。二条城に詰めている幕府の若年寄永井玄蕃頭《げんばのかみ》尚志から、土佐藩京都藩邸留守居役森多司馬に呼び出しがあった。

森は至って俗だからビクビクしながら出てゆく。森が帰ってきたから、何かと聞いてみると、右のような次第であった。幕府の命では、「すぐ重役の者を下坂《げはん》させるように」との事だった。

右は、土佐藩の京都詰め大監察佐々木三四郎(維新後、高行《たかゆき》。参議、工部卿、宮中顧問官などを歴任し、侯爵《こうしゃく》。明治四十三年八十一歳で病没)の当時の回顧談の速記である。

——佐々木老侯昔日談。

さらに、佐々木はいう。

さっそく淀舟《よどぶね》(淀川くだりの三十石船)に乗ったが、長い天気続きで水量が減じて、淀へ出るまでは実に遅々として進まない。ようやく二十九日午前十一時ごろ、大坂西長堀の藩邸に着いた。

大坂藩邸では、今暁、板倉閣老から数度の使者が来てこまっているところだ。それでは、というので、さっそく朝飯を食して出かけた。

途中、大監察佐々木は、薩摩の西郷吉之助が大坂にきていることを知り、薩摩人が先年の生麦《なまむぎ》事件、薩英戦争などで外国人との衝突を経験して折衝の仕方に馴《な》れているはずだとおもって、西郷の旅宿をたずねた。

運よく西郷は、旅宿にいた。

「土佐藩大監察佐々木三四郎」

という名札をみて、すぐなんの用事で訪ねてきたかを、西郷は察した。

西郷は、サトーと親しい。佐々木が下坂する二日前に、かれはサトーをその旅宿に訪問し、国事を談じている。

ここでサトーは、西郷にむかい、「早くちゃんとした政府（維新政府）が出来て、列国と普通の交際をしなければならぬ。イギリスに相談したいことがあれば、いってほしい。自分は助力を惜しまぬ」という重大な発言をしている。サトーはすでに幕府に統治能力がないと見、薩長に対して新政府をつくるように暗に示唆《しさ》していた。むろん、薩長の行動派に倒幕新政府樹立の意思のあることを知りぬいたうえでのことである。

この西郷・サトー会談のときに、サトーは長崎事件のことを西郷に語っている。が、サトーはパークスとはちがい、

——犯人は土佐藩士であるかどうかはわからない。

と、断定を避けた。この若者の柔軟な性格によるものだろう。

いずれにせよ、西郷は、土佐藩士佐々木三四郎を、丁寧に応接した。もともと他藩士に親切な男だが、この日の西郷は、むしろ過剰なぐらい、土佐藩士に親切であった。元来、土佐藩というのは複雑な政情をもった藩である。上層部は佐幕派で、下層部に激越すぎるぐらいの倒幕派が多かった。

この機会に、西郷は、土佐藩を藩ぐるみ倒幕勢力にひき入れたかったのであろう。武力倒幕にあたっては、薩長や土佐藩外郭団体の海援隊ぐらいでは心もとなかった。土佐藩のもつ優勢な新式軍隊の参加が必要であった。それには、土佐藩の重役を英国に接近させ、すでに幕府に見切りをつけている英国の意図を理解させ、薩長同様に英国の助言を受けさせる必要があった。

佐々木三四郎は、なにげなく西郷を訪ねたのだが、西郷はこの訪問を、大きく歴史の進行に利用しようとした。

実をいうと佐々木は多少の度胸がある程度でさほどの取《と》り柄《え》のある者ではない。が、

この訪問が、かれの気づかぬまに、この男をして歴史に参加せしめたことになる。かれ自身の一生からいっても、他藩の志士連中のあいだでまったく無名だったこの男が、維新後侯爵まで授けられるようないわば僥倖《ぎょうこう》にめぐまれたのも、この日が起点だったともいえる。

「外人との談判はじつにむずかしいものでごわしてな」

と西郷は、ことさら大げさにいった。

「弊藩先年の生麦事件では手こずり申したが、この経験がかえって弊藩の者をすこしは利口者にしてくれました。とくに英国人の談判はうるさい。言葉尻《じり》を大事になさるように、言質《げんち》をとられてはいけません」

佐々木の予定としては、大坂で幕府の閣老に会ったあと、その報告のために急ぎ国もとへ帰国しなければならない。ところが、おりあしく、大坂、兵庫には、土佐藩の汽船が入港していなかった。

足がない。西郷はそれを察し、

「弊藩の三国丸が、ちょうど兵庫港に碇泊《ていはく》しております。すぐ御用だて申すゆえ、ご帰国の便はご安心くだされ」

とまでいった。佐々木は、このとき同役の由比猪内《ゆいいない》、小監察毛利恭助を同行していたが、藩の危急なときだけに三人とも、西郷の好意は肝に銘じた。

佐々木などは手をつき、

——かたじけのうござる。

と涙をこぼしたという。もっとも佐々木侯爵自身の回顧ではこのあたりの表現はわりあい簡単で、「西郷は親切に便宜を与えてくれた」というだけにとどめている。自分が西郷に交渉して成功した、という自慢ばなしのにおいが強い。とにかく佐々木らは西郷のもとを辞するや、閣老の旅館を訪問した。すぐ広間に通された。

正面には老中板倉周防守、つづいて外国奉行加役平山図書頭、大監察戸川伊豆守《いずのかみ》、小監察設楽《しだら》岩次郎などが居ならんでいる。

閣老板倉はいかにもおとなしそうな人で、この事件についていたく苦心されていることが、その風貌《ふうぼう》にあらわれている。

——と佐々木の回顧談。偶然ながら板倉に対する観察は、英国人サトーのそれと符合している。

板倉閣老は、長崎事件の概要を語り、英国公使の強硬ぶりを説明し、

「とにかく貴藩士に疑いがかかっている」

と、いった。

佐々木は立場上、ひらきなおらざるをえない。開きなおれば凄味《すごみ》のきく男でもある。

「証拠がござるか」

といった。押し問答になった。

板倉「いや証拠はまだないが、長崎においては一般に土州人の所業と言って一点の疑念を挟《はさ》むべき余地がないと申しておる」

佐々木「それは意外なおおせでござる。藩士も長崎表《おもて》にはずいぶん居る。居るけれども、われらが主人土佐守より外国人に対して乱暴をするなとかたく戒めておりますから、まず左様なことはござるまい。第一あったとしても、われら土佐人は武門の誇りをもっている。外国人を殺害してそのあとをくらまし国難をおこすような者は一人もござらぬ。かならず自訴し、自殺するのが、土佐の法でござる」

問答は夜明けまでつづいたが、ついに結論を得ず、佐々木らは席を立って西長堀の藩邸に戻った。すぐ早駕籠《はやかご》を用意し、一睡もせず、兵庫港まで八里を駈《か》けぬいた。途中佐々木は、

――まるで忠臣蔵だな。

と笑った。また、（幕府も衰えた）という述懐をもった。その「昔日談」に、
閣老の前で過激の言論を弄《ろう》し、いままた幕閣の許可も得ずに勝手に帰藩するなど、

実は閣老をふみつけにした処置である。これが以前なら自分は無事ではあるまい。

そういう自分をどうすることもできぬとは幕威も堕《お》ちたものだと思った。

幕威のかわりに、英国の外圧が大きくのしかかりはじめていることを、このころの佐々木はまだ気づいていない。

駕籠が兵庫の宿へ入ったのは、陽《ひ》が傾きはじめているころであった。佐々木は桟橋《さんばし》にむかって走らせた。港が目の前にひろがった。

蒸気船が、三艘《そう》浮んでいる。どの船も黒煙を天にあげ、この事件の出幕を待ちかねているようであった。その最大のものは、パークス公使が搭乗《とうじょう》すべき英国軍艦であり、つぎは幕府軍艦回天丸、さらに桟橋にもっとも近くいるのが、薩藩の三国丸である。

桟橋には、この三人の土佐藩吏をむかえるために、西郷から指示されたバッテーラが丸に十の字の薩摩の船旗をかかげて待っていた。佐々木らはとび乗り、三国丸にむかって進みはじめた。

そのころパークスらも土佐行きの準備をしつつあり、幕閣でも、外国奉行加役平山図書頭に命じて回天丸で土佐へゆくよう支度をしていた。

当の海援隊長坂本竜馬は、事件をもっとも遅く知った。

かれは京坂の間をとびまわり、「大政奉還」の秘策と、後世「船中八策」という名称でよばれる新政体の構想を懐《ふとこ》ろにして、薩摩藩、伊予宇和島藩、越前福井藩などの関係者を歴訪、説得してまわっていた。

余談だが、船中八策とは八カ条によるいわば驚天動地の日本改革案で、第一条は政権を京都に収めること、第二条は上院下院を設けて議会制度とすること、第四条は外国とひろく交際すること、第八条は金銀物価は外国と平均せしめること、というもので、薩摩藩はすでにこれを呑《の》み徳川家御家門の越前福井藩主松平春嶽《しゅんがく》でさえ、

——この難局を収拾するにはこれしかなかろう。

と積極的に将軍に働きかけることを坂本に約束していた。この案さえ、幕府、諸侯が承知すれば、日本に無血革命が招来するのである（この案を、将軍慶喜はほぼ諒承《りょうしょう》し、これより二カ月あまりのち、慶喜はとりあえず大政を奉還した。がその前後において薩長が武力討幕する方針を決し、鳥羽伏見の戦いの因となった）。

坂本が、この長崎事件を聞いたのは、七月二十八日である。

大坂の越前藩邸で、越前侯松平春嶽からじきじき聞いた。

「しまった」

坂本は、越前の殿様の前で、コブシを打った。以下は坂本が西郷にだけあかしたことなのだが、もし将軍慶喜が大政奉還に応じなければそれを名目に「朝敵」とし、天下の諸侯をこぞって徳川家を討つつもりであった。

が、軍器、弾薬が足りない。それはもっぱら、坂本が懇意にしている長崎の英国商人グラバーに頼む予定にしていた。グラバー商会には、米国の南北戦争終結によって不要になった銃器が集まりつつある。

が、兵器だけでは、討幕はできない。なぜならば外交団というものがある。とくに仏国公使ロッシュは幕府の顧問格であり、仏皇帝ナポレオン三世は、自己の政治的地位が弱体化したからこそ事情がややかわってきているが、それまでは、幕府に対する援助ぶりというのは軍事顧問団の派遣、経済的援助、さらには軍隊の貸与まで考えてきた。

坂本の考えるところ、万一、革命戦争になれば、フランスは幕府につくおそれが十分にあった。その動きを、英国の外交によっておさえてほしかったのである。抑えなければ、革命側の諸藩は、フランス軍の砲火に斃《たお》れるという奇現象がおこるのだ。

(まずい時期にやりやがった)

とおもった。ここで英国公使を怒らせてしまえば、あぶはちとらずになってしまう。

「坂本、パークスも土佐高知城に乗りこむそうだ」

と、松平春嶽がいった。

坂本は、頭を掻《か》いてしまった。パークスが清国で名を轟《とどろ》かせた怒鳴り屋だということも坂本は知っている。

ところが受けて立つ土佐藩の老公山内容堂《やまのうちようどう》ときたら、諸侯きっての剛愎《ごうふく》な男で、大酒飲みであり、剣は無外流の達人で、言辞は針を含むようにするどく、しかも言いだしたらあとにひかない男であることを知っている。

(どっちもどっちだ。役者がわるすぎる)

坂本は、殿様と英国公使との摑《つか》みあいの場面さえ、脳裏にえがいた。こまる、と思い、穏便第一に談判をすませるよう、春嶽から手紙を書いてもらえまいか、と頼んだ。

春嶽はこころよく手紙を書いた。この手紙がおもしろいのだが、長文だから紙幅の関係上、ここに掲げない。要するに春嶽の手紙も下手人は土佐海援隊横笛丸の乗組員らしい、と決めてかかっている。その上で、感情を殺して談判し、条約どおりに処置してもらいたい、と書き、「さすれば外国への信義も相立ち、土国も平穏にて相済むべく」(中略)「さ無く候《そうろう》ては、貴国(土佐)殆《ことごと》く生民は塗炭の苦におちるのみならず、皇国の動静にも関係致すべき儀と悲泣に堪えず」という極端な修辞を用い、事態の重大さを警報している。

「坂本。土佐藩大監察の佐々木三四郎とか申す者が薩摩藩船三国丸に乗って今夜にも兵庫を発つそうだ。この手紙をかれらに言伝《ことづ》ければよかろう」

と春嶽はそこまで教えた。

坂本は、春嶽の手紙のできるまで、羽織のひもの房をしゃぶっていた。この人物の激してきたときのくせで、手紙ができあがったころは、ひもは唾《つば》とよだれでべとべとになっていた。

春嶽は坂本が脱藩浪人のころから近づけて可愛《かわい》がっていた。そのくせを知っている。笑いながら自分の羽織のひもを解き、

「これと替えてゆけ」

といった。

竜馬は、越前藩邸で馬を借りた。鞭《むち》をあげて兵庫までの八里を駈けとおした。桟橋についたときは、佐々木らが着いたときより二時間あとで、日がとっくに暮れおちている。

(ホイ、船は出たか)

坂本は近視だから、夜目がきかない。この男の目では沖のあたりは漠々《ばくばく》たる闇《やみ》で、

ただ風のみがつよい。波は港内でさえ高く、桟橋にぶちあたるしぶきが、坂本の同志間で有名なぼろ袴《ばかま》を濡《ぬ》らした。

漁夫をよんで、船を出させた。幸い、薩摩の三国丸はまだ居ると教えてくれた。

「どこだ」ときくと「そこだ」と指さしたのが、ほんの目の前であった。なるほどそう思って目をこらすと、淡く舷燈《げんとう》がついている。

小船は三国丸の舷側についた。三国丸は錨《いかり》をあげはじめているときであった。

飛びのり同然にして、乗った。

士官室に佐々木がいた。

「おお、竜馬か」

この佐々木は、階級のやかましい男で、自分が上士階級に属し、竜馬が郷士階級に属しているという意識が、いつも竜馬との応対にぬけきれない。

竜馬は竜馬で、すでに天下の坂本竜馬だという頭がある。仲がさほどよくなかった。

「おい、越前侯からの書簡だ」

「そうか」

佐々木がなにげなく取りあげようとすると竜馬は、相手が階級身分にやかましい佐々木だからわざと、

「すこし神妙にしたらどうだ。越前福井三十二万石の松平宰相から老公への書信だ」

といった。佐々木はむっとしたらしい。

「汝《おンし》が、長崎で乱暴者をあつめているからこんどのようなことになったのだ」

「なに、その乱暴者が天下をよくするのさ。藩吏にわかるものか」

竜馬は、書信をわたせばすぐ下船して京にもどるつもりであった。大政奉還の対公卿《く げ》工作が、まだ半ばにも進行していない。その件について京で土佐の中岡や、薩摩の大久保一蔵（利通）と会わねばならなかった。

ところが、佐々木とやりとりをしているうちに、船が動いてしまった。

（なンじゃ、この分なら高知へゆくか）

歴史はこの間、停止したといっていい。

竜馬らをのせた三国丸が、高知城西十里の須崎港に入ったのは八月二日である。

その翌三日、幕府軍艦回天丸が入港し、さらに五日にも幕吏をのせた幕船が入港した。

つづいてその翌六日、英国公使パークス、通訳官サトーをのせた英国軍艦が入港。

談判の場所は、須崎の大勝寺である。藩内はその準備でひっくりかえるほどのさわぎになった。

その前に、佐々木大監察の手から春嶽の手紙を読まされた土佐の老公容堂は、手紙で暗に喧嘩《けんか》をするなといわれているために、

「何分やかましいことだ」

と一言いい、苦笑しただけで、うなずいた。その苦笑は、容堂にすれば、自分がこの事件の役者として出ることをみずから退いたことを意味する。すべてを、参政後藤象二郎にまかせた。

ところが、藩内である。

「英国人が押しよせてきたとあれば、土佐藩の実力にかけて目にものをみせてくれよう」

と、国内の郷士が、在所々々から槍《やり》をひっさげて高知城下にあつまってきた。郷士だけではない。藩の軍事をにぎっている乾退助《いぬいたいすけ》（当時三十一歳、のちの板垣退助）自身、幼少のころ「喧嘩退助」といわれて、城下の中島町から本町にかけての武家屋敷町で鼻つまみになっていた本性をまるだしにして大いに昂奮《こうふん》し、即座に戦闘警備の指揮をとった。

退助は、陸軍諸隊に所定の海防部署につかしめ、談判場所の須崎に対しては、山田喜久馬《きくま》の別撰《べっせん》一小隊、山地忠七、祖父江《そふえ》可成の足軽二小隊、それに差使役《さしつかいやく》高屋佐兵衛をつかしめ、種崎《たねざき》の沿岸砲台は渡辺玄蕃《げんば》が指揮し、それに応援として片岡健吉の別撰一小隊、箕浦猪之吉《みのうらいのきち》が急行した。どの隊長も翌年の戊辰《ぼしん》戦争で退助指揮のもとに活躍した気の荒い連中ばかりである。

参政後藤象二郎はこれでは「談判というより戦争になる」と思い、せっかく支度していた大勝寺の会場をにわかにとりやめ、折りから須崎港内に碇泊《ていはく》していた藩の汽船夕顔丸の船室を会場にすることに変更した。

坂本は、それより前に三国丸から移ってこの夕顔丸の船室にいる。上陸しなかったのは、藩内の佐幕家の襲撃を警戒したからである。

ところが、坂本が会場の夕顔丸甲板から望遠鏡で陸上をながめると、藩兵が散開したり駈けたり、射撃姿勢をとったり、しきりと動いている。その間、指揮官退助が、大汗をかいて駈けまわっているのを見た。

「あれはなんだ」

と、坂本は、にがい顔でいった。

「無智《むち》にもほどがある。英国軍艦の檣頭《マスト》に提督旗をかかげていないのは戦意をもたぬ証拠じゃ、陸で一人相撲をとる馬鹿があるか」

すぐ、同藩の同志大石弥太郎を使者に短艇で陸へ急行させ、退助に坂本の意を報じた。

「なんじゃ、竜馬が乗っちょるのか」

と、退助は笑い、自分が上士階級ながらも倒幕主義者であることを自藩出身の坂本に報《しら》せる意味もこめて、

「船の上の坂本にいうちょいてくれ。幕府軍艦も入港しちょるキニ、これは討幕戦争の演習じゃ、と」

あとで大石から退助の返事をきき、坂本は腹をかかえて笑ったという。もっとも、サトーの回想記では、このときケッペル提督搭乗の英国軍艦は、「敵対行動を十分覚悟していたから戦闘準備をととのえていた」。

談判にさきだって幕府の外国奉行加役平山図書頭が、役人を帯同して英国軍艦へやってきた。

平山は鋭い狡猾《こうかつ》そうな顔をした小柄《こがら》な老人で、われわれ（英国外交官）はかれを「狐《きつね》」と呼ぶことにしていたが、実際かれはそのあだなに恥じない男であった。

パークス公使は平山にずいぶんひどいことをたくさん言い、「君はまるで子供の

使いのようなものだ」とまで痛罵《つうば》した。すると平山は、ここまで来る途中や、来てからの苦労、土佐藩がこの嫌疑《けんぎ》に憤激していることなどを哀れっぽい調子で訴えた。

平山老人は、がっくりと弱り込んでいた。（サトー回想記）

パークスは、日本赴任以来、おもに幕府の高級役人とのみ会い、かれらの卑屈で韜《とう》晦《かい》的な態度からみて清国政府の要人とかわらないと見ていた。かれが清国でやった恫《どう》喝《かつ》だけが日本で通用する唯一《ゆいいつ》の外交手段であると信じきっていた。

サトーはちがう。

かれは、日本人に二種類あるということをパークスにしばしば献言した。その一種類は幕府の役人である。他の一種類は西国諸藩の指導者で、かれらの態度はつねに明確であり自分が非であればすぐあらため、外国に対して幕吏のような卑怯《ひきよう》な態度をとらない、将来日本を担当するのはかれらであろうと、教えていた。

が、公使は、薩摩の西郷に会ったこともなければ、長州の桂《かつら》に会ったこともなかった。

ただここではじめてかれらのグループと思われる土佐人に接触するのである。

一方、夕顔丸船内の坂本は、短艇を漕《こ》ぎつけてやってきた藩の代表者である参政後藤象二郎をつかまえて、教育していた。

まず犯人は土佐人でないということをあくまで言いきること、たとえ証拠が出てきてもしらを切れ、といった。

つぎに、これを機会に「土佐藩は日本改革を考えている、議会制度をつくるつもりだ、それには英国の助言が要る」といえ、といった。後藤はそれ以前に坂本と長崎で会い、その後緊密な交友をむすび、坂本の考えを十分に知りぬいている。

「そうしよう」

と、後藤象二郎はいった。

象二郎（明治後、農商務大臣などを歴任、伯爵）、齢《よわい》は坂本よりも三つ下の三十歳で、藩の名門の出である。性格は豪邁《ごうまい》すぎるほどのところがあり、独創的な才能はないが、果断で実行力があった。むしろありすぎた。維新後はその大風呂敷の傾向のほうがつよくなり、いよいよ粗大になってあまり評価を受けなかったが、このころの後藤象二郎は十分若い。かれの生涯《しょうがい》のなかで、晩年とは別人かと思われるほどに英気溌剌《はつらつ》としていた時期である。

「要するに、禍をもって福とするのだ。長崎の丸山で殺された二人の英国水兵の死体を、天下の用に立てるか立てぬかは、君の腕一つにある」

「なるほど」

「言っておくが、英国人に一分でも卑屈な態度をみせると、相手はそれだけで評価するぞ」

「わかっちょる」

その点は、坂本は後藤の取り柄《とえ》であるとみていた。この男は幕吏の平山図書頭のような態度はとれぬであろう。

正式談判は、八月七日朝、土佐藩船夕顔丸船長室でひらかれた。

後藤は、ぶすっとした顔で出席した。土佐方言でいう無愛想《すぼっこ》な男で、終始笑顔ひとつ見せなかった。

あいさつが済むと、パークスは冒頭から怒気満面、どんと卓をたたいた。早口にまくしたて、ついには床をふみならし、その言葉の乱暴さは、かれの通訳官のサトーでさえ、翻訳することを憚《はばか》ったほどであった。

後藤は、齢《とし》にしては恰幅《かっぷく》のいい体で、冷然とパークスの狂態を見ている。やがて、

「公使は果して」

と、ゆっくりといった。

「交渉のために当地へ来られたのか、それとも挑戦《ちょうせん》のために来られたのか、拙者は理解に苦しんでいる。いやしくも、土佐藩の代表の前でかような凶暴な態度をつづけら

れるならば、拙者は談判を中止する」

戦さで来い、というのである。

英国公使は本国政府から土佐藩と戦さをせよという指令を受けていない。サトーの通訳で、ちょっとまごついた。

さらにサトーは小声で、

——相手は幕吏ではない、シナ人でもない。いままでとは毛色のちがった手合である。態度をあらためなさるほうがよかろう。

という意味のことを、やわらかい表現でさとした。

パークスは敏感な男である。サトーにいわれなくても、どうやら、幕閣の連中とはちがう種族のように思えてきた。

にわかに態度をあらためた。卓子《テーブル》の上に両手を組み、声を落した。

「本官は、若いころからシナ人との交渉で常に威圧的態度をもって効をおさめてきた。その経験から、つい貴官に接するに無礼の言辞をもってした。ゆるされたい」

といった。

ただ、——とパークスは言葉をつぎ、船室から見える海岸の風景を指さした。そこでは退助らがしきりと藩兵を活動させている。

「あれは一体、どういう意味です」

後藤は船窓をふりかえりもせず、

「なにさ、猪狩《ししがり》でござるよ」

といった。

たがいに態度は打ちとけたが、談判は依然として押し問答である。公使は犯人は貴藩士であるといい、後藤は、言いがかりでござるというのみであった。

公使もついに棒を折って、

「では、長崎の現地で調べるしかない。わが国はサトーを派遣する。貴藩も役人を派遣されることをのぞむ。幕府は、平山図書頭に行ってもらう」

あとで平山図書頭はこれをきき、サトーの観察によれば「途方に暮れた」。可哀《かわい》そうに老人は全く途方に暮れていた。彼はこのとき、「要するにこの事件はイギリス人だけに関係したことだ、自分は江戸であらゆる国々に関係のある仕事(外国奉行)をせねばならぬ身だ」と、実際失敬なことをいった。平山老人は弱りこんでいた。私はこの古狐と一緒に長崎へゆき、幕吏や土佐藩の人々を督促して徹底的に犯人の捜査をさせよ、という命令をパークスから受けた。

談判のあと、英国側は自国の軍艦にもどった。パークスらが、夕食をとりおわったころ、突如、先刻の後藤象二郎が艦を訪問した。——長崎事件のことを離れて国事を語りたい、というのである。サトーの印象では、後藤は意外なことをいいだした。

——われわれは英国の議会制度を参考とした政体を考えている、というのである。

その間、後藤は幕府の無能、現実逃避、その日ぐらしの政策を口をきわめて痛罵し、一大政変がおこらねば日本は滅亡のほかないだろう、といった。ちょうど天下の論議の中心になっている兵庫開港のことにもふれた。後藤は、「開港による貿易はすべて徳川家が独占し、その利益になるばかりで、諸藩や国家の利益にならない。われわれ西国諸藩が開港に反対しているのは攘夷《じょうい》思想によるものではなく、徳川一家の繁栄に外交、貿易が利用されているからである」といった。私も全く同感だった。

公使はすっかり彼に惚《ほ》れこんでしまった。いままで会った日本人のなかで最も聡《そう》明《めい》な一人だというのである。私もそう感じた。私のみるところ、人格的迫力のある西郷をのぞけば、彼以上の人物はない、とおもった。

舞台は、長崎に移った。

土佐藩からは、大監察佐々木三四郎を代表とし、随員に岡田俊太郎、山崎直之進、松井周助らの藩吏が、えらばれた。

坂本は、いわば藩に対して半浪人のようなかたちだから、表には出ない。船内に寝ころんだまま長崎港に入った。

佐々木大監察らは、長崎の旅宿池田屋に投じ、そこを本拠とした。

坂本は、小曾根の海援隊本部に入り、旅装を解き、その夜池田屋の佐々木大監察を訪ねた。坂本の案では、

「懸賞金一千両で、市中に広告し、犯人さがしをやらせよう」

ということであった。藩吏の一人としてそばできいていた会計方の岩崎弥太郎が、にがい顔でいった。

「そんな金があるか」

「馬鹿《ばか》じゃな。おンしは」

と、坂本は頭ごなしにいった。

「千両でも犯人が出るものか。懸賞金まで用意してさがしている、ということで、外国人というものは満足するもんじゃ」

「出まいな」

岩崎のあたまは、金庫だけである。

「しかし、出たらどうする。しかも犯人はお膝《ひざ》もとの海援隊士じゃったらどうする」

岩崎は、あの夜の菅野覚兵衛、佐々木栄のふたりが怪しい、とみていた。げんに、菅野の袖《そで》に血がついていたではないか。

「岩崎、だまっちょれ」

坂本は一喝した。

岩崎も、かっとした。

「申すな坂本。下手人はおンしの部下の海援隊士官菅野覚兵衛じゃぞ」

「馬鹿。岩崎、おンしゃ、訴え出て千両がほしいのか」

と、坂本はいった。岩崎は所詮《しょせん》は金勘定屋だとおもった。菅野があやしい、ということは、その夜の海援隊士の行動をぜんぶしらべて坂本は百も承知していた。ここでたとえ、同藩の座だとはいえ、菅野の名前を出すべきではない。

もし菅野が犯人になれば、土佐藩と海援隊が、坂本の構想による討幕勢力の面から薩長に乗りこされて第二線にさがってしまう。

菅野は、ただの平隊士ではない。ときに船長をつとめる高級士官である。それが英人を殺害した、とあれば、今後の討幕活動の上で英国から受ける援助があるいは薄く

なるかもしれない。そうなれば一藩のみの問題ではなくなる。坂本は、藩の上士の前だから言わなかったが、

（たかが酔っぱらいの刃傷沙汰《にんじょうざた》で、いままでの苦心が水泡《すいほう》に帰してたまるか）

と怒鳴りつけたい思いであった。

いよいよ八月十八日、長崎奉行所で関係者出頭の上、取調べが行われることになった。

時の長崎奉行は、能勢大隅守、徳永石見守《いわみのかみ》である。

幕閣からは平山図書頭以下が立合い、サトーも臨席した。

土佐藩からは、佐々木三四郎以下九人。

海援隊からは、隊長坂本竜馬をはじめ、渡辺剛八、中島作太郎、石田英吉。

菅野覚兵衛も佐々木栄も、このお役所呼び出しには出席していない。運のいいことに、幕閣までゆるがした問題の汽船横笛丸に乗って鹿児島へ「海援隊商法」に出かけて、このところずっと長崎を留守にしていた。

奉行の能勢も徳永も、この事件の裁判をよろこばしい職務と思っていなかった。隠然たるなぜなら、この町に本拠を置く海援隊に対して複雑な気持をもっている。討幕団体であることは見ぬいていた。

だけでなく、隊長の坂本竜馬が、

——もし討幕のときには長崎奉行所をまっさきにおさえる。

と豪語しているという噂《うわさ》もきいている。

これは事実らしく、坂本はつねづね、「長崎奉行所には幕府の公金が十万両ある。あれをおさえ、あの金で兵器を買い足し、すぐ船を出して京にのぼる」といっていた。

竜馬没後、佐々木三四郎が藩から派遣されて海援隊を監理したが、京で薩長土が挙兵したときくや、隊士を率いて奉行所を襲った。奉行はすでに逃げて空屋敷になっていた。公金はなかった。

だから、長崎奉行としては、裁判の経過、結果において海援隊の心証をわるくしたくはなかった。

結局、問題点は、横笛丸で鹿児島へ行っている菅野、佐々木を呼びもどすかどうかということになった。

奉行は、よびもどせという。佐々木三四郎は、頑《がん》としてきかず、二日間にわたって論争し、三日目に、坂本に相談に行った。

「呼びもどすがよかろう」

と、坂本はあっさりいった。坂本にすれば奉行所がどうやら海援隊士から犯人を出すことを怖《おそ》れている、と見たのである。

早速、土佐藩では、長崎港内に繫留《けいりゅう》中の幕船長崎丸を借りることにした。むろん船長以下の乗組員は、海援隊がやるのである。

「船長は石田がよかろう」

と、坂本は指名した。

石田英吉（のち男爵）、土佐藩脱藩である。坂本の子飼いの壮士といってよかった。以下、石田が俄《にわ》か船長になった経緯を「佐々木老侯昔日談」の速記から借りると、このころの海援隊の貧乏というたらない。石田が船長になっても、その衣服がない始末。坂本が、

「石田の支度も二十両もあれば間にあうから、藩から出してやってもらいなさい。さもなくば自分の着古しの衣服でもやってくれ」

と頼んできたので、その金額だけやると、石田はちょっとした洋服を整えて、まずもって船長らしくなった。

鹿児島港にいた菅野覚兵衛が、長崎丸の石田を迎えたのは、その月の二十七日である。

「すぐ戻ってくれ。委細は船内で話す」

と、石田はいった。

菅野は、来た、とおもった。事がどちらにころぶにせよ、死の覚悟だけはついていた。

「切腹かね」

と、石田にきいた。石田はそれには答えず、

「長崎では、幕府、英人、本藩のやつらが雁首《がんくび》をならべて大騒ぎさ」

と、面白そうに笑った。

両船同時に解纜《かいらん》し、鹿児島を出、西九州の沿岸を北上した。

やがて長崎港に入るや、菅野と佐々木栄はすぐ小曾根の海援隊本部に行った。

坂本は待っていた。寝ころびながら、

「あの夜のことを話してみな」

と、二人にいった。菅野は、自分の行動を正直にいい、記憶のあいまいなところはそれなりに申したて、さらに、例の武士のことを言った。ただ、藩名を明かしてくれるな、とその男がいって当方も金打《きんちょう》したから隊長といえども明かせぬ、といった。

「金打をしたのかね」

坂本は、ちょっと深刻な顔で考えた。が、すぐいった。

「菅野、どういう具合に金打した。いっぺんここでやってみろ」

「こうです」

菅野は、例の南海太郎朝尊をひきよせて鯉口《こいぐち》を切ろうとすると、

「いや、差していたはずだ。立ちあがって当夜の姿のままでやってくれ」

「こうですか」

と、菅野は、刀を差し、鯉口を切ろうとした。

「待った。お前、そのとき酔っていたな。ついでにその恰好《かっこう》もしてくれ。そうそう、佐々木、お前はその朱の下緒《さげお》の男になれ。そうそう、そこに立って」

菅野も佐々木もやむをえない。

双方立ちあがった。

「橋の欄干はどこにあった」

と坂本がきいた。たしかそのあたりです、と菅野が畳の縁《へり》を指さすと、坂本はそこまで移動して、ながながと寝そべった。

「おれが欄干だ」

と、菅野のほうをむき、大真面目《おおまじめ》でいった。

「さあやれ。まず、どのくらい酔っていて、どんな姿だったかをやっておくれ」

二人は懸命に思い出そうとした。が、やがて顔を見あわせた。どうもおもいだせないのである。自分の酔っぱらいぶりなど、再現できるものではない。

「その姿か」

「否《いんね》」

二人は、苦笑している。菅野は腹が立ってきたらしい。

「隊長、無理なことを言やるな」

といった。が、坂本はなお真面目な顔をくずさず、

「では、こんどは金打して仕《つか》アされ」

「心得た」

と、菅野は、左手で刀をおさえ、親指でつばを押し、鯉口をくつろげてから、――しばらく考えた。金打の仕方がわからないのである。やがて思いだしたように右手で柄《つか》がしらをたたき、ぱちり、と音をたてた。

「それが金打かえ？」

坂本がいった。

「いままで、金打というものをしたことがあるか」

「ない」

「いや、話をきけば、その朱の下緒の武士は立派な男らしい。おそらく金打の仕方も心得ちょるじゃろ。こうはせなんだか」

と坂本はみずから佩刀《はいとう》を差し、菅野のそばに寄って行って、左手で刀をおさえ、ぐっと鞘《さや》ぐるみなかば抜き、つばを突きだしてから、菅野のつばにあてた。

「これが本当の金打じゃ。おそらくその武士はそうしたであろう。菅野、佐々木、そうではなかったか」

「さあ」

こうなると、あいまいである。

坂本は、笑いだした。

「お前《まん》らは、夢をみたんじゃ。いかに酔っていてもそのくらいの記憶がないはずはない」

「しかし」

と菅野がなにかいいかけると、坂本はおさえ、

「お前らは、当夜、丸山からまっすぐに小曾根に帰り、そこから横笛丸に乗った。それだけの記憶があればよい。あとはいま、自分でやってわかったとおり、夢を見ちょ

ったんじゃ」

「しかし朱の下緒の男が」

「そんな者は、どこにもおらん。その男が立派な武士ならとっくに自藩に自訴して切腹しちょるじゃろ。ただしそれも夢の中」

坂本は、二人に、奉行所で否定するときのために、自信をつける暗示を与えているらしい。

「大監察の佐々木が池田屋にいる。あとはあの男と相談してくれ」

といい、ふと思いだしたように自分の佩刀である陸奥守吉行を菅野に渡し、菅野の刀と交換した。坂本は、菅野の刀をぬいた。

「これは、死んだ望月亀弥太の刀じゃな。あの男は幕吏の暴のために斃《たお》れた。この刀は討幕のときに使うべきもので、幕吏の役所に持ってゆくべきものではない。望月の怨霊《おんりょう》が怒るに変らん（ちがいない）。ゆえに、わしの刀を持ってゆけ。それも土佐鍛冶《かじ》じゃもン、むこうも怪しむまい」

アーネスト・サトーは、長崎では領事フランソワーズの邸宅を旅宿とした。

余談だが、この事件中の九月十二日午後、サトーは長州の桂小五郎にはじめて会っている。サトーは坂本とは生涯《しょうがい》ついに会わなかった。桂との偶然の出会いについては、領事館での晩餐《ばんさん》のとき、私は有名な木戸準一郎、又の名は桂小五郎にはじめて会った。伊藤俊輔《しゅんすけ》とともに領事館に来たのである。桂は武人としても政治家としても最も剛毅《ごうき》果断の人物だったが、見たところは実に物柔らかな様子をしていた。食後しばらく政治談をしたが、二人は私に警戒しているらしく、「長州侯はおとなしいんで、倒幕など考えたこともないのに、いろんなことを言われてわれわれ家臣も気の毒に思っている」などと白ばっくれていた。われわれの方では、西国諸大名が倒幕のために提携していることについては、だいぶ前から動かすべからざる証拠をにぎっていたのに。

サトーは、長崎事件そのものについてはパークス公使ほど熱心ではなかった。日本語の習得によって、半ば日本人といったほどに、この青年は、日本人を理解しはじめていた。

また、パークス公使もその他サトーの同僚たちも、まだ積極的に日本の未来像をえがくところまで意識が行っていなかったが、サトーは、おもに西郷との接触の深さのために、ほとんど倒幕派といってもいいほどに外国人としては深入りしはじめていた。桂の意外な冷たさに半ば失望したのも、そのせいである。日本人名を戯《たわむ》れに佐藤愛之助と名乗ったこの青年は、すくなくとも、「幕府が日本の秩序を維持する能力がない」とみている点で、一種の「志士」であったといっていい。

サトーは、さらに事件について語る。

十五日の日曜日には、平山図書頭と会食した。平山の話によると、「土佐藩の大監察佐々木三四郎は、海援隊という海軍結社に威圧されて、犯人捜査に関する藩公の命令を遂行できなくなっている」という。

二十八日にいたり、私は二人の土佐藩士（菅野、佐々木）の取調べに立ち会った。

そのあと、われわれ（英国側）は長崎奉行に手紙を送り、「状況証拠が確実な以上、二人を逮捕せよ」と要求した。ただし、われわれは奉行がその要求に応じると思ったわけではない。幕府の役人が土佐藩に対し、何事もなし得ないことぐらいは、われわれにもわかっていたのである。

菅野は、奉行所では頑強に容疑を否定して一歩もひかない。佐々木栄とのあいだに多少供述の食いちがいがあるのだが、奉行所ではなんともできなかった。

ついに閉口して、とにかく「事件処理」の形式だけつけるために、奉行所では平山図書頭と相談し、窮余の一策を講じた。

九月七日のことである。

海援隊本部に差紙《さしがみ》を寄越し、横笛丸士官菅野覚兵衛、佐々木栄、渡辺剛八、橋本久大夫に対し「麻上下《あさがみしも》着用の上、出頭すべし」と命じてきた。一同、坂本に相談すると、

「まあいいだろう」

と、いったので、麻上下をほうぼうで借りて四人分そろえ、菅野以下それを着用して出頭した。

長崎奉行能勢大隅守出座し、威厳をつくろって、判決を申し渡した。要は、

――これまでの取調べの結果、一同の申口不束《もうしぐちふつつか》により、

「恐れ入れ」

というのが、判決であった。

つまり四人としては、「恐れ入りました」と平伏するだけでよいのである。

佐々木栄は、まっさきに、

「恐れ入りました」

と、平伏した。

それをみて、菅野覚兵衛はなにか不快になった。もともとこの男のあいまいな記憶から「金打した」「せぬ」とか、斬《き》ったのではないか、などということになり、自分

もつい動揺したのではないか。

「恐れ入る理由がないから恐れ入らぬ」

と、菅野は佐々木に食ってかかるかわりに奉行に食ってかかった。奉行もこれには閉口した。菅野の剣幕をみて、あとの渡辺、橋本も、頑として恐れ入らない。

その日は、ついに奉行所泊めになった。

同日に、土佐藩吏で藩の長崎における土佐商会の管理をし、海援隊の会計方をもかねている岩崎弥太郎にも呼びだしがあった。

岩崎に対しては、

「そのほう、取締不念」

ということで、「恐れ入れ」と命ぜられた。

岩崎は、ぱっと平伏した。

「恐れ入りましてござりまする」

岩崎の考えかたからすれば、恐れ入ればそれだけでいいではないか、というところであったのであろう。

奉行所では、他の菅野、渡辺、橋本を恐れ入らせようと思い、徹夜で説得してついに十日の朝を迎えたが、ついに恐れ入らない。

これには業《ごう》をにやして、

「御構《おかま》いなし」

という無罪判決にきりかえてしまい、三人は意気揚々と奉行所を出た。

そのあと、渡辺、菅野、橋本らが「恐れ入った」岩崎弥太郎をさんざんにいじめた。

岩崎は学問もあり気概に富んでいるが、商業をもって国を興すという主義をいだいていて、海援隊とは反対である。

海援隊からはしばしば金の融通にゆく。商会（岩崎管理の土佐商会）のほうでもそうそう際限なくやれぬので、これを謝絶する方針をとった。

すると海援隊のほうでは、「天下のために尽力するものを厄介《やっかい》視するとは不都合である」というて攻撃し、たがいに軋轢《あつれき》するようになった。坂本は度量が大きいからそういう壮士をおさえて、まずその衝突を避けていた。（佐々木老侯昔日談）

岩崎に対しては、もともとそういう感情があったから、これを機会にいじめたのであろう。

この前後、佐々木大監察は、気管支炎で宿に病臥《びょうが》していたため、坂本からの手紙でこの模様を知った。

「只今、戦争、相済み候《そうろう》。然《しか》るに岩弥（岩崎弥太郎）、佐栄（佐々木栄）、かねて御承知の通りに兵機（作戦感覚）も無之《これなく》候へば、余儀なく敗走に及び候。独り、菅野、渡辺の陣、敵軍敢《あえ》て近寄る能《あた》はず」

と、報告している。

アーネスト・サトーはいう。

かくして、われわれは土佐を罪に服せしめることに完全に失敗した。そこで私はそれ以上逗留《とうりゅう》していても無益だと思ったので、十二月十二日（陽暦）夜十二時ごろ、軍艦コケット号に乗って江戸帰航の途についた。

この事件は、パークスの執拗《しつよう》な抗議で明治政府になってもう一度むしかえされ、明治元年八月、朝廷からの命により外国事務局判事肥前藩士大隈《おおくま》八太郎（のちの侯爵重信）の手で再調査されたところ、筑前福岡藩に火がついた。

福岡藩が土佐藩の窮状を見つつひたすらに隠しとおしていたのである。

下手人は、同藩で嘱望されていた金子才吉であった。

菅野のいう、朱の下緒の武士である。

事件内容も、明らかになった。金子の同行者の証言により、あの水兵二人は、二人とも金子によって斬られている。

福岡藩では、大隈の調べに大いにあわて、土佐藩の本国に対しては、重役戸田佐五郎、小田部竜右衛門を派遣して謝罪し、土佐藩京都藩邸にも謝罪使を送った。

罪状明白になったので、朝廷では、福岡藩に対し、被害水兵の遺族に対し賠償金を出すことを命じ、さらに当夜金子と同行した栗野慎一郎（のち子爵）に対して刑法官から禁錮《きんこ》を命ぜられた。

ところが、これほど天下を騒がした事件の下手人である金子才吉は、すでに居ない。事件の当夜、旅宿にもどって酔いがさめたときに藩への迷惑のかかることを怖《おそ》れ、切腹して果ててしまっている。

その事件の経過の壮大さのわりには、あっけなさすぎるほどの幕切れであった。ひたすら土佐藩に嫌疑《けんぎ》をかけたパークスはこの意外な結末に後悔し、明治四年正月二十八日付で、山内容堂に対し、英文の詫《わ》び状を送っている。

以上、筆者は、なるべく資料にもとづいてこの事件を綴《つづ》った。そのほうが、虚構以上に幕末のある時期と、そのなかで息づいた人間を描きうるか、と思ったのである。

さらに、二、三の個人のその後の運命に触れると、菅野覚兵衛は維新後政府の海軍に入った。海援隊士の何人かは爵位をもらうほどに栄達したが、かれだけは海軍少佐で退官になっている。

坂本はその宿願の大政奉還樹立後、非命に斃れた。

岩崎は、海援隊と土佐商会によってもっとも多くの幸運を得た。

まず海援隊が紀州藩船との衝突事件で得た賠償金七万両、それに海援隊資材、さらに大坂西長堀の土佐藩邸などが、後藤象二郎の肚《はら》づもりで、岩崎に与えられている。

その理由は維新史のなぞに近い。

岩崎はそれらの資金、資材によって海運業をおこし、のちの三菱財閥の基礎をつくった。


（「オール読物」昭和三十九年二月号）

喧《けん》嘩《か》草《そう》雲《うん》

そのころ江戸に、

「あばれ梅渓《ばいけい》」

とあだなされている画家がいた。田崎草雲《そううん》の若いころの名である。顔の長さが二尺、というからよほどかわっている。ただし、胴も手足も相応して大きいからそれほど奇怪な印象はうけない。若いころから目つきがすごく、

「梅渓に言い迫られると、ふるえる」

といわれた。

かれには写真がのこっている。平凡社刊の「大百科事典」でもみることができるが、それをみると、なるほど画家ではない。どうみても、馬上天下をとるような将軍の顔である。

中年になるまで、浅草の山谷《さんや》の裏店《うらだな》に住んでいた。

逸話が多い。

「お菊、きょうは書画会だ」

といえば、妻女のお菊は覚悟したものであった。帰りは血みどろで帰ってくるのである。

書画会といえば、こんにちの展覧会とおもえばよい。

ただし、会場は料亭であった。

一流の料亭がえらばれ、画家や書家があつまり、それぞれの作品を陳列したり席画をかいたりする。むろん書画愛好の旦那《だんな》衆もあつまる。たがいに酒をのみながら、売ったり売られたりするのである。

田崎梅渓、いや、——ここでは後年の名の草雲でとおそう。

武士の装束で出てゆく。それも、短袴《たんこ》に長刀をたばさみ、鉄扇をたずさえ、武者修行者のような姿で出てゆく。

「わしは売り絵師ではないぞ」

というのが口癖であった。歴《れっき》とした足軽である。足軽でも武士は武士だから、いばったものであった。

それが書画会の席上、草雲の作品にけちをつける者があれば、

「なにをいやがる」

と膳部をおどり越えて相手の襟がみをつかみ、ねじ伏せてなぐりつけ、相手が多少とも強ければ組打ちになり、着物も袴もぼろぼろになるほどの格闘を演じたあげく、ぱっと庭へほうり投げてしまう。その姿で、山谷の裏店で待つお菊のもとに帰ってくるのである。

お菊は苦情をいったことがない。

草雲もそれをいいことにして、

「絵師の戦場は書画会だ」

と、つねづね豪語していた。

そのころの書画会の名物男のなかに、

「酒乱雲濤《うんとう》」

という書家兼詩人がいた。

この男も腕力がつよい。

雲濤は、姓は竹内。当時、神田のお玉ヶ池で「玉池吟社《ぎょくちぎんしゃ》」を主宰していた梁川星巌《やながわせいがん》の門人である。柔術は関口流をまなび、皆伝までとっているといううわさがあり、どの書画会での喧嘩《けんか》でも負けたことがない。

そのうえ、酒乱ときている。ある席上で、にわかに雲濤の目がすわってきて、満堂の画家を見わたし、

「ここに画伯といわれるほどの者がいるか」

と凄《すご》んだ。みな、しんとだまっている。雲濤は図に乗り、

「谷文晁《ぶんちょう》が死んで以来、江戸に画伯はおらぬ。みな滔々《とうとう》として画工ばかりだ」

といった。そのとき、ぱっと杯をすてた者がいる。田崎草雲である。満座の画家も、詩人も旦那衆も、かたずをのんだ。

「そのとおりだ」

草雲はいった。

「雲濤のいうとおりだ。文晁先生が死んでこのかた、世の絵師どもは滔々としてみな画工にすぎん。しかし雲濤、そういうお前はなんだ。詩工ではないか。詩工が画工を笑えるか」

「なにっ」

と双方杯盤、膳を蹴《け》倒《たお》して組打ちになった。障子が倒れ、廊下にころがり出、やがて泉水のなかにころびこんでなお殴りあいをやり、とうとう雲濤に、

「参った」

といわせた。雲濤の顔は鼻血で真っ赤になっていた。

「参ったか」

「梅渓、お前にはかなわぬ。弟分になる」

雲濤も気のある男だ。その後は、いつも草雲について歩いた。どの書画会にもそろって出席し、

「江都《こうと》（江戸）の画壇、詩壇でわれわれに及ぶ者はあるまい」

といった。

むろん、腕力のことである。

さて、草雲のことだ。

名は芸《かおり》。

下野《しもつけ》国足利《あしかが》藩の国詰めの足軽の子である。

足利藩は戸田大炊頭《おおいのかみ》を藩主とし、高は一万一千石にすぎず、城はない。城がわりの小さな陣屋が、足利の花輪小路に濠《ほり》をめぐらしてひっそりと建っている。

小藩のうえ、足軽のぶんざいでは扶持《ふち》だけで食えるわけはなく、お長屋ではどの家

でも内職をしたが、草雲の父の内職は風がわりであった。翠雲《すいうん》と号し、画技を売ってくらしをたてていた。

かといって、みじめなものだ。

足利は、いわゆる足利織の機業地で、町人や百姓に裕福な者が多い。父翠雲は藩士でありながらこれらの富家へ出入りして幇間《ほうかん》のように機嫌《きげん》をとりむすび、屏風《びょうぶ》、ふすまなどに南画をかかせてもらっていた。このため、家中でも城下でも、

「足軽絵師」

とかげ口をたたかれた。

父の翠雲は、草雲の少年時代、つねづねいった。

「なまじい、芸があるために乞食《こじき》あつかいされる。お前は絵をまなぶな」

このため草雲は高縄流剣術、長沼流の兵学を学んだ。武芸、兵学をまなんで士分に取りたてられることが、絵を学ぶよりも貧窮と屈辱からの脱出の早道である、と草雲は信じた。

さいわい、天稟《てんぴん》があった。

剣は、十七で目録、十九で免許をゆるされ、二十のときには家中で草雲に及ぶ者はなくなった。が、所詮《しょせん》は田舎剣術である。

「江戸へゆけ」

と、藩の師範山辺総兵衛が親切にすすめてくれた。剣で身を立てる以上、江戸の大道場で序列を得る以外にないであろう。総兵衛は藩庁にかけあってくれて、やっと、——剣術修行のため江戸へ差し立てられる。

という藩の許可を得た。

ところが、留学は、藩費ではない。私費であった。家に金がなかったため、草雲はあきらめざるをえなかった。

「ついに足軽の子は足軽になるよりしかたがないか」

天を恨んだが、その「天」は、この男にもう一つの大才を与えていた。

画才である。

少年のころ、草雲が絵をかいていると父が叱《しか》ったが、それでも草雲は父の手本《ふんぽん》などをぬすみ出してきて、花鳥山水を描いた。

卓抜していた。

十八、九のときには父の翠雲は足もとにも及ばなくなり、足利の染屋などが柄《がら》の下絵などをたのみにきて、

「翠雲先生よりもお坊っちゃまに願わしゅうございます」

といったほどである。

翠雲が病いを得、危篤《きとく》になった。

「絵師になるな」

と、死の床でいった。

「お前は本来、天下をとるやつだ」

それが翠雲の最期《さいご》のことばになった。

そういう時勢の動揺が、足利の地にも押しよせていたのであろう。幕威は衰えきっている。各藩とも人材登用に力をそそぎ、学問、武芸、識見さえあれば足軽の出でも上士に取りたてられる可能性が少なくなかった。

(天下が取れる?)

草雲はおどろいた。それほどの男かと自分を見なおしたりしたが、かといって御家は一万一千石の小藩にすぎない。家老になったところで、足利藩程度の背景では天下は動かせないではないか。

(大藩に生れればよかった)

——大藩なれば、小魚も鯨になりうる。小藩の藩士など、藩にあるかぎりはついに田中《でんちゅう》の田螺《たにし》にすぎず。

と、草雲はこのころを述懐している。

（世間に出るのだ。ひろく、天下で暮そう）

草雲はそう決意した。

父が死に、継母と義弟が残った。

草雲は、家をつぎ、一年だけ足軽をつとめたが、すぐ隠居ねがいを出し、許され、義弟に家督をゆずっている。そのほうが、継母にとってもよかろうと思ったのである。

「あなたはどうするのです」

と、継母の織江がきいた。

「弟は家督をつぐ以外、暮しのたてようのない男です。私には芸がある」

「武芸ですか」

継母は心配した。草雲の学んだ高縄流などという田舎流儀では門人を取立てられないことを彼女はよく知っている。

「絵です」

悲しいながら、草雲はいった。絵ならば、少々下手でも版下絵《はんしたえ》にしろ、ふすま絵にしろ、需要が多い。

「食うなら、江戸だ」

と思いさだめ、出た。

はじめ川崎梅翁に師事した。梅翁など世渡り上手なだけの絵師で、雲濤のいわゆる画工である。

すぐその門を辞し、金井烏洲《うしゆう》に学んだ。さらに転々して、谷文晁につき、文晁の死後は春木南溟《なんめい》についている。

その間、食うために建具商に出入りし、ふすま絵などの仕事をもらって暮した。浅草山谷に住んだのは、谷文晁の門人時代である。そのころ、足利藩の足軽の娘菊をめとった。

祝言《しゆうげん》の夜、お菊ははじめて草雲を見た。しかしおそろしさが先に立って、親しめなかった。

「わしは絵師ではない」

と草雲は、長い毛ずねをかかえていうのである。

「武芸者の家に嫁《き》たとおもえ」

なるほどつら構えはそうであった。それに草雲は下谷山伏町にある中西派一刀流小柴伝兵衛という浪人の小道場に通い、門人というより、客分のような形で師範代をつとめていた。腕は師匠の伝兵衛をはるかに凌《しの》いでいる。

が、暮しはあくまでも絵師で、くだらぬ建具に絵をかいていた。

（このひとは何だろう）

と、お菊はとまどわざるをえない。

道具屋などの使いは、お菊がうけもった。

浅草寺《せんそうじ》裏門前の肥後屋重兵衛という道具屋は、もっぱら谷文晁の門下生の軸などを売り出している店だったが、新婚早々のお菊が花鳥の軸を五、六本持ってゆくと、番頭がひろげて、

「梅渓先生も、不器用だねえ」

聞えぬほどの低声《こごえ》でいった。

（その程度の絵師か）

と、お菊はおもった。

げんに当時、

——梅渓の絵は、鶉《うずら》をかいても鷹《たか》のようなつら構えをしている。ところが鷹をかくと、気魄が充溢《じゅういつ》しすぎて、画幅がきたなくなる。

といわれていた。

まずい、というより、表現に、節度がないらしい。思いがあまって、破れかぶれに

なっているような絵なのである。

　草雲もそういう評判は知っている。それだけに気になるらしく、お菊が帰宅すると、刀の手入れをしていたが、

「番頭がなにかいったろう」

　と、意外に気弱そうな顔できいた。

「いいました」

　ともいえず、うつむいていると、草雲はしつこく問いつめてくる。ついに、

「あの、不器用だ、とかなんとか申していたようでございます」

　と、白状してしまった。

　あっ、とお菊が思ったときには、草雲は刀をひっつかんで飛び出したあとだった。

　肥後屋へ駈《か》けこむなり、番頭のえりがみをつかんで土間へたたきつけ、

「あきんど風情《ふぜい》に士大夫《したいふ》の画境がわかるか」

　と自分の絵をとりもどし、画料を投げかえして暴風のように駈け去った。

　だけではない。もどるなり、

「菊、旅に出る」

　支度をさせ、その日のうちに藩邸へ行って道中手形をもらい、江戸から逃げるよう

にして旅立ってゆく。藩への届け出は、その後もそうだったが、「剣術詮議《せんぎ》のため」という理由であった。

（どういうひとだろう）

と、新婚早々のお菊はおどろかざるをえなかった。

やがてお菊にわかってくるのだが、絵のほうでくさくさすることがあると、発狂したように武術のほうに熱中するという奇癖が草雲にあるようであった。

草雲の武者修行は、上州、常陸《ひたち》方面がおもだが、ときに駿河《するが》から三河まで足をのばすことがある。

絵筆があるから、路用の費《つい》えにはこまらなかった。村々の豪家に泊り込み、近在のふすま絵などを描く。

ついでに土地に道場を持つ者がいれば試合を申し入れるのである。

不敗、といわれた。

もっとも事実はそうでもなかったらしく、上州前橋の向町橋林寺に道場をひらいている神道《しんとう》無念流大川平兵衛と立ち合い、草雲が敗れた、という言い伝えがある。

前橋の城下に、「絵師の梅渓がきた」ということが剣客仲間に知れわたり、その旅宿へたずねて来る者が多い。

武術のさかんな土地だ。ついつい、一手お教えねがいたい、と申し出る者が二、三にとどまらず、その者と農家の中庭で試合した。

みな、草雲に子供のようにあしらわれた。

草雲は得意になり、

「前橋のお城下は古来武都とさえいわれた土地だが、この程度のものか」

と笑った。

かたわら、相変らず、絵をかいている。ある午後、農家の縁側で画仙紙をひろげて、「関羽《かんう》出陣図」をかいていると、陽《ひ》がかげった。

目をあげると、中年の百姓が、野良《のら》姿のままで立っている。

「翳《かげ》る。そこをのけ」

と、草雲は絵筆で追った。

「退《の》かせてみろ」

と、野良百姓はにこにこしている。

草雲は、

(これはただ者ではない)

と用心し、だまって画仙紙をもって縁側のはしへ場所を移転した。

「絵師、逃げるのか」

と百姓はいったが、草雲はだまって関羽将軍を描いている。

また、百姓が髯をつくって邪魔をした。草雲はこんどは相手にならず、黙々と関羽の肢態《したい》をかき、顔だけは仕上げずに筆をおき、

「おやじ、用意をしろ」

といい、奥から竹刀《しない》二本をもってきて、一本をおやじにほうり投げた。おやじは、ひょいと空中で竹刀をとった。草雲のみたとおり、土地の剣客の変装であることが知れた。

二人は面籠手《めんこて》もつけずに、立ちあった。

「そうだ、名を聞きわすれている。何流の何者だ」

と草雲はいった。

「ただの百姓よ」

いうなり、おやじはふたまわりも大きくなった。それが風を巻くようにして遠間から寄せてきて、悠然《ゆうぜん》と剣を上段に舞いあげた。

（あっ）

と草雲が思ったのは、剣のことではない。

おやじの顔が、草雲の胸中にある関羽に似ている。

（これだ）

とおもったとき、はげしく脳天にむかって撃ちこまれた。

……あとは、覚えていない。

目撃者のはなしでは、草雲はなおも立っていて、やがてカラリと竹刀をほうり出した。やがて、ふらふらと縁側にもどった。

絵筆をとり、驚くほどのすばやさで関羽の顔をかきあげ、そのまま座敷にあがって、ごろりと寝てしまった。

気がついたのは、翌日の午後で、一昼夜目がさめなかったらしい。

気絶していたのである。

宿の者が、

「あれは橋林寺に道場をひらいておられる大川平兵衛先生でございます」

と告げ、平兵衛は去るときに、

「愧《は》じている」

と伝えてほしいといったという。枕《まくら》もとに平兵衛方から届けられた山ノ芋一籠《かご》がおかれている。

この事情について大川は、「江戸の梅渓は、お城下の未熟者と試合をして勝ったのをよいことに、前橋の兵法をそしった。笑止に思い、わざと変装して試合をいどみ、幸いただ一撃にたたき伏せたが、とっさにわが顔を描き盗まれたようだ。このような気味のわるい試合をしたことはない」といったというのである。

この珍妙な試合は前橋で有名になり、梅渓が立ち去ってから、藩主の松平直克《なおかつ》の耳までうわさが聞え、

「ぜひその関羽出陣図を見たい」

といったため、宿の主人が献上した。ついでに直克は当時一介の浪人にすぎなかった平兵衛を召し、絵と顔を見くらべてみると酷似している。

「そちの武辺は関羽を思わせるほどのものとみえる」

と、平兵衛をぬきん出て藩の剣術指南役として出仕させた。

平兵衛はこのためもあって草雲を徳とし、

「草雲先生はわが武道の恩人である」

として維新後も師弟の礼をとって田崎草雲のもとに出入りした。

余談だが、平兵衛の道統は次男修三が継いだ。修三の子平三郎は剣術を学ばず、米国で製紙技術を学び、王子製紙の前身である抄紙《しょうし》会社に入り、のち製紙王になり、い

わゆる大川財閥をつくりあげた。むろん、この物語の草雲とはなんの関係もない。

浅草山谷の陋居《ろうきょ》で二人目の子が生れても、「あばれ梅渓」といわれた草雲の性行はあらたまらなかった。

(大きな子供とおもえばよい)

お菊はそうおもわざるをえない。やっとその程度に理解し、愛情をもった。

「おらア、自分がわかンねえ」

と、ときどき草雲は、縁側に端居《はしい》しながらぼんやりつぶやくことがある。察するところ、お菊だけでなく、夫子《ふうし》自身も田崎草雲というのが何者なのかわからない様子だった。

「体の中におかしなものがいっぱい塡《つま》ってやがってな、充塡物《こいっ》は絵にも剣にも無縁のものだよ。いったい、何だろう」

問われてもお菊にはわからない。

「菊よ」

と草雲がいったことがある。

「わしは絵かきかね、剣術使いかね、お前にはどちらにみえる」

「わたくしには、わかりませぬ。菊のご亭主に見えるだけでございます」

「悟ったようなことをいうやつだ。おれは自分のえたいが知れねえンだよう」

蘭渓《らんけい》という画家がいる。

「越後《えちご》の棘《とげ》」といわれているほどかどの多い人間で、好んで山水を描く。

山水のみが絵画である、と年来主張し、花鳥や人物をかく画家を罵倒《ばとう》していた。

あるとき柳橋の万八楼《まんぱちろう》で会があったとき、遅れてやってきて座につき、あたりを見まわしながら、

「ははあ、花鳥や人物どもが、人がましく雁首《がんくび》をならべておるな」

といった。

草雲はそのころもっぱら花鳥をかいていたから我慢ができなくなった。

「蘭渓、もう一度言ってみろ」

「言わいでかい。山水、花鳥、人物ともひとしなみに画家だというから世の中がややこしくなるのだ。士農工商で考えてみろ。気韻を造形化する山水は、いわば士だ。花鳥は絵師とよべばよい。人物は浮世絵をみてもわかるが、あれは画工だな」

「されば蘭渓、おのれは士か」

「そういうことに相成るな」

「出ろ」

草雲は、大剣をもって立ちあがった。

「士であるかどうか、剣をもって試してやるから、表へ出ろ」

「それとこれは、論がちがう」

「士魂にかわりがあるか」

言うなりツカに手をかけ、ぱっと素っぱぬいた。剣は弧をえがいて舞い落ち、蘭渓の鼻の頭をかすめ、その膝《ひざ》の前の膳部《ぜんぶ》をまっぷたつに叩《たた》っ斬《き》った。

が、汁一つこぼれず、猪口《ちょこ》も倒れず、膳部だけがすぱりと斬れてしまっている。

みごとな芸であった。

蘭渓はすでにふすまを蹴《け》倒《たお》して隣室へにげてしまっている。

「目の保養をした」

と、草雲におべっかをいう者もある。

「草雲の剣技は江戸でも十指のうち、とかねてきいていたが、目のあたりにみるのはいまがはじめてだ。きょうの書画会第一の眼福でござったな」

(なにをいやがる。書画会は演武会ではないわい)

草雲は刀をおさめながらおもった。そういうことはよくわかっているのである。

この事件は、妙な結果をうんだ。草雲の絵の注文がぴたりとなくなったのである。

原因はすぐわかった。

「棘ノ蘭渓」が、道具屋をまわって、

——草雲は、頭が狂っている。

といいふらしているらしい。

観賞界というのは奇人の絵を好むが、狂人の絵は買わない。

「野郎、やりやがったな」

草雲は、激怒した。が、すぐ思った。ひょっとすると、おれは気違いではないか？

「お菊、どう思う」

「どう思うって」

お菊は、答えざるをえない。

「わたくしにとってご亭主にはかわりありませんわ」

「お前は、禅坊主のうまれかわりか」

書画会への招きもなくなった。家計はたちまち窮迫した。

草雲の名誉回復については、詩人の雲濤、画家の暁斎《ぎょうさい》といった連中が奔走してくれたがうまくゆかない。

「なにしろ、運動するわれわれからしてこうだからな」

と、暁斎などは、苦笑した。

暁斎は、通称「猩々《しょうじょう》狂斎」といわれ、大酒飲みで知られていた。

あるとき草雲と飲みくらべをし、たがいに三升をあけたが、なおつぶれない。飲みながら暁斎は紙をのべ、酔筆をふるって、猩々舞の図をえがき、落款《らっかん》がわりにひょうたんをくるくるとかいてその中に、

「猩々狂斎」

と書き入れ、勝ちを誇ろうとした。草雲はべろべろになりながらもその筆をひったくり猩々舞の図の上に、大亀《おおがめ》の図をかき、

「正覚坊梅渓」

と署名した。正覚坊とは大青海亀のことだ。当時の動物学では、この爬虫類《はちゅうるい》は大酒飲みということになっている。

「どうだ、負けたか」

「負けた、負けた」

と暁斎は折れた。これ以上我を張れば、あとは戯画どころか、鉄拳《てっけん》を見舞われるに

きまっている。

ある日、その暁斎と雲濤がやってきて、一幅の古画をみせた。

水墨で、鷺《さぎ》が一羽えがかれている。

「なんだ、素人《しろうと》の絵ではないか」

「そう」

ふたりは、なにかこんたんがあるらしく、多くを語らない。

「だれの筆だ」

「二天《にてん》だよ」

げっ、と草雲は鷺を見つめた。

二天、それは雅号である。戦国末期から江戸初期にかけての剣客宮本武蔵《むさし》のことである。かれは絵をよくし、その遺作は早くから一部で認められていたが、幕末では観賞界でももてはやされるようになった。

(これが二天か)

草雲は、はじめて出会った。よくよく見ると、尋常な絵ではない。

「あずけておく」

と、ふたりは帰って行った。

草雲は、その幅を床ノ間にかけて眺《なが》めた。

三日、ながめた。

画技はうまいとはいえない。が、鷺はみごとに生きている、生きているどころか、なにか異常に研ぎすまされた精神が、さりげなく鷺に化《な》って、天地のあいだにいる。凡百の絵ではなく、あきらかに芸術そのものであった。

三日目に、草雲は痩《や》せた。めしをほとんど食わなかったからである。

「お菊よ、この絵からみるとわしの絵など所詮《しょせん》は絵師、画工のかいたごまかしだな」

といった。

「自分が、やっとわかったよ。おれは絵をかけば画工、竹刀をもてば剣術屋、それだけの男だったらしい」

草雲は、自分と武蔵とのちがいをまざまざと知った。武蔵は天性、巨大な気魂をもって生れつき、その気魂が剣となり、絵となった。

草雲もまた、なみはずれた気魂をもって生れている。が、草雲のばあいは、気魂は気魂、画技は画技、武術は武術で、三者ばらばらの他人であった。

三つが、溶けてない。

そのため、気魂だけが独走して書画会であばれ、絵をかけば「気魂の表現」というのではなく画技のはしばしにのみ腐心し、剣術をやれば棒振りの機敏さだけで、せっかくうまれついた気魄が、剣に宿っていない。

「なにやら、わかったよ、お菊」

その後、ひと月ほど草雲は絵もかかず、剣もとらず、ぼんやりすごした。

ひと月目から、筆をとった。

「まあ」

とお菊でさえおどろくほど、下手な絵になっていた。

「うまれかわっておらア、技を忘れる修行をする」

と、草雲はいった。

貧窮がきた。

だけではない。江戸に虎列刺《コレラ》が流行し、お菊が罹病《りびょう》した。手足が冷え、やがてしびれ、吐瀉《としゃ》がつづき、一日のわずらいで死んだ。

草雲、食ヲ絶ス。

とある。こういうはげしい性格の男だけにお菊を奪われたことは、よほど身にこたえたのであろう。

雅号を変え、

草雲

と号したのは、このときからである。旧称梅渓をすて、お菊の位牌《いはい》の前で生れかわることを誓い、酒も断ち、乱暴もやめた。ただ酒だけは、禁酒後一月目から、位牌のゆるしを得て飲みはじめた。

このあと、書画会の招きもぼつぼつ来はじめ、なによりも幸運なことは、伊勢の津の藩主藤堂和泉守《いずみのかみ》から、十五人扶持《ぶち》で召しかかえのさそいがきたことである。剣客としてではなく、むろん絵師としてであった。

「涙の出るほどありがたいが、こればかりは受けられませぬ」

と、ぽんとことわっている。理由は、わかっていた。ながいあいだお菊に貧乏をさせ、窮迫のなかで死なせてしまった、お菊の死後自分だけがいい目を見るわけにはいかぬ、というのである。

それに「隠居」の身分ながら、足利藩にまだ籍がある。それをおもてむきの理由に、ことわってしまった。

それが評判になり、草雲の市価はにわかに高まり、書画会でも取りあいになった。

「稚拙だが、絵が大きい」

という評判であった。しかしまだなお、草雲のもってうまれた気魂は、十分に絵として表現されていなかった。それを包むには、草雲の習いおぼえてきた画技があまりに巧緻《こうち》にすぎ、せっかくの作品がいつも何かにとまどっていた。

「二天にはおよばない」

草雲自身が、いちばんそれをよく知っている。

晩斎と雲濤は、草雲の画風を一変させた友人だが、その人生も変えた。

なぜならば雲濤は、梁川星巌の門人である。星巌は幕吏から「悪謀の問屋」とさえいわれた過激勤王家で、いわゆる安政ノ大獄で逮捕寸前に病死した。雲濤は詩はまずい。しかしそのほうの志は師匠ゆずりで、草雲をいつのほどにか勤王論者にしたてあげた。

草雲は、雲濤以上の勤王家になった。

幕末の情勢がにえつまるにつれて諸方に奔走し、とくに長州、水戸系の志士と親しくなり、かれらがその秘密会議をしばしば柳橋の万八楼で催し、その名目を、

「書画会」

としたのは、草雲のあっせんによるものであった。草雲は、長州藩の桂小五郎にい

ったことがある。

「もし予をして貴藩にうまれしめておれば、いまごろは西国諸藩を糾合して討幕軍をつくり、軍鼓を鳴らして江戸を襲っていることだろう。足利一万一千石では、いかんともすることができない」

もっとも、草雲の討幕論は、いくぶん、子供っぽい。

そのころ、こんな話がある。

柳橋万八楼で、書画会とはべつに一組の客があり、隣室でさわいでいた。

草雲も、かれらの顔を見知っている。心形刀流《しんぎょう》伊庭《いば》家の門人連中で、この流儀は、伊庭家が代々幕臣であるところから、幕臣の子弟が多く、気位の高い道場として知られている。

ことさらに剛強の風を好み、短袴《たんこ》、長剣で大小を閂《かんぬき》のように突っぱらせて帯びていたから、道を歩いていてもひと目で伊庭の門人ということがわかった。

そのなかに、服部鼎《はっとりかなえ》という三千石の旗本の世継ぎがおり、これが「棘ノ蘭渓」の保護者のひとりで、草雲を狂人といいふらした仲間である。

その日、その服部が厠《かわや》からのもどりに草雲と廊下ですれちがい、「肩に触れた」と言いがかりをつけた。数を恃《たの》んで草雲を袋だたきにするつもりであったらしい。

「絵師、控えろっ」

とどなった。本来、大身《たいしん》の旗本と廊下ですれちがう場合、いかに酒楼でも、はしに体を寄せ、小腰をかがめて相手の通りすぎるのを待つのが礼儀である。

草雲は、すでに乱暴をつつしんでいる。

「これはご無礼でしたな」

と、おだやかに行きすぎようとした。これが相手のかんにさわった。

「足軽めが」

といった。草雲はいきなりふりむき、

「それがどうした。足軽といい、御直参というも、世の仮の名目《みようもく》。京の天子からすれば直参も足軽もない。平等ではないか」

と、流行《はやり》の勤王論で相手をさとしたが、体が怒りでふるえている。

「表へ出ろ」

服部は、そういった。すでに服部の仲間が八人、草雲をとりかこんでいた。

「出てやる」

草雲がいったとき、そこへ酒乱雲濤と猩々暁斎がとんできて、草雲をしかりつけ、力まかせに部屋にひきずりこみ、

「頼む。我慢しろ」

と、涙をためていった。

草雲もわかっている。せっかくこの二人が奔走して画壇に復帰したばかりだのに、ここで喧嘩《けんか》をすれば、またもとの「狂人」になってしまう。

「草雲、臆《おく》れをなしたか」

と服部らが障子をひらいて廊下から罵倒《ばとう》したときは、草雲は畳の上にひっくりかえり、両手で耳をふさぎ、目を懸命に閉じていた。

「足軽、どうだ」

服部らは、いった。

「そちは天皇のもと皇民平等とやらいう世迷《よま》いごとを申したが、おなじ刀でもわれわれお殿様の切れ味と、そちなどの下司《げす》下根《げこん》とはちがう。どうだ、ためしてみぬか」

「聞えんぞ」

草雲は、耳をおさえ、両足をばたばたさせた。

服部らは部屋に入ってきて、草雲をとりまき、一人が、ぱっと草雲の顔を蹴った。

草雲は、避けた。が、これがかれを狂人にもどした。その男の足をつかむなり、ひっくりかえし、それからが大騒ぎになった。

服部らは剣をぬきつれてとびかかり、草雲を膾《なます》にしようとした。草雲は部屋中を飛びはね、刀の下を掻《か》いくぐって、ついに一人から刀を奪ったときは、血が畳にしたたるほどの手傷を負っていた。

草雲は、咆哮《ほうこう》した。

「野郎、みなごろしだあ」

ばさっ

と草雲の手もとが光ると、服部鼎の右腕が刀をつかんだまますっ飛び、畳の上にころがった。

草雲の籠手《こて》撃ちといえば、当時江戸でも聞えたもので、よほどの使い手でも草雲と立ちあうときは、籠手を固めた。

草雲は、ほんのわずかずつ体を動かしているにすぎなかった。そのつど、きら、きら、と刀身が跳ね動いて、たちまち手首を落される者が三人になったとき、一同はどっと廊下へ逃げ、階段のおどり場にかたまり、やがて、二、三人ずつ階段をころがり落ちた。

「腕をもって行きやがれ」

と草雲は、腕をひろっては、階段の上から投げおとした。

この騒ぎは、表沙汰《おもてざた》にはならなかった。万八楼にとって双方常連の客だし、使用人などにも口どめさせた。むろん、草雲のためにとった親切ではない。服部ら、お歴々の家に傷がつくことを、当然、万八楼では考えた。軽くて切腹、重くて改易というようなことになっては気の毒だとおもったのである。

草雲は、暁斎にたのんで着がえをすませ、勝手口から出た。送って出た雲濤は、

「江戸をしばらく遠慮しろ」

といった。

「ああ」

と、草雲はうなずいた。

「足利へ帰る」

「またいい日が来る」

と雲濤はなぐさめたが、おそらくそういう日は来るまい。江戸を去ることは画壇から永遠に消えることになるだろう。

(惜しいやつだ)

と雲濤はおもった。

草雲が江戸を去って野州《やしゅう》足利に戻ったのは文久三年の春である。

この藩は、江戸でかなり著名人になっていた草雲を厚遇した。

足軽田崎家の無禄《むろく》の隠居ながら、藩主戸田大炊頭《おおいのかみ》が、

「先生」

とよび、必要あればいつでもお目通りがゆるされた。藩主の諮問役《しもん》といっていい。もっとも絵画のほうの諮問ではなく、国事、時務を草雲からきくのである。この時勢に、どの小藩も、帰趨《きすう》にまよっていた。

当時、幕閣じたいも京大坂に移った観があり、京都や有力大名との相談において国事がまがりなりにも運営されようとしている。足利戸田家のように京都藩邸をもたぬ小藩は、時勢のなかで情報も持たずにうろたえているだけであった。

自然、世間のひろい草雲の判断を、一藩こぞって頼りにしはじめたのである。

藩、といっても、人数からいうと、在国の士は約三十人、江戸詰めが約六十人、これに足軽をふくめて百人をすこし越えるぐらいの人数で、気のきいた博徒の親分のほうが、まだしも多い子分をもっている。

それでも、勤王佐幕の両派があり、他藩同様、江戸詰めが佐幕で、国詰めが勤王、

という色あいになっていた。

が、草雲は慶応元年ごろには藩論をすっかりまとめてしまっている。

「諸事、幕命よりも天朝の命を重く見る」

ということであった。関八州の小藩のなかでは、唯一《ゆいいつ》といっていい勤王藩になっている。

当時、参覲《さんきん》交代はすでに廃止され、その費用をもって諸藩それぞれが攘夷《じょうい》の兵備をととのえる、ということであったので、藩主は草雲にそのことを諮問した。

「わが家は家禄も薄く、蓄財もない。なにかよい智恵《ちえ》はあるまいか」

「長州の兵制がよろしゅうございます」

と、草雲はいった。長州藩では奇兵隊など非武士階級から志願兵をつのり、洋式調練をほどこしている。しかも実戦につかってみると、上士階級の隊の選鋒隊《せんぽうたい》などよりもはるかに強いのである。

が、足利藩の場合、草雲の献策は空論であった。洋式銃は、一挺《ちょう》二十五両はする。藩には金がなかった。

「いや、妙策がござりまする。この草雲におまかせねがえるならば、たちどころに無《た》料《だ》で洋式隊二百人は作ってさしあげます」

藩主は、まかせる、といった。

が、反対する者もあった。

「草雲の案はなるほど妙案だが、藩が成りたたなくなるかもしれぬ」

というのである。

そのため草雲はいやけがさし、そのまま捨てておいた。

その翌々年の慶応三年十月、京都にある将軍慶喜は、不意に大政を朝廷に奉還してしまった。

まったく将軍の独断行為といってよく、江戸の幕臣、および三百諸侯は寝耳に水で、捨てられたも同然といっていい。

このため、諸藩は、一時的ながらも明治政府の確立まで戦国の割拠状態にもどった。まず、自衛である。足利藩小なりとも、百人たらずの藩士では、この政情のなかではこころもとなかった。

そのうち、上方《かみがた》の鳥羽伏見で、薩長土三藩の兵と幕軍とが衝突し、幕軍はやぶれ、将軍は江戸へ逃げもどったという。

「草雲、たのむ」

と、藩主は、手をつくようにして頼んだ。このときから足利藩の兵馬の権は、一介の絵師田崎草雲がにぎったといっていい。

草雲、五十二歳であった。

かれの「妙策」は、おそらく足利なればこそできたのであろう。なぜならば、この地は小藩の所領ながら、天下の機業地であるために富裕な商家が多い。

草雲は、「誠心隊創設趣旨」というものを書き、藩主の名をもって領内に布告した。新設の「誠心隊」に応募すれば、その出身の如何《いかん》を問わず、士分に取りたてるというのである。士分というのは、むろん足軽ではない。お目見得以上の侍のことだ。

「ただし」

というのがつく。新式元込銃《もとごめじゆう》、大小、その他の軍装は自弁せよ、というのであった。廉《やす》いものではない。銃が二十五両、弾薬が三両、その他大小や華美な陣羽織などまで買うと、二百両にはなる。

草雲は、かれの絵の顧客である富商の家々をたずね、その子弟を「侍」としてお取立て願うようにせよ、と説いてまわった。

みな、大よろこびで応募し、その数は二百人を越えた。

草雲は人をやって横浜からどんどん銃器を買入れ、それをみなに買わせた。

隊長は、草雲である。

隊士の軍装は、服こそ筒袖《つつそで》、だんぶくろだが、全員上士だから絢爛《けんらん》たる陣羽織をはおり金銀ごしらえの大小を差し、頭には、裏朱栗色《うらしゅくりいろ》に金紋を打ったそりびさしの陣笠《じんがさ》をいただき、あごを絹の白緒で締めている。

「みろ、まるで旗本だな」

と、草雲は、その調練の第一日に馬上から手をうってよろこんだ。

そのうち、幕府瓦解《がかい》とともにあちこちで土匪《どひ》がおこったが、草雲は馬上、これを率いて各所に鎮圧した。

草雲は大得意であった。

(お菊に見せてやりたい)

とおもった。

(お菊、考えてみればおれは絵師でも武芸者でもなかった。これだよ)

関八州の野で、これだけの銃器をそなえた軍隊はほかにない。草雲は馬で馳駆《ちく》し、銃隊を指揮し、一斉《いっせい》射撃を号令したりしつつ、自分があたかも戦国武将であるような思いがした。

顔まで、かわった。

険がとれ、おだやかになった。本来の草雲が、草雲のなかにやっと誕生したせいかもしれなかった。

その後ほどなく、将軍恭順中の江戸にいる旧幕府歩兵千八百が新政府に従うことをいさぎよしとせず、歩兵差配役頭取古屋作左衛門に率いられて江戸を脱走し、関東を武力制圧しようとした。

なにしろ、仏式装備の大軍で、その北上に関東諸藩はふるえあがり、忍《おし》藩などは城門をひらいてこれを迎えた。

古屋軍は、さらに武州羽生《はにゅう》に兵を進め、足利藩を攻撃しようとした。

その金穀を奪って軍資金を得るつもりだったらしい。

そこで古屋作左衛門は足利の町に斥候《せっこう》をはなち敵情をさぐらせると、報告はことごとくおどろくべき事実をつたえた。

町をかためているのは、裏朱栗色陣笠の士分の者ばかりで、その数は二百人以上はいる。士分二百といえば五、六万石の藩の軍容とみていい。当然足軽もいるはずだから、想像するところ、五百以上の人数を擁しているのではないか、というのであった。

「足利戸田家は、たかだか一万石だが」

と古屋は信ぜず、みずから斥候に出かけ、その目でたしかめてさらに驚いた。上士全員が洋式銃隊員であり、その銃は元込、椎《しい》ノ実《み》型の弾の出るミニェー銃であった。

古屋は、作戦を変更し、後続部隊の来るのを待つために、足利の東南一里余の梁田《やなだ》の宿場に陣を布《し》き、足利藩には使いをやって陣屋明渡しを命じた。藩では、降伏論も多かった。相手は千八百の大軍で、戦さにはならない。が、草雲は反対し、古屋軍に対しては巧弁の者を使者として送り、

「おおせのごとく致しますが、なにぶん藩論定まらず、藩内は不穏の状態にあります。それを統一したうえで城をひらきたい」

と申しのべさせ、日時をかせいだ。

すでに、土州藩士板垣退助が率いる官軍東山道鎮撫《ちんぶ》軍が、甲州勝沼で近藤勇の軍を破って東進し、高崎に達しようとしていることを草雲は知っている。

戊辰《ぼしん》の年、三月三日のことだ。五日、はたして官軍の先鋒の一小隊は、館林《たてばやし》に入った。

草雲、それへ連絡をとるためにただ一騎足利を出、古屋軍の本拠地の梁田に入り、たくみにたばかりつつ、宿場を走りぬけ、館林へむかおうとした。このとき古屋軍がそれと知り、銃隊百人で草雲の背後から射撃し、一発は鞍《くら》に、一発は刀の鞘《さや》にあたったが、無事、館林への街道を駈《か》けぬいて官軍と連絡をとった。

三月八日朝、土州、薩州、長州、大垣、彦根の諸藩混成の官軍部隊が梁田で古屋軍

と会戦し、潰走《かいそう》せしめている。

「草雲、そちのおかげだ」

と、藩主が手をとって礼を言った。

梁田宿場の戦闘では、古屋軍の死傷百余人、官軍は負傷三人を出している。足利藩は、草雲の飾り武者二百人のおかげで、一発の弾も射《う》たず、一人の死傷者もなく、不戦勝ともいうべき勝ちを得ている。

――草雲は、名将だ。

ということになり、その評判は江戸にいる雲濤、暁斎にまできこえてきた。

「どうやら、人がかわったらしい」

と、雲濤はおどろいた。「あばれ梅渓」時代の草雲なら、おなじ立場に立つにしても敵陣に斬《き》りこんで大働きに働き、相当な死傷者を出していたであろう。

明治になった。

草雲は、絵師にもどった。

そのまま足利に居つき、江戸に出ることなく、気がむけば絵をかき、平素は在の者と談笑するだけの老爺《ろうや》になってしまった。

田崎草雲の作品が、後世に残りうるものになりはじめたのは、このころからである。

作風が、江戸のころとは一変し、みちがえるほどの風韻を帯びはじめた。知らずしらずのうちに、画法はちがうが宮本二天をおもわせるふしぎな力動感をもちはじめたのも、このころからである。

当人は在郷の者に、

「維新の騒ぎが、おれにとっちゃ、すっかり毒おろしになったよ」

と笑った。

要するに足利藩の事実上の大将になったことが、かれのなかから「足軽絵師」の毒気を抜きとったという意味なのか、どうか。

とにかく、この時期、かれ自身も気づかぬうちに、かれの武芸、画技、気魂が、一個の田崎草雲のなかに溶けてしまったことはたしかなようであった。

江戸が東京になった。帝都の画壇は、草雲をわすれた。もっとも画壇そのものも維新の変動で閉塞《へいそく》したも同然の状態になっていたが。

ふたたびにぎわうようになったのは、明治八、九年ごろからである。

明治九年の五月、浅草の酒楼で、ひさしぶりの盛大な書画会がひらかれ、当時の大家がほとんど参会した。

その書画会に、一点、落款《らっかん》のない絵が出ている。

馬の絵である。

小品だったが、その画韻はほとんど会場を圧するほどで、来会者はみな声をのんだ。

が、作者がわからない。議論百出しているときに暁斎が入ってきて、

「これだけの絵がかけるのは、昔は二天、いまの世なら、足利在の草雲しかない」

といった。

果して草雲の作品であった。

暁斎はその絵を見ているうちにひどく旧友が懐《なつ》かしくなり、その場から道具屋一人を旅立たせて、足利へ急行させた。

東京へ出てこい、田舎で朽ちることがあるか、という伝言をもたせてやったのだが、草雲は腰をあげなかった。

使いの道具屋を相手に痛飲し、

「なんの、東京は暁斎ほどの男がひとりおればたくさんだ。おれがわざわざ出てゆくほどのことはあるまい」

といった。

ついに足利を離れず、明治三十一年、八十三歳で死んでいる。

「明治の二天」

といわれた。武技は武蔵に及ぶまいが、画技はやや二天に近い、ということであろう。

維新の功で、従《じゅ》五位を追贈されている。

(「小説新潮」昭和三十九年七月号)

馬上少年過ぐ

ここに、ひとつの情景がある。

独眼の老人が、庭上に毛氈《もうせん》をしかせ、桃の花のあかるむほとりにすわり、おのれの生涯《しょうがい》を回顧しながら盃《さかずき》をあげている。弱年のころ志をたて、権力という不可思議なものに焦《こ》がれ、それがためにときにはふりまわされ、ときには愉悦し、半生を戦場ですごし、常ならぬ生涯をおくってしまった。

「馬上少年過《すぐ》」

老人が晩年につくった高名な詩の第一句である。

馬上少年過ぐ
世平らかにして白髪多し
残軀《ざんく》天の赦《ゆる》すところ

楽しまざるをこれ如何《いかん》せん

この老詩人が、伊達《だて》政宗である。

梟雄《きょうゆう》といわれた。梟はふくろう。あるいはタケダケシ。辞書を繰ると、そういう意味がある。またこの猛禽《もうきん》は闇《やみ》に鳴き、肉食をもっぱらするがために語感に悪の酒精分がふくまれ、かならずしも善良の英雄のばあいにつかわれない。「三国志」でいえば、曹操《そうそう》である。曹操が後世にのこした印象はその梟奸《きょうかん》さにあるが、しかしながら曹操に一種颯《さっ》々《さつ》のすずやかさをおぼえさせられるのは、ひとつは曹操が卓抜した詩人だったということであろう。曹操はかつ行動し、かつ作詩した。乱世の雄としてはめずらしい種類に属するが、わが国でこの珍奇な稟質《ひんしつ》の人をもとめるとすれば伊達政宗のほかはひとりも存在しない。

曹操も政宗も、詩の材料にこまらなかった。なぜならば材料はつねに自分であった。しかもその自分が、尋常人ではない。さらにこのふたりのこすっからい詩人（あるいは行動家）は、その行動のなかにおいては決して悲壮感に陶酔せず、自滅を美とせず、つねに生存のために計算をしぬき、ついに乱世をきりぬけて稀有《けう》の生き残りになりえたという点でも共通している。曹操は魏王《ぎおう》になった。しかしながら蜀《しょく》と呉《ご》にはばまれ、大骨を折ったにしては天下を得ることなく老死したが、政宗もその点ではおなじであった。かれが田舎で斬《き》りとりさわぎをしているうちに中央で豊臣氏が興り、ついで徳川氏が興って、天下はかれに遠いものになった。

その詩にいう。

四十年前少壮の時
功名聊《いささか》復《また》自《みずから》私《ひそか》に期す
老来識《し》らず干戈《かんか》の事
只《ただ》把《と》る春風桃李《とうり》の巵《さかずき》

ふつう、英雄の詩は後世の詩人がそれを愴《いた》んで書くが、政宗はみずからを乱世の英雄とし、それを歴史の情景のなかにおき、「わかいころいささか天下に志をもち、戦いにあけくれたが、しかし世が平らかになり、身は老いてしまっている。すべてはもはやむかしのこと。いまはその老雄が、桃李のもとで酒を汲《く》み、春風をめでている」と、政宗はいう。政宗が政宗を詠《よ》んでいる。照れがないところがいかにも陽《ひ》ざしの烈《はげ》しい戦国の天地に生きたおとこらしくもあり、その大らかさは唐詩のおおきさにも通じるかもしれず、しかもおどろくべきことに、この詩は平仄《ひょうそく》も韻もじつに正確であるということである。これだけの文字の教養を土豪劣紳の群がりおこった乱世にもっていたということだけでも奇であるが、とにかくも平仄と押韻《おういん》の正確さは、教養だけではあるまい。一見、粗豪にふるまいつつ油断もすきもないかれの計算能力をあらわすものではないか。

この人物は、その生母にきらわれた。

「童名は梵天丸《ぼんてんまる》。御母は最上《もがみ》氏源義姫なり」

と、江戸中期、伊達家が古記録をあつめて編纂《へんさん》した「伊達家治家記録」にある。ついでながら伊達家は奥羽《おうう》の名家で、その発祥にいろいろの説があるにせよ、ともかくも鎌倉のころにすでにその先祖があらわれている。政宗までかぞえて十七代であった。戦国の末期、日本の中央部では名家はほとんどほろび、織田氏、徳川氏といった新興の勢力がおこっているが、奥羽はその点僻陬《へきすう》で、なお鎌倉期いらいの名家がエネルギーをうしなっていない。生母於義《およし》のさとである最上氏もそのうちのひとつであった。彼女が伊達の米沢《よねざわ》城に輿《こし》入れしてきた年代は不詳だが、政宗をうんだのは、彼女の二十のときである。

「かならずよい和子《わこ》がうまれます」

と、彼女は夫の輝宗に断言した。輝宗はからだがこびとのようにちいさく、容貌《ようぼう》が貧弱で、乱世の城持《しろもち》としては、於義のような女の目からみても頼り甲斐《がい》がなげであった。この点、最上家のひとは彼女にせよ、彼女の兄にあたる当主の義光《よしあき》にせよ、豊かで堂々としていた。妊娠中の於義は夫に似たものがうまれることをおそれた。やがて政宗がうまれたが、妙なことにたれにも似るところがない。ところが幼児期がすぎたころ、容貌が一変した。疱瘡《ほうそう》をわずらったのである。顔中、目鼻もさだかでないほどに痘痕《とうこん》がのこったばかりか、片目がつぶれた。眼窩《がんか》がくぼみ、眼球のしぼんだあとから赤い肉が盛りあがっていよいよ醜怪な容貌になった。

そのあと、この一族にとって不幸なことに、於義に竺丸《じくまる》という子がうまれた。その容貌は於義の兄の最上義光に似、齢《とし》をかさねるにつれていよいよ秀麗な容貌になり、利発なことでも兄の政宗をはるかにしのいだ。於義はこの子を溺愛《できあい》し、政宗を疎《うと》んじた。というより、露骨に嫌悪《けんお》した。

体質として醜悪なものがうけつけられぬたちらしく、それが江戸期という近世の人間のようには自分をおさえることもできず、倫理観もなかっただけに、

「あっちへ行きや」

などと、激しくその子を自室から逐《お》ったこともあったであろう。政宗自身、この点が皮肉にも於義に似ていた。美麗なものを好みすぎる癖《へき》があり、後年、自分の軍隊までを絵画的なうつくしさにするために装具の色を統制したほどの人物であった。幼少のかれは自分の片目を恥じ、嫌悪し、これは晩年になってもかわらなかった。死の床についたとき、

「わしが死ねば、木像をつくるだろう。それには両眼ともに睛《せい》を入れよ」

と、かたく遺言した。このためかれの死後ほどなくつくられた木像は、両眼がある。像は仙台の瑞鳳寺《ずいほうじ》におさまっている。

於義の異常さは、この政宗の始末につき、実家に人をやって相談までしたらしい形跡のあることであった。実家の最上家は、隠居が義守、当主が義光である。

「それは伊達家にとって不幸だ」

と、最上家ではいったかと思われる。政宗の児柄《こがら》はきわめて臆病《おくびょう》で、智恵《ちえ》がにぶげであり、大きな声もあげない。後年の政宗とは別人のようであり、こういう愚鈍な者を伊達家の相続者にすることは御家運のゆくすえも測れぬ、ぜひ梵天丸を廃嫡《はいちゃく》し、弟の竺丸を相続者として立てるよう輝宗どのに頼まれよ、と、最上家ではすすめたにちがいなかった。姻戚《いんせき》とはいえ、戦国のつねで伊達家のほろびを待っている。兄を措《お》い

て弟に継がせればそれぞれを擁立する家臣団が対立し、それがために家中に戦いがおこることはむしろ定則のようなもので、ついには伊達領は最上氏に併呑《へいどん》されるはめにもなりかねない。

「ぜひ、お家のおために、竺丸を」

と、於義はしきりに輝宗に訴えた。於義にはそういうことがどういう結果をよぶかがむろんわかっていない。

輝宗は、最上氏に対する遠慮もあってか、於義のこういう悍《かん》づよい態度に対し、拒否はしない。しかし煮えきらず、まあ考えておこう、と答えた。輝宗はそういうおとこであった。鎧《よろい》の着映えのせぬ侏儒《こびと》であったが、しかし相続のみだれがどういう割目を家にもたらすかがわからぬほどの愚者ではなかった。

於義は、ことごとにそれを要求した。

家中では、これがうわさになった。当然、政宗付の乳母である喜多の耳にも入った。喜多は伊達家の歴々のひとつである片倉家の後家で、御殿にあがることがきまったとき、返事を保留し、保留したまま米沢の御殿にうかがい、女中どものいる奥の庭で、白洲《しらす》に片ひざをつき、濁酒を一瓶《ひとかめ》のみほした。

なんのまねだろう、とひとびとは真意をはかりかねた。彼女は酔いを帯でおさえて立ちあがり、階《きざはし》をのぼり、高欄に足をかけ、するするとひとすじに渡りきった。白洲へ飛び降りたときはさすがに蹌踉《そうろう》としていたが、それでも酔いをおさえ、城下の屋代《やしろ》にある屋敷に帰った。

あとで、ご覧《ろう》じたか、この喜多はああいうおなごでありますけれども、それでもかまわぬと申されるなれば、御奉公にあがり、いのちに賭《か》けても若君をおもりつかまつります、といった。輝宗は、この報告をきいてよほどおどろいたらしいが、しかし承知した。

この奇行の真意についてあとで喜多は、「御殿というところは人の口のうるさいところじゃ。はじめにあれだけのことをして人々の肝をつぶしておけば、片倉のお喜多は途方もないめろじゃということになって、たいていのことはまかりとおる」と、その義弟の片倉小十郎景綱に洩《も》らした。この片倉小十郎も、喜多のあとで政宗の傅人《めのと》として侍《はべ》るようになっている。小十郎も、最初その嫂《あによめ》と同様、ことわった。

「わしはそのがらではないい」といったが、本心は伊達家のような田舎大名の家来でいるよりも、次男であるのを幸い、「御当家に暇をもらい、奥州をすて、上方《かみがた》へのぼっておのれの手で天地をひらくつもりでいる」というところにあった。この当時奥州につたわってくる上方の伝聞は小十郎にとって驚嘆すべきもので、すでに名家や旧家がほろび、実力のある者がむらがり立ち、足軽であった者が大名になることも不可能ではないということであった。小十郎は、本気で大名になろうとしていた。おどろくべきことであった。ともすれば地理的環境に因循《いんじゅん》しがちな奥州人のなかで、たとえその初志を得なかったにせよこの片倉小十郎のような若者がいたということは珍奇とすべきかもしれない。

結局、嫂の喜多に説得されて、傅人を承《う》けることになった。まだ月代《さかやき》の青い齢で、傅人としては常識をやぶった若さであったが、要するにそういう男を、輝宗は政宗のためにえらんだ。この血気の養育係が、政宗を訓練してゆくについて機会あるごとに奥州羽州の天地のせまいことを説き、古来、道路閉塞《へいそく》し、残念ながら奥州人にして天下をえた者がひとりもござらなんだが、若君こそ御運をひらかれそれをなさらねばなりませぬ、そのときこそこの小十郎が御陣のまっさき槍《やり》をふるい京へ駈《か》けのぼりましょう、といった。この若者の矯激《きょうげき》なことばが、政宗の子守歌になった。幼童のころにきき、少年の時期にきかされ、成人したあとは、その耳底《じてい》にのこることばが天意のようにきこえ、たえず政宗を昂揚《こうよう》させた。老いてなおその燃えかすがのこり、「四十年前少壮時、功名聊復自私期」ということになりはてていったのであろう。ついでながら、第二句のいささかまたみずからひそかに、という副詞連続の異例さ異常さは、つまりそのくどさは、単に平仄をそろえるためだけではあるまい。耳底の音楽が、政宗にとってそこまで執拗《しつよう》なものであったともいえる。

いまひとり、輝宗がえらんだ政宗の近侍がいる。遠藤基信という老学者であった。基信は月山《がっさん》の修験者《しゅげんじゃ》金伝坊という者の子で、出がいやしい。門閥のやかましい奥州でこの遠藤基信が輝宗によってぬきんでられていったのは、その学問によるものであった。どこから仕入れた学問かはわからぬ（筆者には）にせよ、基信は政宗に経学《けいがく》、史学、詩文をおしえこんだ。政宗の教養が、同時代の武将たちにくらべておよそべつの時代の人間かとおもわれるほどにすぐれているのはこの修験者の子の薫陶《くんとう》に多くを拠《よ》っている。

廃嫡の一件は、ほんとうらしい。政宗に毒を飼《こ》うても竺丸につがせたいと生母の於義は考えている、という。生母が実子を殺すなど考えられぬことであったが、乳母の喜多は、北ノ御方於義の性格から考えてさもあろうかと思った。ヒステリー性格の婦人に対し、奥羽の土俗にあってはたとえば悪霊《あくりょう》が憑《つ》いているとか、前世の凶事《まがごと》がおよんでいるとか、そういう超人間的な理由を想像し、そういう婦人の行為を解釈するについてはふつうの人間感情で類推せず、判断を飛躍させておそれた。たまたま於義のさとの最上家には、わるいうわさがある。数代前の当主が、さる豪族の父子をだまして酒宴にまねき、隠し武者をとびださせて父子もろとも突きふせてしまったが、その霊がいまにたたっていると言い、偶然か、いまの最上家の隠居の義守と義光は実の父子ながら仇敵同士《きゅうてき》のように仲がわるく、あるとき父子が合戦したことすらあり、そのとき輝宗が舅《しゅうと》の義守に乞《こ》われ、出兵したこともある。骨肉を相剋《そうこく》させるという最上家の悪霊が、その血をひく於義にもつたわっていないとは考えられず、乳母の喜多はごく自然にそれをおもった。このため、政宗の食膳《しょくぜん》は、喜多がいちいち毒見した。

さらに喜多は、北ノ御方が政宗をうとむ理由を考えた。ひとつはその容貌の醜怪さであり、ひとつは母にうとまれることによっていじけてしまった政宗の児柄のわるさであろう。大名の家の慣習によって世子《せいし》たる政宗は母とはべつの棟《むね》でべつの日課のもとに暮している。母と、まれにしか会わない。たまに母のいる場所にゆくとかならずその膝《ひざ》の上で竺丸が戯《たわむ》れていた。そのとき、母が政宗を見るしらじらしげな目が、政宗をひるませ、尾を垂れさせ、臆病な瘦《や》せ犬のようにこそこそと屛風《びょうぶ》のかげにかくれさせ、その所作がまた於義にとって奥歯がきしむほどにおぞましい。

「竺丸さま」

というのは、奥では人気者であった。あるいは人気者というより、幼童の身ですでに勢力家であったといったほうがよいかもしれない。なぜならば竺丸付の家来や女奉公人はおそらくこの幼童が世継ぎになるであろうとおもい、そうなることを望み、輝宗にも工作した。人情でもあり、射利でもあった。竺丸がこの家の当主になれば、その傅人や侍臣が栄達する。ときには家老にもなりえた。対立は、年とともに深刻になった。両派の侍臣は、殿中で顔をあわせても会釈《えしゃく》もせず、かげでたがいを奸臣《かんしん》よばわりした。政宗派からみれば竺丸派はあらぬひとを擁立することによってお家を壟断《ろうだん》しようとするゆるしがたい悪人であったし、竺丸派からみれば政宗派はその陰気な若君を中心にした笑顔をもたぬ陰謀団であった。

政宗の母の於義にすれば、最初は単に政宗より次男のほうがやや可愛《かわい》かったという程度のことであり、輝宗に世継ぎうんぬんのことをいったのも、その性格からみればはずみのようなものであったかもしれない。が、竺丸のまわりが、その北ノ御方の感情をおしはかり、拡大し、意味に肉をつけ、ふとぶとしくし、一個の感情勢力をつくりあげ、そういう政宗派への憎悪《ぞうお》の作業がやがて政治化してゆく。於義は、それにのせられているにすぎない。が、歳月とともに於義も危機感をもった。こうも両派が憎みあってしまった以上、もし政宗が世継ぎになり当主になったあかつきは、竺丸は殺されるかもしれなかった。いや、殺されるだろう。それをふせぐには、政宗から世子の資格をうしなわせるほかはない。対立と憎悪の論理はそのようにして相乗してゆくものであろう。

が、輝宗は相変らず煮えきらなかった。かれがこの問題について意思らしい意思をわずかにみせたのは、ただ一度、政宗の元服のときだけであった。

武家の元服の式は、京の足利《あしかが》将軍家が小笠原家に命じて編ませた室町礼式によっておこなわれる。かえってこれは煩瑣《はんさ》にすぎ、中央ではすたれ、簡略化していたが、辺《へん》疆《きょう》の伊達家などではその式次第が律義《りちぎ》にまもられている。

場所は、米沢城であった。この日ばかりはほうぼうの知行地に散り住んでいる重臣たちもことごとく城にあつまり、縁に詰め、廊下に詰め、白洲に詰めた。座敷には、式を執行する諸役人のみが、位置々々につき、数基の燭台《しょくだい》が結界《けっかい》をかがやかせている。伊達藤五郎成実という者が宝剣をもち、片倉小十郎景綱が剃刀《かみそり》ノ役であった。かれが、政宗の前髪をきりおとすのである。やがて輝宗が政宗をつれてあらわれ、政宗は座についた。前髪が落ち、片倉小十郎がしりぞくと、入れかわって烏帽子《えぼし》役が進み出、政宗の背後にまわってそれをかぶらせる。

つぎは、名である。この日まではこの少年は童名しかない。この日以後かねてきめられていた藤次郎の通称でよばれるが、名のほうはこの日、父の輝宗によってつけられるはずであった。その名が烏帽子役のささげる三方《さんぼう》に載せられてはこばれてくる。

政宗は礼式どおりに拝礼し、三方の上の紙をとりあげ、折り目にしたがってそれをひらくと、「政宗」とあった。少年は、内心おどろいた。

(政宗。……)

とは、なんであろう。すでにこの名の当主は伊達家の過去に存在した。第九代がそれで、この「政宗」は伊達家の中興の主とされ、南北朝のあらそいで奥羽がみだれた機会をとらえ諸方に戦ってつねに勝ち、この「政宗」がひろげた規模によってこんにちの伊達家があるといっていい。しかもこの「政宗」の名は中央でも知られた。その歌道によってであった。「政宗」は一度も京へのぼらなかったが、足利将軍家への音物《いんもつ》は欠かさず、その奥州の物産の荷駄《にだ》が京へのぼるたびに「政宗」はかならず歌を托《たく》した。荷駄がいくごとに将軍義満《よしみつ》は待ちかねたようにしてその歌を見、愛唱し、公卿《くげ》たちにもみちのくにすぐれた歌才がうずもれていることを吹聴《ふいちよう》し、「新後拾遺集」が勅撰《ちよくせん》されるときも義満はわざわざ天子に奏して「政宗」の一首をくわえてもらった。

あけば又ひとりやゆかん夜もすがら
　月に友なふうつの山越

というのがそれである。「政宗」は応永十二年九月に死んだ。義満はふかく悲しみ、みずから大乗経を写経してその菩提《ぼだい》をとむらった。

輝宗はいわば伊達家にとって神格化されたそういういみなをこの少年に継がせた。とりようによっては、よほどの智恵をつつんだ政治手段であるかもしれなかった。輝宗の意思は、隠微である。ひとびとはかすかに察することができるであろう。やはり家督は政宗にゆずるのではあるまいかと。輝宗にすればこういう形式でそれを宣言したつもりであった。輝宗自身が創案したのか、あるいは遠藤基信の献策によるものか、いずれともわからないが、いずれにせよ、人智洞開《どうかい》せずといわれ、当時まだ血なまぐさい、あずまえびすの土俗を濃厚にのこしていたこのあたりの風土のなかですでにこういう微妙な政治表現の能力があったということをおもうことは、後世のわれわれにとって、くさむらのなかで白い花をみいだしたようなあざやかさをおぼえる。伊達政宗という、あずまえびすの土くさい執拗さと反面いかにも近世人らしいみごとな政略能力をもった人物は、こういう人間環境のなかからうまれあがってゆく。

この前後、乳母の喜多が活動している。この婦人は、政宗の少年期をおおっている陰気さ、気おくれ、なみはずれた臆病を、どのようにしてぬぐおうかと苦慮した。男子はかがやくべきであるというのが彼女の持論であり、

「若様、朝のひをのみなされ。できたてのひはおいしゅうございますでな」

と、一時期、毎朝いった。

乳母がいうほどには、最初はうまいものではない。冷たくて眠くて、少年の身にもおろかしくおもえた。朝、城壁に立ち、権平峠の鞍部《あんぶ》を紫に染めてのぼってくるできたての陽《ひ》を、口いっぱいにひらいてのむのである。ばかばかしかった。しかしときどき、胃のなかに熱いものが入ったようなうずきをおぼえることがあった。おおむねは、乳母をかなしませてはならぬとおもって従順に口をあけ、それをのんだ。

ときに朝の気が肺に入らず胃に入り、げっぷが出たりした。そのときは、喜多がはじけるほどに笑った。食べすぎでござりましたな、と喜多は本気でいった。ひょっとすると喜多は本気で太陽がのめるものだとおもっているのかもしれなかった。あるいはまた、喜多のいうことは、湯殿山《ゆどのさん》の女行場《おんなぎょうば》で神おろしをする巫女《みこ》かとおもわれるほどに鬼気を帯びていることもあった。

南奥羽の山々ほど神霊にみちたところはない。たとえば月山を主峰とする湯殿山の峰々谷々には羽黒修験道の行者たちが住んでいる。湯殿山だけではなかった。行者たちはのちの分県でいえば、山形県、福島県、宮城県などのあらゆる山々にのぼって奇岩をみつけ、神霊を宿らせ、岩窟《がんくつ》をみつけては看経《かんきん》の場所とし、岩壁をみつけては行場とした。二口峠をみなもととして秋保《あきう》に大渓谷《けいこく》があり、名取《なとり》川が東へながれている。その渓谷がつくる奇勝を奥州の行者たちは神仏の顕示するところとし、古来、高名な半僧半俗の行者がすんだ。そのなかに万海上人《しょうにん》という人物がいた。というが政宗以前のいつごろの人物かはわからない。上人とはいえ、奥羽には叡山《えいざん》、高野山《こうやさん》、東大寺などで戒をうけた正規の僧は、すくなく、多くは勝手に僧形《そうぎょう》した自称の者であり、しかも法力《ほうりき》をもち、祈禱《きとう》の験《げん》をあらわし、庶人のために病をもなおすという仏教化した巫人《シャーマン》のごとき者であったが、万海はそういう群れのなかでもっとも高名な一人であったにちがいない。むろん羽黒の修験者の多くがそうであるように、素姓のほどはよくわからなかった。「万海は願行《がんぎょう》兼備の大徳なり。名取郡根岸邑《むら》の山中に黒沼という池あり。山水清浄《しょうじょう》の地なりと謂《いい》てその池辺に堂をかまえ、観音の尊像を安置し、かたわらに庵室をむすびて居住す。……万海上人は隻眼《せきがん》なり」と、「伊達家治家記録」にはその程度の紹介文がのせられている。

その万海のうまれかわりが、政宗であるという。このいかにもこの当時の奥羽の山国らしい説話は政宗のこどものころから流布《るふ》され、家中や領民の一部ではつよく信じられていた。政宗が城外へ出ると、老婆《ろうば》などがまろび出てきて神仏のように拝する者があった。これにも、はなしがついている。輝宗夫人於義が懐妊したころのことである。慣例によって安産の加持祈禱を行者にたのんだ。行者は湯殿山に「巣をもつ」ちようかいという猿眼《さるまなこ》のおとこで、弟子をひきつれて米沢城にあらわれ、夫人の産褥《さんじょく》で加持をし、つづいて夫人がつかった残り湯を銀器におさめ、法螺貝《かい》を吹いて北方の山へ去った。かれらは月山にのぼり、湯殿山にくだり、残り湯を加持し、権現《ごんげん》に祈禱したところ、権現が感応したか、ある夜、夫人がねむる棟にひとりの修験者の霊がくだり、夢のなかに入り、北ノ御方、北ノ御方、とよび、ねがわくは北ノ御方の御胎内に入りたい、という。蓬髪《ほうはつ》が銀線のようにかがやく赤ら顔のおとこで、手に梵天《ぼんてん》をもち、目はひとつしかない。梵天は切り紙でつくられたまりのようなものに柄《え》がついている。男根の象《かたち》であった。修験者はいう、拙僧は万海である。

万海はともすれば夫人の裾《すそ》のほうにまわろうとした。夫人この奇におどろきつつも自分は輝宗の妻である、輝宗のゆるしを得ねば貴僧をわが胎内にむかえることができないと言うと、万海は無言でうなずき掻《か》き消えた。翌朝、於義はこの夢のことを輝宗に告げると、「コレ、瑞夢《ずいむ》ナリ、ナンゾ不許哉《ゆるさざらんや》」といった。翌夜、ふたたび修験者があらわれ、昨夜とおなじことをきいた。於義はこれをゆるすと、修験者はよろこび、手にもった梵天を頭上にささげ、於義の胎内に入れ、「胎育シ給エ」といって消えた。月がみちてうまれたのが、童名梵天丸、通称藤次郎、いみなは政宗という伊達家の長子だというのである。

この出生伝説を、乳母の喜多ほど細心に語った者はいないであろう。ひとにも語り、政宗にも語ってきかせた。

「万海は、一つ目だったのか」

「一つ目が、神の証拠でございますよ。二つ目は常人、一つ目は異人でございます」

奥州の民俗には、あるいはそういう神秘感覚があったであろう。不具者は尋常でないために その印象は神秘であり、不可知なものに通じている。

乳母の喜多は、それをいうことによって政宗をはげまそうとした。政宗は喜多のいうことならたいてい信じたが、しかしこの伝説は自分にとって重大すぎた。母上にきいてたしかめてみたい、といったとき、政宗はこのときほど喜多がこわい顔をしたのを見たことがなかった。

「それはなりませぬ」

いかに神と人との媾合《こうごう》であったとはいえ、男女の機微をその母にむかって訊《たず》ねるほど子として不孝なことはない、と喜多はいった。政宗は喜多の血相におそれをなしてついにこのことを口にすることがなかったが、晩年、わずかに察することがあった。あるいはこの出生伝説は喜多が創作したものではなかったかということである。喜多

は噺《はなし》が上手であった。幼童の政宗がせがむと、

「山の大きな瓜《うり》が」と、両手をひろげ、「里へおりてきて、その日は暑いのなんの。笠《かさ》が欲しやほしやと泣きながら歩きまいての」

などと、すぐさまに噺がつくれるらしく、ときにはその噺がつぎつぎに発展し、何日もつづき、おさない政宗を昂奮《こうふん》させた。政宗の出生伝説も、そういう喜多の才能の所産だったのではないかと老いた政宗にはおもいかえされるのである。晩年、政宗は、

「おだてられると、ときに人間は人変りするものだ。喜多というおだてぬしがいなければ、わしは世にいなかったかもしれない」

とよくいったが、政宗は少年期がおわるころにたしかに梵天丸のころのかれではなくなっていた。喜多におだてられ、自分というこの男に神秘を感じ、それを信仰し、常ならざる使命感をもつにいたったのかもしれない。

政宗は、どの程度信じていたか。もっともこの男はその晩年、「一世の行人万海上人」のうまれかわりであるという個人神話を、かれ自身、一度だけ演出したことがある。その死がきわめてさしせまっている年のことである。

「経峰にのぼりたい」

といった。経峰というのは、万海が世にあるころ黒沼のほとりで写経をしたその経

巻を死の前にうずめた峰で、後人がこれをききたいという。新緑のころである。かれのいうところではその経峰へのぼってほととぎすの初音をきくという風雅は政宗にとって欠かさぬ年中行事のひとつであり、江戸にいるときも国にいるときもこれをやめず、政宗がこれを廃した年は不吉な事が多いと家中ではいわれるようになっていた。されば恒例のことかと側近もおもい、気にとめなかった。

老臣奥山大学以下が、供をした。すでに老衰している政宗は、山駕籠《やまかご》を用いた。山駕籠は新緑のなかをくぐって崖《がけ》をゆき、谷を降り、さらには尾根をつたってのぼったが、日が早かったのか、ついにあの裂くようにはげしい啼《な》きごえを聞かなかった。政宗は駕籠から降り、経峰のいただきに立った。

——しばらくたたせられたが、急に心細きご様子をなされて。

と、この瞬間の政宗を、いう。霊感が政宗の面上にさざなみだっているということをそのような表現でいっている。

「大学、ここがよい」

と、政宗は杖《つえ》で地面をたたいた。自分が死ねば遺《い》骸《がい》をここにうずめよ、ながく伊達家の鎮護たらん、というのである。奥山大学は意外な政宗の言葉にとっさは返事ができず、「五百八十年のちには」

と、答えた。そういう、数字を用いたのは不吉を祓《はら》うためであった。

政宗の死後、このときのことばによってその遺骸をうずめるべく経峰のその場所を掘ったところ、十尺ばかりの地下から大きな石ぶたが出てきた。とりのけると、なかは土地のことばでいう空洞《みほと》であり、その底に糸の切れためのう製の数珠《じゆず》、朽ちた袈裟《けさ》、衣、それに錫杖《しやくじよう》が横たわっていた。土地の者にきくと、万海上人の塚《つか》であるという。

このあたりが、政宗という芝居上手の男の油断ならなさであろう。かれは、あらかじめ万海の塚を知っていたか、それともかねてそういうものを偽造しておき、死後掘らせて、ひとをおどろかせてみたものとおもわれる。当然、

——やはり、貞山公《ていざん》（政宗）は、ただのおひとではなかった。故老がおうわさしていたように、万海上人のおうまれがわりであったこと、これでまぎれもない。

ということになった。

ついでながら政宗の同時代のいわゆる英雄どもは、死後神にまつられることを望んだ。秀吉はわしの遺体は火葬するな、といった。土葬でないかぎり神になれないことを秀吉は知っており、生前そういうあたりの準備にぬかりがなく、死後ただちに豊国

大明神という神号が朝廷からくだるという手はずをととのえていた。家康も、東照大《だい》権現《ごんげん》という、神号がおくられた。ところがかれらが政宗におよばないのは、かれらはただの俗人として神位にのぼったのだが、政宗はうまれたときにすでに、神仏の化身《けしん》（なぜならば万海という男は自分は大日如来《だいにちにょらい》の再誕であるといっていた。万海が大日如来なら政宗も当然そうである）であり、その死後、それを証明するかのごとく万海の塚穴のなかに入ったのである。もっとも政宗の廟《びょう》は、その前世の姿である万海のそれよりもはるかに壮麗であったが、伊達家のひとびとはこれをもって万海の霊を瀆《けが》すものではないと言いさざめいた。万海すなわち政宗である以上、その廟所が壮麗になることは万海の霊にとっても幸福であるにちがいない。

が、これを芝居とすれば、政宗が死後を想定した芝居をつくりあげた真意は、どうなるのであろう。乳母の喜多が創作した神話を、乳母のためにこういうかたちで完結させてやったともとれるし、あるいは他の創業者の多くがそうであるように死後もその尊威をもって伊達家の家政をとり鎮《しず》めてゆこうとしたのか、あるいはまた、残軀楽《ざんくらく》しまんかなと詩《うた》ったこの老人の退屈まぎれの茶目（政宗にはそういうところがあった）にすぎなかったのか。

政宗の少年期は、なおも不安にみちている。元服して得た政宗の名は、於義と竺丸のまわりにいるひとびとにさほどの効果はあたえなかった。

「泥《どろ》ぶなのようなあの連中に、わかるはずがない」

と、みずから「奥羽ばなれした」と自称する片倉小十郎は、嫂《あによめ》の喜多にそのようにこぼした。なるほど相手は腐り田に棲《す》む泥ぶなであるかもしれなかった。輝宗がひそかに期待した命名についての政治的効果は、その手段があまりにも微妙であるために、相手は感応すらしていない。

喜多は、相変らず政宗の膳《ぜん》に注意し、毒見をつづけている。

そのころ、うわさがあった。湯殿山の山上に本拠をかまえる例のちょうかいという修験者がちかごろ羽ぶりがよく、観音堂と庵《いおり》を一建立《いっこんりゅう》でたてたという事実があるが、ちょうかいは寄進者の名をいわない。その匿《かく》し名は、じつは北ノ御方ではあるまいか。そういううわさがみそか声でささやかれはじめたころ、ひとびとは別なうわさをそれに暗合させ、話をおもしろくした。湯殿山の山頂に礫《つぶて》がとぶほどに風が吹いた夜、ちょうかいは呪詛《じゅそ》の護摩《ごま》を焚《た》き、火の粉のとぶ闇《やみ》のなかで、

「イダテ、イダテ」

と、連呼していたという。このころ伊達という姓のよみかたを、土地ではイダテとよんでいた。ただその連呼だけをひとはきいたにすぎないが、それは伊達政宗を呪殺すべき修法をいとなんでいる証拠であるという。

「それは妙ではないか」

と、政宗は喜多にいった。ちょうかいは、政宗がうまれるときに安産の祈禱をした修験者であり、それが呪殺の修法をするはずがないというと、喜多は、

「修験者《あれ》らに心がありますかや。乞食《こじき》のようなもので、礼物次第でころびも立ちも致しまする」

と、信心ぶかい喜多にしてはめずらしくこのときばかりは彼女にとって神聖なはずの存在を口ぎたなく瀆《とく》した。それほどに政宗を愛していたといえるが、すこしうろたえてもいた。ちょうかいは万海の法統を継承している。かつて於義の産褥中、ちょうかいが加持祈禱し、その験があって亡《な》き師の万海が於義の胎内に入るというふしぎ（喜多のこしらえばなしであるにせよ）があった。ちょうかいが「乞食のようなもの」なら、師の万海も同類だということになりかねないし、そうなれば万海のうまれかわりと喜多がいう政宗の立つ瀬はどうなるのだろう。明敏な政宗は、喜多の論理のあやしさに気づいていたが、ひとの棘《とげ》をさかなでするようなことはいわなかった。こうい

うあたりは政宗のうまれつきなのか、生涯《しょうがい》を通じての美質で、かれは老い朽ちるまで家来を大声で叱《しか》ったこともなければ、ひとの小さな非を鳴らして掻き傷に辛子《からし》を塗りこむようなことはしたことがない。ところで、うわさが出てすぐ冬に入ったため、この呪殺の修法のうわさはよほど滲透《しんとう》した。奥羽の冬はそういうものであった。戦さも労役もなく、天も地も雪で、わずかに炉の火だけがひとびとをまもっている。武士も百姓も籠居《ろうきょ》し、炉のそばでうわさのみを楽しむのである。

当然、この悪質なうわさは於義のまわりにもきこえ、かれらを憤慨させた。於義はよほど腹にすえかねたらしく、ひとびとの前で、

「こういううわさを流すだけでも、この若君はお家をととのえるお人柄《ひとがら》ではない」

家中に疑団のたねをまき、相《あい》敵視させ、ついには伊達の御家をつぶすひとであるとし、「この御家をまもるためには最上の人数を国越えさせてきても政宗どのを廃《さ》さねばならぬ」とまでいった。それを、輝宗にもいった。

輝宗は、どこに感情が付いているのかという顔で、左様かな、といかにも頼りなげであった。ふつうの大名なら、おのれの夫人のこのあまりな暴言を叱るか、おさえるか、あるいはいっそこの悍婦《かんぷ》を逐《お》うか、それとも夫人の口に乗せられて政宗のまわりを取りしらべ、場合によっては処断するか、そのいずれかの反応をみせるはずであっ

たが、輝宗は無表情であった。

「ひまつぶしのうわさだ。すてておけ」

「お家がつぶれましても？」

と、於義ははげしくせまった。輝宗は炉のなかから榾《ほた》のもえかすをとりだし、ゆかの上にむずかしい文字をかいた。三十個ちかくかいてから、奥、これをご覧《ろう》ぜよ、わずか十六、七歳の政宗がすさびにつくった唐の詩だ。侍講の会田康安もこれほどの詩ならばこのまま和漢朗詠集に入れてもたれも気づくまい、といっていた、といった。

会田康安はもと岩城《いわしろ》の郷士で京にのぼり、帰国後はひとり学問を楽しんでいたのを、伊達家が乞い、政宗のために侍講になった人物である。奥州に儒学が入ったのはようやく江戸期の八代将軍のときであるといわれるが、しかし例外は多いであろう。戦国期ながらも、きわめて稀少《きしょう》には、会田康安といったふうの学者が山林にかくれていたにちがいない。

於義は、おどろかなかった。

おどろくにはあまりにも漢字《まな》について素養があさく、床の文字を見ず、あごを輝宗のほうにむけつづけて、お屋形さまのご決断がなきかぎり、十六代つづいたご当家ももはや末でござりますな、と言い、

——遠藤、片倉、喜多といったあの政宗付の三人をお家からお放ちあそばせ。それをしおに竺丸をすすめて世子《せいし》にあそばすよう、それがお家のおためでございます。それ

と、そのことをあきもせずにいった。

「……考えておこう」

輝宗の答えは、きまっている。十年ちかいこの歳月のあいだ、於義の激しい詰問《きつもん》と要求に対し、この一句以外はどういうことばも使わなかった輝宗という男も、その意味では意外に大勇の人物かもしれなかった。そういえばこの男は若いころから毎年数度は戦いの陣頭に立ったが、一度も勝たなかったにせよ、大敗を喫したことは一度もなかった。侵入者があると、かれはたっぷり時間をかけて家士や被官どもの召集をする。この当時、奥羽の武士の生活形態が上方《かみがた》よりもおくれていたのは、家来どものほとんどが知行地住いであることだった。中央の織田家などは将士を城下で集団生活させ、めいめいの知行地の収税や行政は織田家の吏僚がそれを代行し、それによって軍隊活動の迅速さを保持していたが、奥羽ではこの点は源平のむかしとさほどかわらない。動員と編制に時間がかかった。国境を侵されつつあるという急迫した状況下で、士卒が在所々々からあつまってくるのを待つのは棟梁《とうりよう》にとってよほどの忍耐の要ることであったが、輝宗という男の特技はそれに耐えられることであった。かれはあわて

ずに待てるだけ待ち、十分に人数のそろったところで押し出す。そのころには国境の村は焼かれ田は刈られていることが多かったが、しかし、敵将は輝宗が運んできた大軍にへきえきし、たいていは逃げた。

「元来、おれは武将のつとまらぬ男だ」

と、輝宗は、政宗の侍臣で同時に輝宗の謀臣でもある遠藤基信にもらしたことがある。輝宗の権力者としての欠陥はおのれの弱点を知りすぎているところにあった。

さらには、将来への危機感を感じすぎるたちで、伊達家の兵馬も、ゆくゆくこれを一新しなければ芦名《あしな》にやぶれずとも最上にやぶれるだろうといった。最上氏は若い当主の義光になってから外交もあくどく、兵馬も自然鋭くなり、他境を間断なく侵しては領域をひろげている。あきらかに義光は奥羽の統一をめざしているようであり、その途上でこの伊達家は踏みつぶされてしまうかもしれない。

天正十二年になった。

政宗は、十八である。輝宗はまだ壮齢といえる四十一歳であったが、この年の秋十月、輝宗はにわかに政宗を閑所によび、

「わしはまだ兵馬に倦《あ》く年齢ではないが、兵馬のほうがわしを倦いた。によってあすをかぎりわしは隠居をする。和殿《わどの》がこの伊達を継ぎやれ」

と、おどろく政宗に有無をいわさず一語々々言いきったあげく、承知させてしまった。この壮齢で病気でもないのに隠居とは諸国にも例がなさそうだが、輝宗は理由をいわなかった。ただ「伊達家は老いすぎている」と言い、兵制や家制の面で今後大革命を遂ぐべき点を、いちいちあげ、それを遂げねばこの家の梁《はり》や柱はくさってわずかな風にもくずれおちるかもしれぬ、といった。組織の老化によるそういう欠陥についでは、政宗は若いだけに十分気づいていたが、父の輝宗もまたそれを知っていたことに内心おどろいた。

「では、なぜ」

と、政宗は問うた。なぜ輝宗自身がいますこしこの地位にあって積年の病弊を切るべく斧《おの》をふるおうとはしないのか、ときくと、輝宗はこの家の組織はわしの膚肉《からだ》とおなじようなものだ、老臣どもはことごとく庸人ながらしかしわしにとっては幼少のころから輔佐《ほさ》してきてくれてすでに骨肉の愛がある。それらに対し、わしみずからの手でいかんともしがたい。和殿はわかい。かれらに恩縁はうすい。さらには当主がかわったとなれば、家中はなにごとかがはじまるとおもい、多少の覚悟はするだろう。その潮に乗ってやればわしの代では指を触れることすらできなかった種々《くさぐさ》のことどもが、臼《うす》でものをひくようにらくらくとできるはずである。わしは、そのほうにくらべればはるかに物の経験がふかい。しかしこの時節となれば多少の経験はわしを臆病《おくびょう》にすることに役立つのみで、当家の活力をふやすためにはなんの役にも立たぬ。必要なのは、ものしらずな和殿の若さだとおもうた。

輝宗は、そういった。

しかしそれにしても輝宗がこうも思いきった処置に出たのは、かれが沈黙しているいまひとつの理由に相違なかった。相続をめぐる両派の抗争が、もしなにかで発火すれば家臣団の分裂というところまでゆこうとしている。それを未然にふせいで、双方怪我《けが》なく解決しおおせるには、自分が退き、政宗を年若ながら当主にしてしまうことであった。

翌日、輝宗は群臣の登城をもとめ、思う儀これあり、という理由でそれを宣言し、そう宣言するや、重臣たちがおどろくほどに輝宗は行動的な男になった。かれは米沢城という伊達家の主城を政宗にひきわたし、わずかな近臣をひきいてこの城下から西北方にある小松城という境界の城に移った。この城は最上氏の侵入にそなえて設けられたいわば国境要塞《ようさい》で、輝宗はみずから身を移して防衛の第一線につくとともに、夫人於義、および竺丸をもこの城に移し、移すことによって政宗の身辺から禍根をとり去った。伊達政宗という、戦国人としてはひどく若年から突出したこの男が、奥州の活動家として成立してゆく基盤はことごとくこの輝宗がつくった。つくりかたが、奇妙であった。ことごとく輝宗自身がみずからえらんだ自己犠牲によっている。政宗程度の才略や活動力をもった人物は乱世の権力社会ではけっしてめずらしくないであろう。しかし輝宗のような、おのれを消してゆくことにこれほどまでの情熱をかけた人物はまず居ない。いや、皆無のようにおもわれる。思いあわせてみると、輝宗・政宗と同時代の能動家たちの父親は、その子である能動家にとってきわめて都合よかったことに、かれらは早く死んだ。このため、その子は早い時期から活動することができた。越後《えちご》の上杉謙信、尾張の織田信長、三河の徳川家康らはみな大名の子で、その父の経営のあとを継いでそれを拡大飛躍させたが、その父たちはみなそろって非命にたおれ、早世しているため、かれらは父の代までの旧習に昵《なず》むことなくあたらしい秩序をひらくことができた。ただ甲斐《かい》の武田信玄のばあいだけはこの点がひどく異常であった。かれの父信虎は甲斐を統一した男であったが、信玄はこの信虎のやることが気に入らず、ひそかに近臣をかたらって策謀し、信虎が駿河《するが》に旅行したのをさいわい国境を遮断《しゃだん》して帰さず、のちこの父を単身京へ追いのぼらせて生涯流亡《るぼう》させてしまった。あたらしい権力が勃興《ぼっこう》しようとするとき、それをさえぎるものは父といえどもたおすべき相手であることにはかわりがない。ところが政宗の父の輝宗の酔狂さ（権力主義からみれば）は、生きながらみずからをほうむろうとし、すすんでそのようにした。

とにかくそういう経緯で、政宗は天正十二年、十八歳で伊達家の当主になりえている。


そうではあるが、時勢からみれば政宗は遅く出すぎたであろう。

英雄時代は去ろうとしていた。ほとんど素手同様の境涯から身をおこして関東を切りとった北条早雲はすでに昔語りのひとになっていたし、謙信や信玄もこの世になく、生き残った織田信長が四方に手をひろげつつ中央を制したが、このあたらしい覇業《はぎょう》のぬしも政宗が家督を継ぐ二年前に京の本能寺で斃《たお》れた。そのあとその部将の秀吉が織田家の権益を相続し、中央の体制をかためつつ地方におよぼうとしている。それに対抗している地方政権のうちで、有力なものは、関東の北条氏、東海の徳川家康、四国の長曾我部《ちょうそかべ》元親《もとちか》、九州の島津義久などであったが、やがては秀吉の勢いに併呑《へいどん》されてしまうかもしれぬというのが、おおかたの印象であった。

が、東北地方は五十年ばかりおくれている。中央の過去のうごきからあてはめればなお南奥羽は戦国初頭のような星雲状態にあり、最上、伊達、大崎、相馬《そうま》、芦名、二階堂、田村などの諸氏が互角の力でひしめきあっていた。

伊達家では政宗の家督相続について四方に披露《ひろう》し、日をえらび、米沢城で祝賀の宴を張った。城下はにぎわった。諸方の豪族から使者がきたし、伊達家に属している小豪族たちもこの日はことごとく米沢城にきた。

「おかしな男がきている」

というささやきが、接待役の家臣のあいだで流れ、やがて政宗の耳にも入った。

「びぜん」

と、この近隣で通称されている大内備前定綱という人物であった。その大内氏はさき、どこからながれてきたかわからないが、その家では西国《さいごく》の周防《すおう》大内氏の支族が諸方に流寓《りゅうぐう》して数代前、このあたりに土着したという。「伊達世臣家譜」には、

「びぜんの先々代は優婆塞《うばそく》（修験者）の法を修《ず》した」

というから、月山あたりに巣食っていた山伏が土着した家系かもしれない。父の代にはじめて塩松にやってきた。塩松、四本松《しおのまつ》ともいう。あるいは別称小浜。ここに小浜城をきずき、土地の地侍を攻めつぶして、小手森《おでもり》、月山、岩宿、新城、樵山《きこりやま》、月館《つきたて》の数カ村の領主になった。当主の大内定綱、つまりびぜんはそういうなりあがりだけに、世故に長《た》け、たえず小才覚《こざいかく》をし、やることにあくがつよく、そのうえ叛服《はんぷく》つねが

ない。輝宗の時代にも伊達家を盟主にあおいでいるかとおもえばすぐ離れて田村氏のほうの被官になっていたり、また帰参したりして性根のすえ場所がわからない。近年は田村氏からもはなれ、会津の芦名氏に属している。そのびぜんがぬけぬけとすみ出て政宗の前で平伏し、祝いのことばをのべた。政宗は、べつに不快がりもせず、

「びぜんではないか」

と、あかるく声をかけた。寛容が君主の徳目であることを、遠藤基信からおしえられていた。

「きょうはどういう風の吹きまわしだ」

そうからかうと、びぜんはわざと恐れをなしたように身を揉《も》み、誠実を全身であらわしつつ、まことにこの身の不心得、恥じ入りまする、おもえば父の代以来御当家からあれほどのご恩をうけていながらあちこちを歩きまわりましたこと、われながらあきれたことでござります。ご仁慈にあまえこのようにまかり越しましたがおゆるし願えまするや、といった。政宗はやや信じかねたが、しかし老臣をよび、

――あのびぜんをゆるしてやる。その旨《むね》を伝えてやれ。

と、政治《しおき》はじめの縁起として大いに寛仁なところを示した。老臣がそう伝えるとびぜんはのけぞるようにしてよろこび、巧弁をならべて政宗をほめたあと、さて伊達家

の傘下《さんか》に入る以上はこの身も妻子も米沢城下に住まわせてもらいたい、ついては邸地をたまわりたい、と可愛《かわい》げな様子をつくってねだった。要するに人質を置くという意味であった。さっそく政宗は、老臣の遠藤山城に命じ、それをとりはからわせた。

びぜんは、遠藤屋敷を宿にして城下に滞留した。普請《ふしん》を監督するというのがその理由であった。ところがびぜんはわざと小細工して普請をながびかせた。

やりかたが、どうにも田舎くさい。

びぜんがやりつつある悪才覚《わるざいかく》は人の悪い上方ならひと目で見ぬかれてしまうに相違なかったが、政宗のこの時代の奥羽は、武将どもの欲望も地金《じがね》のまるだしであったし、その才覚もこどもだましのようなものであった。びぜんは芦名氏からたのまれて伊達家帰参を擬装し、しばらく滞在してその実情をさぐろうとしていた。背後の芦名氏は、伊達家が齢《とし》わかの当主に代がわりしたのを幸い、様子次第ではこれを攻めとろうとくわだて、伊達家の内実はどうかというその探索をびぜんにうけおわせているのである。

やがて雪の季節になった。屋敷普請はこれ以上できぬことになり、びぜんはふたたび政宗にねがい出、「雪になりましたため心ならずも普請は春までのびましてございます。さればいったん帰って妻子に支度をさせ、かれらをお城下に召連れたいと存じまする」といった。政宗も老臣もさもあろうとおもい、これをゆるした。

びぜんは、居城へ帰った。が、結局はもどってこなかった。春になって政宗のもとから何度かさいそくの使者が行った。びぜんはいちいち応対し、最初こそもっともな理由でつくろっていたが、ついにひらきなおり、

「なんど来られても無駄《むだ》よ。このびぜんはもはや帰参の気持をうしなっている。それが不都合じゃと申されるなら弓矢で攻めてこられよ」

びぜんは、探索の結果若い政宗の実力を低く評価したのであろう。それを背後の芦名氏に内報したに相違なかった。芦名氏は伊達攻略にとりかかるにあたって開戦の名目をつくろうとした。そのふくみで、びぜんに、政宗挑発《ちょうはつ》の言動を弄《ろう》させたのかもしれなかった。

政宗は、すてておけなかった。

奥羽のひとびとは、この伊達家のあたらしい当主が、どれほどの器量の者であるかをはかりかねている。その最初の行動でそれを測ろうとしている。もし政宗がびぜんに嘲弄《ちょうろう》されてひきさがれば、現在この伊達家の傘下にいる諸豪族も、政宗を盟主とすることに不安を感じ、散ってしまうかもしれない。政宗としてはここでもっとも華やかな政戦の手をうつ必要があった。

びぜんの背後に、会津の芦名氏がいる。そのことを内偵《ないてい》で知ると、会津へ抗議の使

者を送った。芦名氏は当然ながらそれをはねつけた。政宗は、それを理由に軍事行動をおこした。大軍を催し、みずから陣頭に立って会津の境まで攻め入ったが、しかし芦名勢はよくふせぎ、伊達勢を近づけない。政宗はかならずしも戦争の達人ではない。かれの才質はむしろ外交家であったであろう。ともかくもかれの最初の采配《さいはい》であることのいくさに半年を要した。しかし収穫はなかった。

あるとき政宗は不意に兵をかえし、攻撃目標を転換し、びぜんがまもる小手森城を包囲した。びぜんはさすがに老練で野戦はせず、城門をかたく閉じ、ひたすらに芦名氏から援軍が派遣されてくるのを待った。やがて援軍がきた。

援軍は、芦名氏の幕下に属している二本松城主畠山《はたけやま》（別称二本松）義継という人物である。畠山氏は鎌倉のころ、関東から移ってこの土地に土着した。室町幕府のさかんなころは一時奥羽探題を称して伊達家などよりも声望が高かったが、歴代の当主が凡庸だったためにしだいにふるわなくなり、いまでは会津の芦名氏の庇護《ひご》をうけるようになっている。当主の義継は、

「右京亮《うきようのすけ》どの」

とよばれている。まだはたち代のわかさで、家督をついで五年にしかならないが気性がはげしく小戦さにたくみで、土地の者たちも「右京亮どのの代で二本松も昔日の

いきおいをとりもどすのではあるまいか」といわれている。

その男が、びぜんの加勢に駈《か》けつけた。伊達勢の背後をついた。政宗のまずさは依然としてびぜんの小手森城をかこんでいたことであり、このため包囲陣を野戦用の陣形にかえることが遅れ、その混乱につけ入って、右京亮が数度突撃をくりかえし、さらに籠城《ろうじょう》中のびぜんがこの機をはずさず城門をひらいて打って出、はさみうちのかたちをとったため政宗は腹背に敵をうけた。齢相応のまずさであった。伊達勢は混乱し、敵の槍《やり》が政宗の本陣ちかくまでせまった。政宗は退却を決意した。が、このばあいの退却は味方を総崩れにさせてしまうだけであろう。ちりぢりに討ちとられ、あるいはこの戦場で伊達家はほろぶかもしれなかった。

政宗はとっさに思いかえし、どうせほろぶならばこの戦場で死を賭《か》けてみようとおもった。政宗のその後の政略にも、そういうばくちを好むところがあった。もっともその後の伊達政宗が秀吉にむかって演じた外交政略は多分にばくちであるとはいえ、しかし安全のための駈けひき――いかさまともいえる――が十分にほどこされており、かならずしも言葉の直ぐな意味でのばくちではなかった。ただ、この小手森城外の戦場だけは例外だった。まだ齢若く、初舞台でもあるだけに、いかさまをほどこすゆとりなどはなく、そういう状況でもなかった。かれは混乱のなかで一軍を三つに分け、その機能をべつべつにした。一隊はびぜんの城兵にあたらせ、他の一隊は腹背に殺到しつつある右京亮の軍にあたらせ、のこりの一隊はかれ自身が握り、中間にあって両方面の戦況に応じつつ使うことにした。

激戦になった。びぜんの城兵は勝ちに乗じておいおい城を出、伊達勢を追いまわしつつ野いくさをする者がふえてきた。政宗はその敵情を機敏にとらえた。たにしは殻《から》があってこそかたく、殻を出れば鷺《さぎ》の嘴《くちばし》につつかれるしかない。政宗は野外の城兵に撲撃を加えた。城兵はあわてて城門にもどろうとしたが、政宗の銃隊が前進し、城門ぎわに殺到した敵をさんざんに射《う》ち白《しら》ませたためかれらは絶望し、城も戦場もすてて南へ潰走《かいそう》した。右京亮の軍は、孤立した。政宗はそれにむかって突撃を命じ、やがて潰走させ、つづいて総がかりで城を攻めたてた。城は三日目で落ち、びぜんは脱出して小浜城へ走った。城内にはなお八百人の男女がのこっており、降伏を乞《こ》うたが政宗はゆるさず、大軍を城内に入れ、手あたりしだいに斬《き》り殺し、女もゆるさなかった。子供まで殺した。生者はひとりもなかった。のちの政宗にはこのような残虐《ざんぎゃく》さはない。かれにすればこの戦勝を完全なものにすることによって奥州に伊達政宗という名の権威とそのすさまじさをひびかせておく必要があったのであろう。

が、まだびぜんも右京亮も生きている。びぜんは小浜などの他の自城もすてて二本松の右京亮のもとに逃げていた。

政宗はやすむ間もなく軍容をととのえ、二本松城を包囲しようとした。右京亮は芦名氏に救援をたのんだが、芦名氏も政宗の苛烈《かれつ》さにおどろき、静観の態度をとった。右京亮は絶望し、かねて政宗の大叔父で伊達実元という者と懇意にしていたところから、実元に泣訴し、降伏のとりなしを乞うた。

政宗は、きかなかった。かれはびぜんと右京亮の領地をとりあげて伊達領を一挙にふやそうという、そのこと以外に考えていなかった。在来の奥羽の合戦は結果がつねにあいまいであった。敵味方ともたがいに土地の古い名家で、代々政略結婚をかさね、たがいに姻戚《いんせき》関係であったから、敗者は勝者に泣きつき、結局はその領土を安堵《あんど》されることが多い。右京亮の泣訴ぶりにもそういう伝統的なあまさがあった。が、政宗はすでに他の奥羽人とは別に分類さるべき男になっていた。この小天地の地域的な揉みあいに興味はなく、その遠望を中央への進出に置き、そのために奥羽を統一しようとしていた。統一のための大軍団をやしなうには近隣の領土を切りとれるだけとってお かねばならない。

政宗は、大叔父を通じてのその泣訴を蹴《け》った。右京亮はやむなく伊達家の隠居の輝宗のもとに使者をおくり、懇願した。輝宗は、

「この自分はすでに隠居である。当主のやることにくちばしを入れることはできないが、しかしそこもとの家とは伊達家代々の旧誼《きゅうぎ》もあり、むげなこともできぬ。政宗へ頼むだけは頼んでみよう」

と言い、その旨政宗へ申しやった。政宗は迷惑におもった。このあたりが父輝宗が旧時代人であるところであろう。小さな地縁血縁社会の情誼を重んじていては、これからのちの容赦ない争覇のたたかいのなかで家も命もたもつことはできないとおもった。

が、無視することもできない。輝宗の代からつかえている老臣たちが、「老公のお口添えがあった以上、多少のご勘弁が必要でございましょう」というのである。結局、政宗は、

「それでは父に免じ、一命はたすけ、降伏をゆるす。ただし条件がある。所領は五カ村をのこし、あとのすべてを召しあげる。それで承知ならばまず人質として嫡子《ちゃくし》を送りつけよ」

と、二本松城の右京亮まで言い遣わした。右京亮はこの苛酷さにおどろいたが、しかし上方の戦後処置の例でいえばこれでもありうべからざるほどのゆるやかさであり、政宗はそのこともつけくわえた。

もっとも右京亮にとっては、ここは奥州で上方ではない。奥州には奥州の慣習と情誼があるはずだとし、さらに輝宗の陣中に使いを送り、かさねて哀訴した。

「しかたがない」

と、輝宗はふたたび政宗へ使いを出した。政宗は、父を無視した。その返事を輝宗にはせず、じかに右京亮のもとに送り、

「泣訴は無用である。すでに当方は条件を申した。これに不承知ならば城を踏みつぶすまでのことであり、この諾否の返事をすぐにされよ」

といった。

右京亮は窮し、自分の城内にかくまっているびぜんに相談した。びぜんはあれこれと工夫し、やがて人を払い、声をひそめてびぜんらしい策略を吐きだした。如何《いかが》、とびぜんはいった。右京亮にすればさほどの妙策とはおもえず、多少の不安もあったが、すでに窮地に立っている以上、それをやってみるしか、仕方がなかった。そのための策を練り口上の練習もした。やがて、受諾の返事をした。

右京亮は政宗と輝宗に対し感謝の意を送った。所領のほとんどをとられるとはいえ、一命を助けられ畠山の家名をのこしていただけるとは、よくよく思えばこれほどありがたいことはない。ぜひぜひ自身で出向き、謝意を申しのべたい、このことお許しく

ださるか、いかがなものであろう、ということであった。

輝宗にすれば、右京亮があわれになっている。むかし自分が当主であったころ、相馬氏と弓矢の事があったが、あのせつはこの右京亮の先代が伊達方に参じ、二度の戦いに従軍した。その子の右京亮がいまは降将になり、礼にくるという。承《う》けてやらねばならず、それを政宗の陣へ申し送った。父がそういう上は、政宗も承知せざるをえない。

日と場所がえらばれた。場所は伊達家の老臣で同姓成実という者の陣所であった。当日、右京亮は具足をつけず、馬の口とりと草履人をつれただけの姿であらわれ、座についた。やがて座についた政宗と輝宗に対し、大きな背を折って殊勝げに拝礼し、そのあとくどくどと礼をのべた。この種の謁見《えつけん》はふつうかたちだけのものであり、輝宗はすぐ立つべきであった。が、気の毒になったのであろう。自分から話題をみつけては、昔語りなどをし、午後二時から二時間ばかりも話しこんだ。政宗は、終始だまっていた。べつに理由はなく、若いために輝宗のようなながばなしの話題がなかったにすぎない。

右京亮は、帰った。

「わるい男ではない」

と、あとで輝宗はいった。

ところが右京亮はこの翌日――天正十三年十月八日、ふたたび輝宗の陣屋の前に立った。この時期、輝宗は宮森というところに陣所をもっていた。右京亮は陣所の門前で取次ぎの者に用件をのべた。

「かように一命をすくわれましたのも、ご当主さまのご仁慈によるものとはいえ御隠居さまのお骨折りを蒙《こうむ》ったからでございます。いま一度お礼を申しのべとうございます」

二度目である。くどすぎるであろう。しかし輝宗はうたがわなかった。

「いよいよ丁寧なおとこだ」

と言い、通すようにといった。おりから輝宗のこの陣所では戦勝を祝う酒宴がひらかれていた。輝宗はそのあたりを片づけさせた。

やがて畠山右京亮義継が入ってきた。供は家老三人だけであり、かれらは土間にうずくまっている。謁見は、むろんみじかい。

右京亮は挙措はあくまでいんぎんで恐懼《きょうく》をかがめ腰にあらわしつつ立ちあがり、辞し去ろうとした。輝宗もそれを門前まで送るべく立ちあがった。門までの石畳は、ほそくながい。右京亮と三人の家老はさきに立つ。そのあとに輝宗がつづき、さらに伊達家の家来がつづく。門を出ようとするとき、右京亮はいきなり地面にひざまずいた。右京亮の家来どももそれにならった。右京亮はふたたびくどく礼をいった。

「いや、かえって」

と、輝宗は手をあげ、相手の度はずれた慇懃《いんぎん》さに返事に窮したとき、地面にうずくまっていたはずの右京亮がどう跳ねあがったか、輝宗の小さなからだを抱きすくめてしまっていた。脇差《わきざし》をぬいている。その刃を輝宗の頭にあてている。右京亮の三人の家来もそれぞれ抜刀して輝宗の背、脇に切先《きっさき》をあて、伊達家の者が近づけば刺しとおす気がまえをみせた。陣所のなかは、大さわぎになった。みな口々に叫び駈けまわったが、どうすることもできない。

この間、右京亮のまわりだけは地面がひろびろとしている。かれは輝宗をかかえて馬にのり、あざわらいすらうかべ陣所を離れはじめた。三騎がその前後をかこんでいる。伊達家の侍どもはなすすべもなくそのあとをぞろぞろつき従ってゆく。街道わきには野良しごとの百姓もいる。かれらはこの奇妙な行列のわけあいがどうにも呑《の》みこめぬらしく、菜畑に一人、田に三人といったぐあいにかかしのように立ち、身じろぎもせずにながめていた。

政宗は、急報をうけた。

かれはこの時刻、鷹野《たかの》をしていた。

——ありうべきことか。

と、おもったが問いかえすゆとりもなく馬にとびのり、鞭《むち》をあげ、灌木《かんぼく》をとびこえとびこえして駈けさせた。政宗の人数がこれにつづいた。場所はわからない。しかし、右京亮のこんたんは輝宗を人質にしておのれの二本松城に入るつもりであろう。その街道へ出れば追っつけると政宗はおもった。

駈けて平石村を通りぬけ、高田という小字《こあざ》に近づいたとき、その一団がみえた。政宗は、例の後続していた輝宗の家来たちの群れに駈け入り、その先頭に出た。

右京亮は馬上背後をふりかえりつつゆるゆると馬をすすめている。鞍《くら》つぼに輝宗がうつぶせに伏せさせられている。

右京亮は、馬を早めない。この当時の馬は小さく、人間二人を背にのせれば駈けることもできなかった。前後で抜刀している右京亮の家老の顔は政宗も見知っていた。鹿子《かのこ》田和泉《だいずみ》、高林内膳、大槻中務《おおつきなかつかさ》であった。さらに徒歩立《かちだ》ちの侍で半沢源内という者が馬の背の輝宗に槍をつきつけ、遊佐《ゆさ》孫九郎という者が弓に矢をつがえて輝宗に矢じりをむけていた。それらをふくめて右京亮の人数は二十三人である。

高田という小字は、阿武隈川《あぶくまがわ》の東岸にあたっている。ここから河を渡れば対岸はすでに右京亮の二本松領である。河を渡らせてしまえば、もはや事は止《や》むであろう。父を敵にとられてしまえばそれだけで形勢は逆転し、敵の要求はことごとくきかざるをえなくなる。

「ばかな」

と、政宗は馬上でなにを叫び、どういう狂態を演じたか、自分でも憶《おぼ》えない。が、父が、垂れている。両脚がみえる。右京亮の方角がわずかにかわると首がみえた。その首の根に右京亮のやいばが光っている。その刃を恐れてか、輝宗の首が垂れたままうごかず、その死人のような従順さが、今後の伊達家の運命を暗示しているようでもあった。

右京亮は、ついに堤をこえた。見えなくなった。政宗があわてて堤にのぼったとき、右京亮らはすでに瀬をえらびつつ流れを渡っている。渡れば二本松領である。

このとき、政宗はおそるべき決断をした。

――殺すべきである。

とおもった。輝宗のなま身と、伊達家の運命とを交換することはできないであろう。政宗はこのとき十九歳であった。かれがいわば法人ともいうべき伊達家と、輝宗という自然人とのあいだの価値の軽重を、論理としてそれほど明晰《めいせき》に考えたかどうか、むろん、疑わしい。政宗は激情のなかにある。単に右京亮への憎しみのはげしさが父の生命の重大さをわすれさせたのか。あるいは右京亮の掌《て》に、一軍の将たる者が小鳥のようなあわれさでにぎられてしまっているというこの父の腑甲斐《ふがい》なさが、むしろ腹だたしかったたかもしれない。政宗は、時代と立場を変えればただの人間かもしれなかったが、この若者はすでに権力という魔術的な、人をつねに異常にし、異常なことがむしろ勇気とか智謀《ちぼう》とかということで賞讃《しょうさん》されうる不可思議な世界に身もこころもゆだねている。このばあいかれは異常であるべきであった。たとえば信玄がその父を追って旧秩序を一時につぶし去ったように、この場の政宗もその父をかれ自身の手で潰《つぶ》すことによってかれの伊達家を確立しなければならないのかもしれなかった。ともかくもかれらにとって至上なるものは、かれに異常であることを要求している。この男は、ふりむいた。

鞭を鳴らした。声をあげたが、すでに嗄《か》れていた。鞭をあげ、河を指し、ふたたびあの河を指し、その間、ひとつことばだけを絶叫した。撃て、ということである。

伊達勢はすでに堤の上に五百人はひしめいていた。そのうち百人の者が鉄砲をもっていた。その百挺《ちょう》の鉄砲が天をふるわせ、川面に水煙の幕を張り、やがて水を赤く染めた。右京亮はなおも屈せず、ななめに浅瀬を駈け、河原の小高いあたりにのぼるや、刃をあげ、輝宗を刺し、さらに刺し、この人のいい伊達家の隠居のからだがぼろぎれのようになるまで刺しに刺し、その血のなかで腹を切って死んだ。

政宗は輝宗の死後、この家における完全な独裁権を得た。その後のかれの活動は、かれの詩にいうがように、まさに「功名いささかまたみずからひそかに期す」であったであろう。秀吉もこの野心家の武勇を多少恐れ、家康もこの男にだけは幾分かは賓客の礼をとり、その機嫌《きげん》をそこねまいとした。

が、この両人は結局は政宗に多くの所領をゆるさず、これほど生涯《しょうがい》はたらきつづけた男が、ついに得たその領域は、飛地の領地をあわせて仙台六十二万石程度であったにすぎなかった。

このようにおもうと、

「馬上少年過ぐ」

というその晩年の詩は、功成り名遂げた老雄が、その自足の感慨をよんだものであるかどうかとなれば、奇妙にうたがわしい。政宗はあるいはおのれの半生がついに徒労であったかもしれぬというにがにがしさを、こういうやぶれかぶれの陽気さで言いだしてみたのかもしれない。

残軀《ざんく》天の赦《ゆる》すところ
楽しまざるをこれ如何せん

この小品は、政宗がその権力のために払ったいまひとつの代償を語りのこしている。かれは二十四歳のとき、母の於義がその実家の兄、最上義光のさしがねでなおも政宗をのぞいて竺丸（すでに小次郎と称していた）を立てようとしつづけ、ある日政宗の食《しょく》膳《ぜん》に毒を飼った。ただし未然に発覚した。発見した直後、政宗は諸人に事態を告げ、

「小次郎は純良な若者である。しかしかれが生きているかぎり伊達家のわざわいは絶えない。かれはおそらく死ぬだろう」

といった。そのあと小次郎をまねいた。十七歳の小次郎は覚悟して政宗の前に出てきた。政宗はいうべきことばを失ったまま太刀をひきぬくと、小次郎はだまって胸をひらいた。政宗は刺した。この報《しら》せはすぐ於義につたわった。彼女は身の危険を知り、その夜のうちに城をぬけた。政宗はそれをねがっていた。彼女は実家の城のある山形へのがれ、そこで世を終えている。

政宗は、歌道にも堪能《たんのう》であった。

その死は寛永十三年五月、七十歳のときに訪れるが、老人はその前年の三月、幕府の許可をえて京へのぼった。都の花を見ることが目的であった。

一日、公卿《くげ》をその酒宴にまねいた席で、一首を詠《よ》んだ。その歌は、発想といい技法といい、みごとなほどに型にはまった古今《こきん》風のしらべで、しらべのほかなんの意味もなさそうだが、とりようによっては意外な寓意《ぐうい》がふくまれているようでもある。

咲きしより今日散る花の名残りまで
千々《ちぢ》に心のくだけぬるかな

（「別冊文藝春秋」昭和四十三年十二月）

重《じゅう》庵《あん》の転々

深田の里といえば、南伊予の山中である。いやもう、天に近い山里というべきであろう。

この里は伊予の国にありながら、その谿流《けいりゅう》の水は土佐の国のほうにながれている。そのくせ土佐へゆくのも、天によじのぼるほどの苦行をしなければならない。谿流を伝い、ときには猿のようなまねをして桟道《さんどう》を這《は》い、崖《がけ》をよじたりしてゆく。

この伊予深田の里に、土佐から山谷を越してながれついた牢人《ろうにん》がいた。土地の伊予人《びと》から、

「重庵《じゅうあん》さま」

とよばれていた。

「重庵さまはおそろしい」

と、土地の伊予びとは、声をひそめてささやきあったりした。南伊予は人情のなご

やかな土地である。ことにこの山中の隠れ里のような深田のひとびとは、すでに徳川の初期というひらけた時世でも、古代人のような心映えをもっており、土佐人といえば、ただそれだけで鬼のようにおそれるのが普通で、土佐人山田重庵がこの里にながれてきたときも、椎《しい》の木の下にあるかれの小屋の前をひとびとが通るのに、息をひそめるようにした。

「まさか、とっては食わぬのに」

と、山田重庵は土地のひとの臆病《おくびょう》をわらったが、元来かれの国の土佐は伊予とはまるでちがった国柄《くにがら》で、古代からそうであるらしかった。古事記に「土佐ハ建依別《たけよりわけ》トイフ」とおそろしげな異称がかかれている。たけとは勇猛の意味であった。もともとひょうかんな人種がすんでいたとおもわれる。おなじく伊予については「愛比売《えひめ》」という異称がかかれている。かわいい姫という意味で、それが伊予人というものの総体の印象らしい。たがいに隣り合っていながらこうも人の姿がちがうのは、諸国にも類がない。

戦国のころ、侵略しているのはかならず土佐のほうで、伊予は愛比売のごとくおかされつづけた。土佐に長曾我部《ちょうそかべ》氏がおこって土佐を統一し、ついには四国を征服し、さらに海をわたって天下征服を夢みたころに中央に織田・豊臣政権ができて、土佐人の夢は夏の入道雲のようにくずれさったが、しかしいったんは沸騰《ふっとう》した土佐人の心は、徳川期になっても鬱勃《うつぼつ》としている。軍事からとざされたため、そのエネルギーは学問や諸芸のほうにむかった。

山田重庵は、医者であった。

——長曾我部《ちょうそかべ》の遺臣らしい。

と、深田の里びとたちは推測している。伊予ではチョウスガメとよぶ。いったんはそれに征服された南伊予人にとってチョウスガメとは、ヨーロッパの弱小国におけるナポレオンというのとおなじ印象のおそるべき名前であった。南伊予ではどの村でもチョウスガメにともなう血なまぐさい伝承がいくつもある。

「わしは根っからの医者で、チョウスガメとはなんの関係もない」

と、重庵はいっていた。そういわなければ隣国に住んでその里の者と融和できなかったからかもしれない。

重庵は、年のころ四十である。貂《てん》を裂いてその生血を吸うことが好きだといわれていたが、里びとのつくった臆説であろう。貂の生血などまずくてのめるものではあるまい。重庵は軀幹《くかん》長大で、両眼に精気が満ち、一世紀前の戦国乱世の世にうまれていればただの生涯《しょうがい》はおくるまいとおもわれるような人物である。

医者というが、後世の目からみればたいした造詣《ぞうけい》があるわけでもあるまい。この徳川初期ころの村医者といえば、漢籍が多少とも読めるほどの者ならたれでもなれた。医書といえば本草学《ほんぞうがく》の書と「傷寒論《しょうかんろん》」ぐらいのもので、それをよみこなすだけで、あとは数種類の膏薬《こうやく》を練る技術を知っているだけでよい。重庵は、この当時の田舎にめずらしく学問があり、しかも臨床医としては不可欠の要件ともいうべき天成のかんのするどさがあった。

かれが法華津《ほけづ》のほうに旅行したとき、土地の大寺のかごかきで寺の権勢をかさにきてきらわれている男がいる。その男が、泥酔して路上で重庵にからんだ。重庵は相手にならず、じっと男の顔や首筋の色をしさいにみて、

「そのほう、あれなる樟《くすのき》の蔭《かげ》でしばらく寝ておれ、日が暮れぬ前に戸板にのせてもらって家へ帰るがよい。でなければ今夜のうちに死ぬだろう」

と、さとした。男はあざ笑ってむろんそのとおりにしない。重庵は里人の何人かをよんでその診断を告げておいた。なるほどその男はその夜のうちに、膝《ひざ》へ頭をのめりこますような姿勢で急死した。卒中だったにちがいなかったが、重庵には相手の皮膚にうかんでいる赤味をみてそう察するかんがあったらしい。

重庵には、その種の話が多い。かれは深田の里にながれてきてわずか二年のうちに

名医の評判が近郷にひびいた。重庵はいそがしくなった。大男のわりには腰の軽い男で、三里や四里の山道でも、かるがると往診に出かけてやる。人が恐縮がると、

「あっははは、わしは医者とはいえ、毎日の身動きは山伏やキコリとかわらぬ。岩をつたい、沢を飛んで患家へゆく」

と、おもしろくもないのに大笑いしてそんなことをいった。患家ではありがたくもあり、おそろしくもあり、なにやら生神《いきがみ》を見るような畏怖《いふ》を重庵に感じている。重庵は流れてきて二年目には、深田の四里四方の民情やら生産のぐあいやらをことごとく知った。そういうことに関心がふかいのも、

——重庵さまは土佐のお人じゃけに。

という解釈を土地の者がくだした。この徳川初期に、すでに「政治は土佐」という評判が江戸まできこえていた。土佐の国主の山内《やまのうち》家の治績がみごとである、ということらしいが、ひとつには土佐人そのものが国土経営に関する話題がすきであるという意味も多少はふくまれている。戦国期、伊予はついに統一者が出なかったが、土佐はチョウスガメという統一者が出て、それまで在所々々だけが小天地であったこの国人の意識を一挙にひろげ、一国を単位で思考するくせをつけたことが、この性格をつくることになったのであろう。それに長曾我部世界における土佐は、その末期には土民

にいたるまで戦士とする徴兵制をとった。天下に類のないことであった。関ヶ原で長曾我部氏はほろび、あらたに徳川傘下《さんか》の大名として山内氏が遠州掛川《かけがわ》から移ってきた。時勢はかわったが、しかし一世紀前、土民まで長曾我部世界に参加したということの一国の共同体験が政治ずきの風土をつくったようであり、重庵もどうやらその癖《へき》のもちぬしらしい。

「お前の村は、租税《ねんぐ》はどれほどだ」

とか、去年の作柄《さくがら》はどうか、このあたりの代官の評判はどうだえ、などといったことを、露骨に患家できいた。

——重庵さまは、かくし目付《めつけ》ではあるまいか。

と、重庵のこの異常な関心のもちように、おそれをいだく者も出てきた。庄屋《しょうや》職の者も、べつな理由で重庵を警戒した。百姓や小作人に食い入って一揆《いっき》でもたくらんでいるのではあるまいかということであった。げんに、ある日、重庵の家に見なれぬ男が旅姿でたずねてきて、腹を診てくれといった。もろ肌《はだ》ぬぎにさせてみると、肩や腕の筋肉が百姓のものではなく、武芸の心得のある者らしい。重庵は一目みてそれに気づいている。が、だまって男の出方を待った。診察をおわったあと、男は袖《そで》に手を通しながら薄く笑って、

——御領内のおしらべをなされていること、そのうわさは宇和島《うわじま》城下にまできこえておりますよ。

と、いった。男は、おそらくしかるべき筋から探索にきたのだろう。一声おどして帰ろうとおもったにちがいないが、重庵は薬研《やげん》で薬をすりながら、

「ふん」

と、鼻で笑っただけで、相手にならず、逆に、わしの不為《ふため》を働くとろくなことになるまい、それを屹度《きっと》申しておく、といった。男は一種、威にうたれたような顔をした。

重庵はさらに、

「よいか、藤六」

といったが、男は藤六という名ではない。重庵がこの場でつけた。以後この男はたびたび重庵のもとにあらわれて世間ばなしをしてゆくようになったが、重庵はずっと男を藤六とよびつづけた。男も、

「藤六でございます」

と、入ってくるようになった。藤六と重庵の関係は、たがいに何者ともしれぬながら、縁が深くなった。重庵は藤六に大金をあたえて宇和島城下まで生薬《きぐすり》を買いにやらせたこともあり、ときには藤六から藩の政情をきいたり、逆に重庵から藤六に民情を

話したりした。藤六はよろこんでそれを筆記したりした。

そのうち藤六が、

――じつは吉田のお殿さまがあすをも知れぬご容体で。

と、意外なことをうちあけた。意外というのは、ふつう地下《じげ》に住む者ならとても耳に入ることのない貴人の御内緒のことがらを、この藤六ふぜいがくわしく知っていることだった。病気とは、腫物《しゆもつ》らしい。腫物はこの当時、命落しの病のひとつにかぞえられ、吉田の殿さまはその悪性のものに罹《かか》った。しかも新規の大名であるため、信頼すべき侍医が召しかかえられていない。藤六は、重庵の目をのぞきこんだ。重庵の目に、ぎらりとした異彩があらわれているのをじっと見たしかめてから、

――重庵先生、いかがでおじゃる。

と、藤六は、いつもの地下ことばでなく狂言のことばでいった。京で成立した狂言のことばというものがこのころ、京以外の田舎において――江戸をすらふくめ――武士の共通語になりはじめていた。藤六は武士にちがいなかった。が、重庵の肚《はら》の肉の厚さは、そういうことをいっさい詮索《せんさく》せぬことであった。かれはうなずき、

「医師というものはな」

と、藤六にいった。医師というものは患者から尊敬と信頼をえてはじめてその治療

の効を発揮できるものだ。だからわしが吉田へゆき、御殿にのぼってお脈を拝見するということについては、その支度をしてもらいたい。その支度とは、わしを稀世《きせい》の名医であると触れておいてもらうことだ、といった。もっともであった。重庵はこの深田あたりでこそ知られているが、里へ降りればただの牢人医にすぎない。

「吉田から、お迎えの人数をよこしてもらいたい」

これには藤六はおどろいたらしい。ただの牢人医に対し、大名から迎えの人数をよこすほどの厚礼があってよいものかどうか。が、重庵はさらにいった。

「それも、治療のひとつだ」

と、いうのである。さもあろうと藤六はおもったのか、いそいでうなずき、その日はいつになくあわただしく辞した。おそらく吉田へ駈《か》けもどるのであろう。

（あいつは宇和島のやつではなく、吉田のやつか）

重庵は、なっとくした。

三日ほどして、迎えの人数がきた。士分の者一人に徒士《かち》二人、足軽四人、お小人《こびと》が十人という、行列である。五百石ほどの士でもこれほどのお供は持てない。

重庵も、一人ではない。いそいでかきあつめた門人三人に大小の薬箱をもたせ、新規にやとった下僕に両掛《りょうがけ》をかつがせ、堂々たる行装《ぎょうそう》をかまえつつ、家を出た。このときの重庵の心事には、察するになにかをたくらんでの野心などはない。本来、野心の横溢《おういつ》した重庵のような人物というのは、目さきの小さな目標（たとえば侍医の地位をかちえてやろうというような）などについては意に介せぬ（といえばうそになるが）。ともかくそういうことには一種遊びがあって、こういう機会をたっぷり楽しんでやろうという余裕がある。そういう余裕が、重庵の人物を大きくみせた。吉田からきた迎えの士卒は、みな、

——こういう山里にこれほどの人物が棲《す》んでいたのか。

と、異様のおもいに打たれた。

ただし重庵は、治療方法の研究についてはここ数日、瘦《や》せるほどに考えている。かれがこの深田の山麓《さんろく》にある大本《おおもと》大明神という古い神社の前で行列をとめ、ひとり神前にすすんで泉で口をすすぎ、半刻《はんとき》（一時間）ばかり祈念したのも、これは本心からであったろう。この古社は南北朝のころこのあたりの土豪だった竹林院某という者がその祠《ほこら》をたてたもので、戦国期に竹林院がほろび、以後社領がない。そのため老杉《ろうさん》のみが地を暗くし、社殿は朽ちはてて狐狸《こり》のすみかになっている。祭神は室町期のはやり

神であった愛宕《あたご》神だという。

行列は、さらに山道を練った。

（天下もひろいが、この南伊予ほど草ぶかい土地があろうか）

と、重庵はおもうのである。土佐はかつての長曾我部氏の活動でひとびとの目が上《かみ》方《がた》や天下にひらける時期が早かったが、この隣国の南伊予はまだ室町時代の風俗や気分がつづいているようなところがあった。

伊予は大国である。今治《いまばり》や松山、道後《どうご》などの町のある伊予は上代からひらけ、人智も時勢の流れに敏感だが、南伊予はそれらから山々でさえぎられているため別天地、というより桃源郷のような観をなしている。古代から、あたり一帯の山と海を、

「うわ」

と総称されていた地だが、戦国以前のことがわからない。神代にウワヒコという国つ神がいたらしいというが、はるかにくだって戦国期、この地に京を食いつめた公卿《くげ》の西園寺《さいおんじ》氏が住むようになってようやく中央にもこの地域のことがかすかに知られるようになった。その西園寺氏も戦国の末期にほろんだ。

外界には知られることがすくなかったが、日本六十余州のなかでこの地ほど人間の居住地としてすぐれた土地はすくない。西には宇和海が入りこんで湖のように静かな

湾をなし、海産物がゆたかなうえに土佐境の高峻《こうしゅん》にさえぎられて秋の野分《のわき》（台風）がなく、しかも南国に位置するため気候は温暖であり、そのせいもあって、ひとびとの気質に圭角《かど》がすくなく温和なのであろう。隣国の土佐のように地元から一国を統一する君主が興らなかったのも、争闘を好まぬ気分が土地にあるからにちがいない。

ところがこの宇和の山河に、大坂冬ノ陣がおわってほどなく、土地の者にとってははじめてきく姓の大名がやってきた。「伊達《だて》」という姓であった。しかもこの土地の者にとって異国としかおもいようのない奥州からやってきた。大名の移しがえが頻繁《ひんぱん》におこなわれた江戸初期でも、これほど極端な例はすくない。第一、言葉が通じなかった。皆目通じなかった。伊達家が仙台からこの南伊予の地にくるとき、士分、徒士、足軽の一部、それに御用商人や具足師などの職人もつれ、いわば民族移動のようにしてやってきた。地元の言葉は、系統でいえば上方語圏に属し、東国語のさらに原型をのこしているような奥州語とは言語的発想からしてちがい、発音もアクセントも単語も言いまわしも慣用句もほとんどがちがっている。伊達家は家中《かちゅう》をあげて地元と融和しようとし、地元の言葉に同化しようとしたが、ほぼ五十年ほどのあいだ通訳のような者どもが宇和島城下の町々にいて駈けまわっていたというから、その不便さは想像をこえるものがあった。伊達家の政治は移封《いほう》初期（この重庵のころ）こそずいぶん混乱し、百姓のあいだに不平もあったが、徳川中期以後はその治政は三百諸侯の模範であるという声もあったほどになり、租税もやすく、士民も融和し、幕末は学問のさかんな藩として知られ大過なく明治までいたっている。

さて、

「伊達」

といえば、仙台の伊達家というのがあまりにも高名で、宇和島にその分家があるとはあまり知られていない。

奥州の探題とまで俗称された仙台の伊達家は政宗が中興させ、戦国期に英雄的な活動をしたことはよく知られている。政宗の時代、中央に豊臣氏が興ったためやむなくその傘下の大名になった。政宗の長子は、庶子ながら秀宗という者だった。六歳のとき、他の大名の例にもあるように大坂の秀吉の手もとに送り、そこで養育された。人質である。秀吉はこの秀宗を愛し、幼童の身ながら朝廷に奏請して従五位下《じゅごいのげ》遠江守《とおとうみのかみ》という位階をもらってやった。これが関ヶ原ののち徳川氏の天下になってかえって仇《あだ》になり、父親の政宗は、

(秀宗は豊臣家と深すぎる。次男の忠宗を立てるしかない)

と、忠宗を仙台伊達家の相続者にさせた。

徳川氏は、その政宗の心事をあわれんだらしく、長子秀宗のために伊予宇和島十万石を用意してそこに移した。これが、民族移動ともいうべき宇和島伊達家の成立のいきさつである。これが二十世紀のこんにちにいたるまで宇和島にその痕跡《こんせき》をのこしている。鹿《しし》踊りという奥州風の踊りがあったり、七夕を年中の最大の行事のひとつにしたり、それにおなじ伊予でもここだけ方言の性格が独立し、上方語圏であるのにアクセントが多分に東国語のにおいをのこしているといったふうになっている。

重庵は、山路をすすんでいる。坂がくだるにつれて樟《くすのき》が多くなってゆく。この暖地の樹木である樟を奥州からきた伊達家の家士がみたとき、

「葉が一枚々々鏡のようだ」

と、故郷の仙台の親類に報告したというが、鏡は大げさであるにしてもこの常緑樹は冬でもその皮革質の光沢のある葉はおとろえず、一枚々々が陽《ひ》を照りかえし、それが風にそよぐときは樹ぜんたいがかがやくようで、いかにも南国の樹といった生気にみちている。

さて――とまたいわねばならない。

宇和島伊達家の初代秀宗には、四人の男子があった。長男宗実と次男宗時ははやく

死んだため、三男の宗利が相続者になった。いま、山道をおりつつある重庵が診ようとしているのが、この宗純である。

末子が、宗純《むねずみ》である。

「この児《こ》が、どうにも可愛《かわい》い」

と、宇和島初代の秀宗は、宗純が自分の晩年の子だけに、そういうことをたえずいっていた。それに宗純の生母は秀宗が寵《ちよう》しぬいた側室であった。

――たとえ宗純のために三万石でも割いて、大名にしてやりたい。

といっていたことを、宗純付の傅人《めのと》の宮崎八郎兵衛という仙台から従ってきた老臣がよく知っている。この江戸初期、どの大名でも本藩の石高を割いて分家を創設することが流行していた。本藩の藩主にもし子がなかったばあい分家からむかえるためのもので、たとえば毛利家では長府毛利家、徳山毛利家、厚狭《あさ》毛利家などがあり、広島の大大名の浅野家では播州赤穂《ばんしゆうあこう》に五万石の分家をつくったりした。これは元禄《げんろく》のいわゆる赤穂浪士事件で有名である。幕府も大名の勢力を殺《そ》ぐため暗にそれを奨励した。宇和島伊達十万石家も、それをつくってわるかろうはずがない。宮崎八郎兵衛は秀宗に運動した。秀宗が四代将軍家綱の明暦四年に病死するとき、八郎兵衛は病床の秀宗にむりやりにたのんで、

——宗純を吉田三万石に分封する。

というお墨付《すみつき》をかいてもらい、他に有無をいわせぬ証拠とした。秀宗の死後、このためにむろん大さわぎがおこった。宇和島伊達家はこのために七万石になり、家格も落ち、藩主が江戸城に登城して詰《つめ》ノ間《ま》にすわるときも、一段下の場所にすわらねばならない。家中が総立ちになるほどに激昂《げっこう》したが、しかし秀宗の遺言書があるためどうにもできないばかりか、宮崎八郎兵衛の巧妙さは秀宗の生前、これをいちはやく幕府にとどけ出て「吉田三万石」という一大名が成立することを公認してもらい、その公認のしるしとして御朱印状までもらっておいたのである。これでは、あたらしい宇和島藩主の伊達宗利やその老臣たちもどうすることもできない。しかもこれをやった張本人の宮崎八郎兵衛は、秀宗の死の日殉死してしまった。八郎兵衛としてはあとでうるさいことになるのを、自分の死によってふせごうとしたにちがいない。

そのようにして、宇和島伊達家の分家である吉田伊達家が成立した。支藩である。

そこへ、重庵はゆく。

ところでその吉田という地である。本藩の城下の宇和島も湾にのぞんだ景勝の地だが、吉田は宇和島とは岬《みさき》一つをへだてた北にあり、これまた君ヶ浦というううつくしい入江に面し、ほんの数年前までは、

「吉田浦」

といわれた磯《いそ》くさい漁村であった。その漁村に、分封とともに吉田伊達家は大きな土木工事をおこして街をつくった。なにぶん吉田浦は山が海ぎわまでせまり、土地が狭く、そのままでは街をつくるゆとりがない。土木工事というのは、この背後の山を大きく削って海をうずめ、地面をふやすことであった。その工事の規模の大きさは、海岸ちかくにある犬尾山や名城山の山頂からふもとまで綱をひき、滑車のついたモッコをつるし、それに山土を盛りあげてどんどんふもとへおろしたという仕掛けだけでもわかる。現今《いま》、吉田町へゆくと、まわりの山容が海にむかってみな削《そ》いだように急な様相をもっているのはそのためであろう。

吉田伊達家三万石とその城下がこのようにしてできたが、このことは宗藩《そうはん》の宇和島藩にとって不快きわまりないことであった。宗藩は七万石に減った。そのくせ藩士の家数は以前とほぼ同数なのである。吉田に支藩ができるとき、その家臣として行ったのはおもに宗藩の次男や三男であったから、宗家は七万石の収入で、十万石当時の家臣団の家禄《かろく》をまかなってゆかねばならない。たちまち宗藩では財政難がおこった。

「分家をとり消させよ」

という意見は宇和島の重役のたれもおもい、思っただけでなくあらゆる手をつくした。

「公儀（幕府）の御朱印状を盗みだしてしまえ」

という意見まであった。それを盗み、焼いてしまい、それによって宗藩からあらためて幕府にねがい出て分家をとり消してもらい、三万石を宗藩に吸収してしまうのである。この方法も、じつは実施された。が、失敗した。

いまひとつの方法は、吉田藩に農民一揆《いっき》をおこさせることであった。宗藩の諜者《ちょうじゃ》が吉田領内（八十一カ村）に入りこみ、不平のたねをほじくり出して煽動《せんどう》し、組織し、吉田藩に手を焼かせ（不馴《ふな》れな新規役人ばかりであるため手にあまるであろう）それをもって宗藩から幕府にねがい出、

——治政おさまらざるにつき、宗藩に吸収したい。

といえば、幕府ももっともとおもうにちがいない。この方法は根気よく実施された。吉田領内にはえたいの知れぬ物売りなどが入りこんでいるのはそのためであり、そのことは重庵はよく知っている。もっとも、

（藤六はそうではあるまい）

と、重庵はみていた。藤六は吉田藩の者で、かれまた御領内八十一カ村をあるき、宗藩から入りこんでいる間諜を締めだしたりする役目に相違なく、ときには宗藩の間

諜を山中で人知れず斬《き》ってすてたりもしているにちがいない。あの目のくばり、血の色の暗さ、なめしたような皮膚は、人の一人や二人を殺したことのある男としかおもえない。が、重庵にとってそういうことも、どうでもよかった。まず吉田の初代藩主伊達宗純の命をすくうことであった。

――救う。

ということじたいが、巨大な政治行為になるのである。宗純は分封されて吉田藩主になったものの、まだ年若で子がない。子がなければ幕府によって家がつぶされるか、宗藩の運動のしかたによっては三万石が宇和島にもどってくる。宇和島のほうでは死ねとねがっているはずであり、吉田のほうでは平癒《へいゆ》をひたすらに祈っているにちがいない。藤六がきたのもそのためであろう。

重庵は山々を踏みこえて、やっと海のみえる断崖《だんがい》まできた。下は、吉田の里である。厳密には城下ではなく、三万石では城がゆるされないから、藩主の居館は陣屋にある。土地では、

「御殿」

とよんでいた。御殿は南面し、三方山にかこまれ、東と南は堀でかこまれ、南堀には反橋《そりばし》がかかって、正面の大木戸（柵門《さくもん》）への入口になっている。

藤六は反橋をわたった。すぐ正面に白壁のお長屋がある。長屋も殿舎もことごとく瓦《かわら》ぶきであることが、吉田伊達家の自慢であった。重庵はいくつかの門をくぐってやがて御殿へあがり、伊達宗純の病室の次室に入った。重庵ほどの男でも、このときはさすがに緊張で青ざめていたらしい。

ゆるされて病床にすすみ寄り、まず宗純の顔を望診した。娘にしたいほどに美しい顔だちで、重庵を見た目が、なにかすがるようであった。その目をみたとき重庵は、平素の威を回復し、動作のひとつひとつが仕舞《しまい》を演ずるようにきまって、宗純の信頼感をいっそうふかめた。重庵は近習にたのみ、お肌《はだ》を拝見したい、といった。患部は背であった。ちょうど心臓の裏側のあたりに、赤紫色をおびた大きなヨウとよばれる腫物《しゅもつ》ができている。癰というむずかしい文字をかく。

重庵は、じっと見た。

——散らすか膿《う》ますか。

重庵のころの治療法はこのふたつしかない。その症状は初期から第四期まであり、症状によってその方法を決定するのが医師の腕であったが、宗純のこれまでの主治医はみな散らすことに治療の方針をおいていた。薬は散薬と押薬をもちいていた。重庵は藤六から症状をきいたとき、逆に膿ますべしとおもった。その信念に神助を得るがために深田の大本大明神に祈念したのである。

重庵は一礼して次室にひきさがり、やがて他の医師を立合人として膿薬《のうやく》の調合をはじめた。うどん粉に水をまぜて練り、さらにそれに猪《いのしし》の脂肪からとったあぶらをそそぎ、黄色い鬱金《うこん》を入れ、さらに練りあげて膏薬《こうやく》としてのばし、ふたたび病室に入って宗純の患部に大きくはりつけた。

「これで膿《うみ》が湧《わ》きます。そのためお腫物がいまより大きくなりますが、決してお驚きになりませぬように」

と、近習に言うことによって宗純の耳にもとどかせた。重庵は、控えノ間にさがり、退出の支度をしていると、近習があわただしく入ってきて宗純の命であるとして、なおるまでその部屋にて起居するように、といった。さもあろう、と重庵ははじめから予感していた。信頼を得た。その後、かれは夜中三度は病室に近づき、宗純の様子をみた。いつねむるのかというほどの看病のしかたで、近習までが舌をまいた。やがて化膿し、患部がぎらぎらと張ってきた。これからの手術がむずかしい。かれは陶器の玻璃《はり》質をたんねんにけずってとった粉末を少量とやや多量の石灰、それに鉛を焼いて粉にしたものを薬研《やげん》に入れて磨《す》った。それが腫物の口開け薬であった。それを、宗純の患部にぬった。効果はてきめんであった。一夜で口があき、膿がすこし出た。

「外科にとりかかります」

と、重庵はタスキをかけ、針を十分に焼いて患部へ突き刺した。宗純は、うめいた。

「ご辛抱を」

重庵は、大喝《だいかつ》した。このとき宗純は息がとまるほどにおどろいたらしい。自分に対してうまれてこのかた、叱《しか》る者がなかったばかりか、腹にひびくほどの大声を自分に対して発した人物もない。宗純は痛みを、懸命に堪えた。重庵がつぎにやったことというのは、側衆も他の医師もあきれるようなことであった。重庵は顔を宗純の患部にふせ、その肉の厚い唇をもって、一気に血まじりの膿を吸いあげたのである。宗純はよほど痛かったのか、頸《くび》の骨が折れるほどにうなじを反らせたが、しかし声はあげない。重庵に叱られたことがこたえたのであろう。重庵は口いっぱいに血膿を吸うと、口中でしばらく味を見ているふぜいだったが、やがてかたわらの耳だらいをひきよせ、しずかに吐いた。そのあと、手術のあと始末にとりかかった。たっぷり焼酎《しょうちゅう》をひたした布で患部をぬぐい、やがて布を巻いた。

重庵がこのような治療をつづけるうち、一月ばかりであれほど性悪《しょうわる》な腫物がすっかりよくなり、あとは肉のあがるのを待つばかりになった。ひとびとは奇蹟《きせき》だと評判した。

この重庵はそのまま侍医になった。その後二年してさらに変転し、月代《さかやき》を剃《そ》って武士になり、吉田伊達家の家老になったというのだから、草創期というか、物事のはじめのころというのはまるで神話のような奇蹟をうむ。重庵は生きながらにして神話のなかの人であった。

かれは二年間、侍医として存在した。たれからみても重庵の存在は医師であった。ところが春が闌《た》けたある日、別人になった。

そのころ九州の豊後《ぶんご》から流れてきたという兵法者《ひょうほうしゃ》が、伊予松山のあたりで名をあげ、たれもかなう者がない。その兵法者は、体捨《たいしゃ》流の山根将監《しょうげん》といった。

——伊予には人はなきか。

と高言し、松山で門人数百人をとりたてた。なるほど伊予は兵法熱心の気風がうすく、名ある使い手がいない。将監は伊予を征覇《せいは》する志をおこしたらしく、七十人の門人をひきいて、夜昼峠《よるひるとうげ》をこえ、さらに法華津峠をこえ、宇和島城下へゆこうとした。途中、吉田がある。吉田はまだ分封早々で士卒の数もすくなく、剣客七十人が当地にむかっているということで大騒動し、このため法華津峠の北麓《ほくろく》に臨時の関所をもうけ、

鉄砲足軽三組を配置し、党を結んで御領内に入ることはゆるされず、

――三人までは相ゆるす。

と申しわたし、足どめさせた。山根将監はやむなくそれに従い、門人のうち屈強の二人をえらび、吉田へ乗りこんできた。さっそく御前試合を希望したところ、吉田伊達家としてはこれをことわることができない。臆《おく》したといううわさをたてられれば家としての武辺にかかわるのである。

吉田伊達家は、兵法指南役の伊尾宇八郎に立ちむかわせた。はじめは宇八郎の門人二人が将監の門人二人と立ち合ったところ、手もなく敗《ま》けた。そのあと宇八郎が出てようやく将監の門人二人にうち勝ったが、そのあと出てきた山根将監との試合はむざんなもので、太刀先《たちさき》でからかわれるようにして追いつめられた。宇八郎はやがて気根が失《う》せ、太刀先のさがったところを将監がとびこみ、上段から宇八郎の右肩を撃ち、それもはげしく撃って骨をくだいてしまった。あと、兵法者としてはもう立てないであろう。将監の勝ちかたのいやらしさに、陪席のひとびとは色めき立った。

当の宇八郎は気をうしなって、たおれている。足軽数人が走りよって宇八郎を戸板にのせた。場外に去らせようとした。このばあい、医師である重庵が、役目がら、その手当てをしてやらねばならない。しかし奥医師である立場から、家臣の診療には宗

純のゆるしが要る。が、宗純はゆるすもなにも、

「重庵々々」

と、かれ自身の口から重庵の名を連呼していた。いわれて重庵は立ちあがった。その席からまっすぐに中央へすすみ出たが、みなが奇異におもったのは宇八郎の治療はせず、宇八郎の木刀をひろいあげると、それを下段にかまえ、将監とむかい合ったのである。

それからの重庵の動作のすばやさは、鬼神のようで、はじめは左右前後に飛びつつ将監の目をくらませ、やがて動きをとめ、まっすぐに押し、位押《くらいお》しに押しつつ跳躍し、将監の右肩を、鎖骨も肩胛骨《けんこうこつ》もくだけるほどに撃ちおろした。げんにくだけた。宇八郎が撃たれたのとおなじ箇所であった。重庵はとびさがって宗純のほうへ一礼し、すぐ場外へ去り、戸板の上の宇八郎の治療をした。

みごとというほかない。げんに宗純は少年のような無邪気さで、ひざを夢中に打った。

が、陪席のひとびとは、べつな反応を一様に示した。

「重庵はおそろしい」

ということであった。これは奇妙といえるかもしれない。本来なら宇八郎の仇《あだ》を即

座にうったことで重庵は伊達家の名誉をすくった。鳴るばかりの賞讃《しょうさん》があってしかるべきであろう。が、この重庵が奥医師として宗純に近侍してからというものは、宗純の重臣たちへの態度が大きくかわってきたのである。それまで宗純は、意思のない飾りものの君主であり、家政のいっさいは四人の重臣によってとりしきられていた。荻《おぎ》野《の》七郎兵衛、鈴村頼母《たのも》、尾田喜兵衛、松田六右衛門の四人である。四人とも仙台からの家系で、宗藩の宇和島からきた。ところが重庵が奥医師になってからというものは、宗純は重庵から領内の事情をきいたり、家政の欠陥をきいたり、今後どのように吉田伊達家はあるべきかをきいたりして、宗純自身で政治を親裁するようになったのである。

——重庵めが、いらざる智恵《ちえ》をおつけ申すゆえ、お家のゆくすえはあぶない。

という評判が、水が土に滲《し》み入るようにして家中のすみずみにまでささやかれるようになった。なぜ重庵の献策が御家をあやうくするのか、その理由はたれもいわないし、たれにもわからないにちがいない。要するに、感情であった。重庵は、他所者《よそもの》であった。それも、南予人にとっては長曾我部の侵略以来、危険きわまりない存在である土佐人であった。南予人は、仙台人をこころよく迎えたが、隣国の土佐人に対しては、ちょうど古代シナで漢民族が塞外《さいがい》の騎馬民族をおそれることに似た感情で、容易に気をゆるさない。いうまでもないことであるが、吉田伊達家の家中は、士分のほとんどが仙台人であった。が、この南予に移るにあたって、このあたらしい土地でその住人とのあいだに融和を得るため、徒士《かち》や足軽、中間《ちゅうげん》のたぐいは、みな地元から採用した。そういう家中の大多数を占める下士《かし》軽格《けいかく》層が土佐人に対し、単に土佐人であるというだけで警戒心をもっている。そこへ仙台系の上士団、ことに前記の四大老臣が、

——重庵はゆだんならぬ。

と、去年あたりから言いだしたのである。その上の評判が、別の感情層である下にむかい、すばやく滲みとおったのはむりもない。ところが四大老臣が重庵をおそれたり忌《い》んだりするのは深刻な保身上の危険があるからであった。吉田伊達家は、創設早々から財政難であった。難というようななまやさしいものではなく、経済体としての藩が、いまのたてまえで成立できるのかどうかという体質的な欠陥をもっていた。これを宗純に指摘したのは、医師重庵である。

「わずか三万石の御身上でありながら、ご老職のかたがたの石高がおそろしいばかりに大きすぎます」

重庵にいわせれば三万石の大名の家老は、せいぜい五百石、三百石でいいという。ところが、実状はどうか。筆頭の井上家が千三百石、次席の尾川家が千石。ほかに

七百石が二軒、五百石が五軒、四百石が八軒、三百石が八軒というふうに、二十五軒の家が御身上をわけどりしているようなかっこうで、これではとても財政がもたないし、それに軍用の役にも立ちかねる。軍用のためにはかつての土佐の長曾我部氏がそれをやって成功したように小禄《しょうろく》の士を数多くつくることがかんじんで、このさい御勇断こそのぞましいかと存じます、といった。

せまい家中である。そのことが、すぐ重臣たちに洩《も》れた。かれらは仰天し、内々で寄り合い、重庵を奸物《かんぶつ》としたのは当然だったが、宗純が重庵を信頼しきっているためなんともできない。この場合、家中の下層の者を煽動《せんどう》するしかなかった。重庵を不忠者に仕立てて軽格たちの公憤をかきたてることであった。この時代、諸大名のあいだで御家騒動が頻発《ひんぱつ》していた。にわか出頭人を不忠者におとしいれるには、きまった方法がある。吉田伊達家の老臣たちのつくったデマゴーグも、似たようなものであった。

——山田重庵は、自分の息子の嫁に、お脇腹《わきばら》のお姫さまをのぞんで殿さまに願い出ている。そのわけは、息子とお姫さまのあいだでうまれるはずの男子をお世嗣《よつぎ》にするこんたんである。

というものであった。むろんそういう事実はなかった。しかし、感情には事実の真否は無用であった。軽格衆には土佐者に対する恐怖心がある以上、かれらの共通の心情にとってこれほど触媒しやすい事情はなかった。重庵はあぶらぎった大悪党として軽格たちの目にうつるようになった。その重庵が、晴れの御前試合で伊達家の恥をすすぎ、山根将監を一撃でたおした。この感情のなかにはそれを賞讃するより、これによってかえって重庵像がいよいよおそるべきものになり、一様に不気味におもうようになったのも当然であった。

あの試合のあと、重庵は元服した。総髪をやめて月代を剃ることもこの当時元服といった。士分にとりたてられ、宗純のお側用人《そばようにん》になった。身分は家老より低いが、宗純をにぎっているだけに権力は家老をはるかにしのいだ。重庵が山をおりてきてから、わずか二年と数カ月ののちのことである。

ときに江戸初期で、田舎にはまだ戦国のころの荒肝《あらぎも》を誇る気風が多少のこっているとはいえ、すでに四代将軍の時代で、世の秩序は安定し、泰平無事のなかにある。秩序の安定期に幸福な日常をおくろうとすれば、事なかれの処世以外にない。侍の家にうまれれば温和で無能であることがのぞましかった。最大の不幸は有能にうまれつくことであった。有能であれば、その能力の表現をもとめて新規のことをおこそうとし、おこせばかならず秩序の埒《らち》をふみこえることになり、結局は身をやぶるもとになる。

重庵は、仲左衛門と名をあらためた。が、この稿では冒頭からのなりゆきでかりに重庵の名で噺《はなし》をつづける。重庵には、鬱懐《うつかい》がある。暮夜、ひそかに藩のゆくえをおもうとねむれぬほどの公憤と不安にかられる。

「お家はこれでよろしいのでございましょうか」

という、およそどの家老も持っていない危機感を、重庵だけがもち、それを毎日のように、宗純に説いたあたり、重庵はやはりこの時代では変な男だったのかもしれない。この藩のどこに危機があるのであろう。このままでゆけば吉田伊達三万石は安泰であった。が、重庵はつねに危機を夢想し、仮想し、それを信じ、それを怖《おそ》れることによってその精神をようやく保った。そういうたちの男であった。乱世にうまれれば英雄豪傑になったかもしれないし、危機時代にうまれれば先覚者になったかもしれなかった。が、すでに牢乎《ろうこ》たる秩序時代に入ったこの時勢のこの小さな藩で、どこに危機があるわけでもなく、危険があるとすれば重庵そのひとの存在かもしれなかった。重庵は危機を予想することなしに生きられぬ男であり、藩主の宗純にもおなじ幻想をいだいてもらいたく、この君主がその点で一心同体になってくれるまで重庵は説きつづけた。

——もし島原ノ乱のごときものがおこり、幕命がくだって出陣せねばならぬとすればどうであるか、御家は人数もすくなく、はなばなしきはたらきもできず、他家に対して大恥をかくであろう。

というたぐいのことを、この能弁家は根気よく説きつづけた。ついに宗純は重庵の意見を容《い》れた。というよりその教徒になった。

重庵は将来の軍用をまかなうため、新田《しんでん》を開発した。山を削り、海を埋めた。このことは、評判がよかった。当時立間《たちま》村といった土地にのこっている米つき唄《うた》に、

おもいがけずに新田《にいた》ができた
　できた新田に蔵がたつ

とある。重庵が新田開発に着手したころの唄であろうと思うが、どうか。

そういうことよりも重庵がこの新田開発と併行してやった事業のほうが、重大である。宗純をして、おもだつ数人の家老の家を、あたまごなしに潰《つぶ》してしまったのである。どの藩の藩政史にもこれほどのすさまじい人事をやった例はない。人事というよりももはや政治の名をかりた暴戻《ぼうれい》、暴虐《ぼうぎゃく》というべきものであり、人間に——このばあいは重庵だが——よほどの正義の激情がないかぎりなしえない業であった。危機主義者はつねに正義の徒であり、それも重庵の場合正義をおもうときにかれの幻想が主観

のなかで現実化し、神前の巫女《みこ》のように戦慄《せんりつ》するたちで、もしかれが歴史の他の季節にうまれていればその名は後世にかがやいたかもしれない。おもだつ家老の家を一挙につぶすについてはかれらの行状にきずをみつける必要があったが、それは困難なことではない。重庵の卓犖《たくらく》として高い正義の念からみれば、かれらはみな無能で職務怠慢であった。無能で怠慢は泰平の世でのすぐれて賢明な暮しかたであったが、重庵からみれば悪であった。考えてみれば重庵は本来かれの正義の奥の奥をつきつめれば無能者の天国である泰平を憎悪していることになるであろう。ともあれ、重庵は、宗純みずからが表御殿で親裁することによってかれらから順次家禄を召しあげ、放逐した。

千三百石　井上五郎兵衛
　延宝元年、江戸において御暇《おいとま》
千石　尾川孫左衛門
　延宝五年、吉田において御暇
七百石　岩口三左衛門
　延宝元年、吉田において御暇

重庵にすればあと十人ばかりを整理したかったが、宗純はさすがにおそろしくなったらしい。大身の家老が召し放たれると、その家族ばかりか、その家の家士や走卒まで が路頭にまよう。その惨状は当然宗純の耳にとどいているし、またかれらがだまっているわけでなく、宗藩の宇和島伊達家へかけこんで運動し、とりなしをたのみ、宗藩も黙《もく》しかね、事情聴取のための使者を送りつけてきたりしてこの事業が当初、重庵の口から構想やら気焔《きえん》やらをきいていたのとはちがい、藩主として堪えがたいほどにわずらわしいものであることがわかってきた。このためついに、

「このあたりにとどめよ」

と、宗純はいった。重庵は、この程度では自分の構想の一分《いちぶ》も実現しておりませぬ、殿は千里をゆこうとなされているのに発足して一丁でひきかえされたようなものです、と口やかましく論じたが、宗純は、

「わしは、一丁だけでよい」

と、重庵にたのみこむようにいった。重庵はさらに、「それがし、殿をして百世ののちまで伝わる明君にしてさしあげたいと存じておりますのに、これではとても」というと、宗純は悲鳴をあげるように、

「わしは明君にならずともよい」

と、いった。とまでいわれれば重庵も折れざるをえず、それでもせめて、あと一人を、といって、

「五つ目の席次である甲斐織部《かいおりべ》」

という名前を出した。甲斐は五番家老で、五百石である。重庵はべつに甲斐織部になんの恩怨《おんえん》もない。この士籍をけずれば五百石浮くというだけが理由であった。

宗純はやむなく重庵の案をなかば容れるということで、

「さればこうしよう、甲斐織部のこと、これはゆくゆく折りをみるということに」

と、いった。これが、禍根になった。

これらの整理がおわったあと、重庵がこの吉田伊達家の筆頭家老になったことも、ひとの批難を買った。ただ重庵はかれの持説どおり、筆頭家老でも五百石しか受けなかった。この点宗純だけは重庵の心事のさわやかさに感心したが、すでに重庵を奸物ときめつけてしまっている世間の側は、そのようなことで重庵への評価を修正しようとはしなかった。

さらに世間の評判を変化させたのは、重庵は、かれが策動して放逐した筆頭家老井上五郎兵衛の空屋敷に入ったことである。井上屋敷は御殿前にあり、敷地はざっと二千坪で、瓦《かわら》ぶきの長屋門をかまえ、土地のせまい吉田としては宏壮《こうそう》な屋敷であった。

その宏壮さはいいとして、追われた者の屋敷へ、追いだした者が入るとなれば、世間の感情が承知をすまい。

「そいつはまずうございますよ」

と、移転の前夜、重庵の屋敷へひさしぶりにたずねてきて忠告したのは、藤六であった。藤六はむろんこの藩の徒士で、渡辺中《あたる》という。重庵が権力を得たとき、かれはこの藤六をひきあげて組頭にしようとしたが、藤六のほうがことわった。藤六はそれが自分の保身の智恵だといった。このせまい家中でひとにそねまれては、たとえ栄達してもかならずわなを仕掛けられますからね、といった。藤六は、南予の地生《じば》えの男である。

「……だからお屋敷だけは二百石程度のところに手狭《てぜま》にお住みなさるほうがよろしゅうございます」

といったが、重庵は嗤《わら》った。器量のある者が器量の要る地位を得たのだ、たれに遠慮することがあろう、といった。げんに重庵のおかげで家士の数がふえた。石取りの上士が四十一騎、中士が六十五騎、徒士が百七十二人、それに足軽が四百六十五人で、総計ざっと七百五十で、三万石の大名としては人数が多い。そのうえ新田開発がすすんでいるから、ゆくゆくはご内福になるであろう、この吉田伊達家が成り立つようになったのはわしのおかげなのだ、世間《ひと》もそれをよろこんでいるはずだ、といった。

(たれがわしに背くか)

重庵はときに御殿の北のすみにある隅櫓《すみやぐら》にのぼる。そこが、城をゆるされぬ吉田伊達家の陣屋としては、もっとも高い物見であった。目の下が、かつての筆頭家老の屋敷であった。いまは自分の居館である。見はるかす町々は、桜ノ馬場、上組、本町、裏之町、下組、御蔵前などの武家ずまいの町々につづいて町方があり、その町方のにぎわいが手にとるようにみえる。そのむこうに海がときどきに白くときに群青《ぐんじょう》にかがやいていた。

(町方の殷賑《いんしん》は宇和島城下以上かもしれぬ)

と、重庵はおもうのである。重庵はかれ自身のおもうところ、奇蹟《きせき》の治績をあげた。が、重庵が気づかなかったのは、世間というものはこの殷賑の奇蹟に気づかず、重庵個人の立身の奇蹟だけを見ているということであった。重庵は他国からきた。仙台人でも南予人でもない。他所者であるというだけでもすでに悪であるのに、浪人の身からわずか数年で家老筆頭とはなんということであろう。世間はそうおもっていた。

――仲左(重庵)めは、毎日隅櫓にのぼりおって、まるでご領主になったつもりらしい。

と、ひとびとは蔭《かげ》ではげしく批難した。

——まるでご領主のような。

というその批難が、例の姫君（亀姫）を自分の息子の嫁に、と宗純に重庵がねがい出ているといううわさに真実性をあたえた。

しかもそのうわさを、いくつかの集団にわかれて侍屋敷から御用商人にいたるまで一軒々々にたたきこんでいる連中があった。かれらにすればこの運動は死に物狂いであった。早晩召し放たれるといううわさのある家老甲斐織部とその家来、それにおそらく甲斐とおなじ運命になるであろう家老荻野七郎兵衛、さらには番頭《ばんがしら》の久徳平左衛門らで、かれらは宗藩の宇和島までゆき、要所要所を説きまわった。かれらはみずから称して、忠義組といった。町方の魚棚町の魚屋までが、

——忠義組のお歴々が、なにやら死を決していなさるらしい。

というようなうわさをしたが、重庵の耳にだけは入らなかった。当然、耳うちしてくれるはずの藤六もついぞ屋敷に姿をみせない。藤六も家中に陰々としてくぐもっている内密のエネルギーがいつかは爆発するものとみて、いたずらに重庵に接近する危険を避けているのであろう。

のちにわかったことだが、この時期、宗藩の宇和島藩の重役たちはこの間の吉田の

情勢をよく知っていた。甲斐織部の陳情もさることながら、密偵《みってい》を吉田に入れてくわしく探索していた。宇和島藩の観測では、

——吉田に内乱がおこるのではないか。

とさえみており、むしろそれを待ちのぞんでいた。内乱がおこればこれほどめでたいことはないであろう。例の治政おさまらずという切り札を出して幕府に乞《こ》い、この支藩を本藩に吸収する機会がつかめるのである。このため宇和島藩では重庵の政策がもっと極端化することをのぞんでおり、甲斐織部らに対してはけしかけつつも救済の手をさしのべようとはしない。

それでも重庵の耳に入らない。

重庵が呆《ほう》けていたのではなく、かれが他所者《よそもの》であるがためであった。家中に縁族もおらず、友人もいない。たれ一人としてかれに忠告する者もおらず、この事情を告げるほどの親切を示す者もいなかった。吉田の町で重庵だけが重庵自身の危険を知らなかった。

かれが、この事情をいやおうなく知らされたのはのちに——こんにちにいたるまで、

「八人様」

という尊称によりこの土地で神霊としてまつられている八人の足軽によってであっ

た。

この八人は、いずれも姓がない。吉田藩では足軽は百姓と同然のあつかいをし、姓を名乗らせなかった。かれらはいずれも土地で採用された者で、仙台系ではない。この吉田の町方の背後の山に、

「八人社」

という祠《ほこら》がある。そこに墓碑がある。墓碑にきざまれている名は、長兵衛、徳兵衛、覧右衛門、四右衛門、五右衛門、三助、四平、久助で、いずれも独り者で、御小人組《おこびとぐみ》に属していた。

甲斐織部がかれらに事情をうちあけたというが、そうではあるまい。御小人組足軽にとっては、甲斐は雲の上の人であった。甲斐の家来のうちのたれかが彼等に話したらしいが、その煽動《せんどう》者の名まではわからない。が、煽動者がたれであれ、この八人の南予人の忠誠心のはげしさが、このばあい問題であった。なぜそうもはげしいのであろう。かれらは伊達家にとって譜代でもなければなんでもなく、宗純が分封されてこの吉田浦にやってきたとき、百姓のなかから屈強の者をえらんで足軽にした。かれらにとって、数ある百姓の子弟から選抜されたという感動と自負心が、かえって譜代高《こう》禄《ろく》の上士たちより、ときにとって激しい忠誠的行動をとらせることになるのか、とも

かくもかれらはたがいに決意をたしかめあい、血盟して結束した。天誅《てんちゅう》をくわえることであった。むろん相手は奸臣《かんしん》山田仲左衛門であった。

かれらは日を期した。その朝、御殿前の松林に身をひそめ、重庵を殺すべく彼の登城するのを待った。このときまでじつは同志は九人であった。が、松林で待っていたのは八人である。一人が、この前夜おそれをなして上《かみ》に内訴していた。八人はそれを知らず、かれらの眼前にあらわれたのは重庵ではなく、捕方の人数であった。

むろん、八人は処刑された。ただその気概を壮とし、打首にせず、とくに士分のあつかいにして切腹を命ぜられた。そのように礼遇したのは、当の重庵であった。重庵は武辺を愛し、つねに士も卒も常住戦国の気風のなかにあるべきことを説いていたから、この八人の行動はかれのもっとも好むところであった。とくにかれは四平という男を激賞した。四平は、宗純の草履取りで、つねづね宗純から愛されている。宗純は四平だけはたすけようとおもい、人を走らせて四平にそのようにいった。切腹の場所は、大工町の普門院の境内であった。四平は御意《ぎょい》のありがたさを謝しつつも、同志と離れて生きのこってなんの面目があろう、四平はすでに死んだと上《かみ》へおおせくだされ、といって腹を切った。

この事件で、重庵ははじめて自分の評判がそれほどにわるいことを知ったが、しか

し、

「愚衆というのはつねにそうだ。正義というものが何であるかがわからない。おのおのは愚衆である」

と、殿中で加判役《かはんやく》以下主だった者をあつめ、傲然《ごうぜん》と言いきった。そのなかに、いずれは追放されるという甲斐織部もいた。甲斐に八人の足軽ほどの勇気があればおどりかかって刺しちがえたであろう。が、刺せば自分も死をあたえられるだけでなく、甲斐家はとりつぶされ、家族は牢浪《ろうろう》する。甲斐に、その勇気がなかった。しかし行動力だけはあった。

（仲左、いまにみよ）

と、かれは一工夫した。ちかく宗純の参覲《さんきん》交代に従って江戸へ出る。宇和島伊達家がたよりにならぬとすれば仙台伊達家にすがる以外にない。仙台は伊達氏の本宗《ほんそう》であった。

甲斐織部は、そのようにした。たかが五百石の身代をまもるために人間がこれほどの行動をするということを、正義だけがすべてであるとおもっている重庵山田仲左衛門は、ついぞ覚《さと》らなかった。

伊予吉田から藩主が参覲交代する行路は、大坂までは海路である。朱塗りの櫓をあげた御座船《ござぶね》は六十挺櫓《ちょうろ》の大船に、それに四隻《せき》ばかりの供船がついてゆく、大坂までは早くて十日かかるが、このときは風の運がわるく二十日かかった。その間、甲斐織部は終始無言でいた。

大坂からは陸路である。江戸まで十二日を要した。この吉田伊達家の江戸屋敷は八丁堀にあり、行列がその門をくぐると、甲斐織部は姿をくらました。甲斐だけでなく、荻野七郎兵衛、久徳平左衛門、尾田喜兵衛の三人も同様であった。

かれら四人はその足で仙台伊達家の江戸屋敷へ参上し、月番《つきばん》家老の柴田内蔵《くら》に対面し、山田仲左衛門のことをことごとく訴えた。

仙台伊達家は、迷惑におもった。

(無用のさわぎをするものよ)

と、柴田内蔵がその同役にささやいたという。仙台家としてはうかつに喙《くちばし》を容れれば当方の落ち度になるかもしれず、かといって捨てておいて大公儀《おおこうぎ》に知られればよけいにまずい。

ともかく、仙台家は、宇和島と吉田の両家に連絡し、協議し、張本人の重庵を江戸までよびだすことにした。

その書状が伊予吉田にとどくのに一月かかっている。重庵はそれをみて、

「なぜわしが江戸までゆかねばならぬ」

と、そのことがどうにもなっとくできず、使いを出して藤六をよんだ。藤六はすぐには来ず、夜ふけてからひそひそときた。かれはこのさわぎのなかでどちらの味方もしたくなく、そのため人目を避けたのである。

藤六は、多くはいわなかった。ただ、

「政治はそのようにこわいものでございますよ」

とだけいった。藤六は重庵とはふるいなじみだけに、重庵という男をよく知っていた。おそらく伊予一国のなかでこの重庵ほどの善人はいまいということも知っていた。しかし政治における極端な善は、極端な悪と同義語であるということも知っていて、重庵に対し、そのように短いことばながらいったのであろう。

重庵は、うまれてはじめて海上に泛《うか》んだ。吉田浦を出たあと、便船をいくつも乗りかえてやがて大坂についたころは、夏がすぎていた。

江戸についたころは、もはや仲秋である。八丁堀の屋敷で旅装を解き、宗純に拝謁《はいえつ》した。宗純は、どの程度この重庵を理解していたのかわからないが、このときのことばは、この事件には触れず、重庵があとで考えてみると、きわめて非政治的内容のことをいった。

「わしはそちから命をたすけられたことをわすれてはいない」

と、この重庵を、筆頭家老山田仲左衛門を政治家としてみず、どうやら医師として規定したようであった。宗純は存外、利口な殿さまであったのかもしれない。

やがて仙台伊達家からよび出しがあり、重庵が出むいてみると仙台家の月番家老柴田内蔵が待っていて別室によび、甲斐らの訴状をみせ、重庵の釈明をもとめた。重庵はそのいちいちについてみごとに弁明し、さらに吉田藩の内情をのべ、自分の政策やら方針やらのべ、さらには政治哲学までのべた。

そばに仙台家の書役がいる。重庵のいうところをことごとく写しとり、さらに冊子をべつにして重庵の政治哲学をも写した。この政治哲学的な意見についての筆写本はのちに仙台伊達家の藩主の必読書になったというが、いまは伝わっていない。

「どうやら貴殿のほうが正しそうだ」

と、この供述がおわったあと、柴田内蔵は重庵に好意をもったらしく声をひそめて言ったが、しかし、ともいった。――貴殿はおそらく不利になるだろう、その理由には是非善悪はない、貴殿はよほど遅くうまれたか、それともよほど早くうまれすぎたか、そのどちらかのために不利になるだけだ、といった。

むろん、双方の対決もおこなわれた。被告は重庵ひとりであり、原告は甲斐織部ら四人である。甲斐らは声をあららげて罵《ののし》ったが、重庵はしずかに道理を説き、かれらの言うところになんの根拠もないことを言い明かしたため、たれが裁定しても重庵の勝ちであった。

が、重庵の不幸は、この日かぎり伊予へかえることがなかったことであった。

「家政を輔《たす》くべきところ不行届きにつき切腹申しつけらる」

というのが、このころのこの種のさわぎをおさめるうえでのほとんど常套《じようとう》的な始末のしかたであった。むろん、相手方の甲斐織部が改易になることも、ほぼ常識である。

この甲斐の場合は、やがてそうなる。が、重庵のばあいは、すこしちがった。

じつは重庵のあるじの吉田藩主の伊達宗純が、仙台家の柴田内蔵あて、書状をよこしていたのである。

——山田仲左衛門を、もとの医師重庵にさせてもらいたい。

つまり、

「重庵」

である。ただの重庵であって、家老山田仲左衛門ではない。山田仲左衛門はすでに消滅した存在であり、したがってなんの罪科《つみとが》もうけない。医師重庵については、宗純の柴田内蔵への依頼内容はこまかくゆきとどいており、医師らしく頭をまるめさせて

もらいたい、とまで書かれている。さらにその後の身柄《みがら》については、

――仙台中将（伊達綱村）さまにおまかせしたい。

と、あった。

これで、宗純は重庵に暗示したとおり、自分の命をたすけてくれた恩を、重庵の命をたすけることによってかえしたということになるのであろう。

重庵は、仙台藩あずかりになった。

このあと、身柄を仙台に移された。仙台ではやがて町医になって晩年を送ったというが、土佐にうまれ、かつては南予の山奥で医を開業していた自分が、藩主の腫物《しゆもつ》を治したためにおもいもかけず運命が転々し、ついには奥州の仙台で残りの世を送ろうとは、かつて夢にもおもわなかったであろう。晩年、重庵は政治のことはひとことも語らなかったという。

これは触れてものことかもしれないが、数年前の夏、筆者は仙台へ行ったことがあり、そのとき列車のなかでとなりあわせた老人がいて、しきりに話しかけてきた。まず、「あなたは歯科医か」と私にきいた。そうではないというと「ではご親族に歯科医はおられるか」と、きいた。ざんねんながら親族のはしばしにいたるまで歯

科医はいない、そう答えると、老人は安心したようにうなずき、「じつは私はいれ歯の技工をしている」と自分の職業をあかした。老人はひとしきり歯科医と義歯の技工者とのあいだの経済的な、もしくは身分的な差別の問題について論じ、ひどく悲しげであった。要するに歯科医を批難しているのだが、しかし批難というほどのつよい調子ではなく、その声音《こわね》も顔つきも、終始悲しげで、早くいえば愚痴であった。が、愚痴というには話し方につよい粘着力があり、よほど執念ぶかい性格かとおもったりした。

その老人の話題が一転して、私は仙台人である、しかも三百年いらいの仙台人である、と、誇りはじめ、ひとしきり仙台はいかにいい町かということを語り、さらに一転して、

「自分の先祖はもともとは土佐で、そのあと伊予に住み、伊予から仙台に流され、流されてきた」

と、いった。伊予は吉田というところである、ともいった。いちどその吉田へ行ってみたいと長年おもっていたがもうこの齢《とし》になってはとても長途の旅行はおぼつかない、ともいった。

筆者はその後、この老人のいう伊予吉田の町にゆくことがあり、暑い日で、あま

りの照りのはげしさに雑貨屋に寄って漁師のかぶるムギワラ帽子を買った。買っているとき、不意にあの仙台の老人のことをおもいだし、

――あの老人は山田重庵の子孫ではあるまいか。

とおもったりした。それをおもいつつ、この噺《はなし》を書いた。書くについてはなるべく残されている資料を尊重しつつ書いたが、主人公の名前だけは一字変えた。実在した山田重庵は、じつは山田文庵である。

書きおわってみると、あの老人についての記憶がいよいよあざやかになって、別れぎわのことばまで思いだした。

「あなたは、たしかに歯科医ではありませんな」

ということであった。もし私が歯科医なら、歯科医の悪口をいったことがわるいとおもったのかもしれない。老人は先祖（？）の重庵とはちがい、生きることにさまざまに気づかいつつ世を送っているようであった。

（「オール読物」昭和四十五年五月号）

城の怪

おんなは、お義以。

おぎいとよむ。元和《げんな》のいくさがおわった一時、この浪華《なにわ》の掘割のあたりで多少知られていた。往来の者に、顔はみせない。

手拭《てぬぐい》を目深《まぶか》にかぶっていつもうつむいている。お義以は鍋《なべ》を売っていた。

——所望《しよもう》、所望。

と、客が高調子で声をかけても、お義以はうつむいたままわずかにうなずくだけである。客が鍋をみるためしゃがみ、しゃがんだついでにお義以をのぞきこむと、息がとまるほどに美しい。

「鍋売りお義以」

というあだながついていた。ついでながらこのころ鍋は男の買物とされていた。客どもは割れていぬかと尻《しり》をたたき、両手でかかえて重みをはかり、最後に産地はどこだときく。お義以の鍋は、めずらしく備前物であった。堺《さかい》ものにくらべると耳などが出てみてくれがわるいが、しかし土間にいくど落してもひび割れがしない。そう試しているあいだ、男どもはなんどもお義以の顔をのぞく。美しい。

——お義以は、男と寝もするそうな。

とも、いわれていた。うそだともいうし、また町人とはねないが、相手が屈強の徒《か》士《ち》や足軽であったりすると、たまにねることがあるらしい、ともいわれていた。

そういううわさもなにも知らず、ひょっこりお義以の前に立って鍋をもとめ、結果としてはとほうもない運命に見舞われたのが、大須賀万左衛門である。

名はたいそう重厚だが、齢《とし》ははたちでしかない。三河の百姓の出で氏《うじ》も門地もなかったが、年稚《としわか》のころ関東へ流れ、鹿島《かしま》で古い兵法《ひょうほう》をまなび、刀術だけでなく小具足などの格闘術でもおのれを練り、やがて下総《しもうさ》のあたりでたれ及ばぬほどの男になりあがったころ、西のほうで大坂城が落ち、元和元年の夏ノ陣がおわり、世にいくさのたねがなくなっていた。大須賀万左衛門は、時勢に遅くうまれてきたわが身を悔みに悔んだが、やむをえない。ともあれ、大坂へ出ればなんとか手蔓《てづる》もみつかり、歩卒の組頭ぐらいの身分にもありつけるかとおもってはるばる上方《かみがた》へのぼり、数日前、この浪華の地にきた。

なるほど、天下の大都である。去る元和元年の戦乱で市街のいくらかは焼けたが、主決戦場が河内《かわち》平野と城の本丸や二ノ丸のある上町《うえまち》台地だったため、商業地帯である船場《せんば》はさほどの被害はうけていない。しかしこの街の者が物語るところでは、豊臣家のあの大瓦解《だいがかい》とともに人心は将来を狐疑《こぎ》し、以前のように沸きたつような賑《にぎ》やかさというものはすでに昔の夢であるという。

——はて、城は。

と、大須賀万左衛門はそれを見るべく京橋口まで行ってみたところ、めぐる石垣《いしがき》は焼け黒ずみ、城櫓《やぐら》などもところどころ残るのみで、かつては唐天竺《からてんじく》にもないといわれた壮麗豪華な五層の天守閣もすでにない。

ぬしも、むろん変っている。

この城をほろぼした江戸の家康の外孫で、ことし三十二歳の松平下総守忠明《しもうさのかみただあき》という人物が、あの乱のおわったあと、十万石をもらってこの城のぬしになった。ちなみに忠明はすぐこのあと数年で大和郡山《こおりやま》に転封《てんぽう》され、さらに播州《ばんしゆう》姫路に転ずるが、ともかくも万左衛門がやってきたこの時期は、この忠明が焼け城の整頓《せいとん》と戦後の市街復興に力をつくしている。忠明という人物は、外祖父の家康がそういう戦後復興の難事業をやらせるためとくにえらびぬいて大坂に据《す》えた大名だけに、人柄《ひとがら》もよく、物事の判断にも明晰《めいせき》で、市中の評判もいい。

が、大須賀万左衛門としてはそういうことはどうでもよく、

——たれか、知るべはないか。

と、それだけの一念でこの街へやってきている。わけがあった。松平忠明がかつて居住していた地はその実家奥平《おくだいら》氏の発祥地である三河の作手郷《つくてごう》であったが、万左衛門はその郷の出身なのである。作手郷は奥三河の山郷で、三十六部落の総称だが、万左衛門はそのうちの布里《ふり》という山里を故郷としている。かれが大坂松平家をめざしてのぼってきた思惑というのは、あるいはこの家には作手郷の出身の侍がいるかということであり、いるならそれをつてにして幸運をつかみたいということであった。が、牢人《ろうにん》の身では城は近寄りがたく、ここ数日、そのことでいらいらしている。万左衛門は、女の蓆《むしろ》の前にしゃがんでいた。鍋の尻をなでてはあれこれと物色していたが、やがて大きすぎる、とつぶやいた。

「わしは旅の身で、ひとり暮しだ。もっと小さいのはないか」

なにげなく売り手をのぞきあげたとき、そのあたりがはじけたようなあざやかさで女の鼻筋のしろさが目にやきついた。これは女だ、とうかつにも万左衛門ははじめて気づき、さらにもう一度、陽《ひ》やけしたまぶたをいっぱいにあげて女の顔を見あげた。

見て、おもわずこわくなったほどに不幸の翳《かげ》を感じたのは、どういうわけだろう。狂女ではないか、ともおもった。

「おまえは」

万左衛門はうろたえて言った。それほどの美しさでありながら――とのどをかすらせながら、「なぜ鍋を市《いち》に鬻《ひさ》いでいるのだ。身寄が」ないのかといおうとすると、お義以はすばやくかぶりをふった。

「ないのか。しかし惜しい。そのようなうつくしさで。……世間に目がないのか」

と、言ったが、いやこの女もおれもかわらない、ともおもいかえした。おれの身はどうであろう、これほどの腕をもちながら牢人の境涯《きょうがい》である。世間には目がないのか。

「もっと小さい鍋」

と、万左衛門はいった。女はわずかに表情をうごかして、ございませぬ、といった。おどろいたことに武家ことばである。十日待ってたもりませぬか、備前からあたらしい荷がつきませぬと、どうにもなりませぬ、されば十日。

「十日」

待てるものか、とおもった。万左衛門はあたらしい堀（やがて道頓堀川とよばれるが）のそばの臥屋《ふせや》にとまっている。ふせやはのちの旅館の先祖のようなものだが、客に雨露をしのがせるだけでめしは出さず、客が自炊しなければならない。十日も待てるか、といった。されば堺ものの鍋でもさがそうと立ちあがりかけると、女は意外に商売気があるのか、それともそういう性格なのか、激しい口調で、

「鍋は備前のものにかぎります」

と、断定した。十日お待ちなさい、お気に召すような小鍋をここへ置きます、という。万左衛門は、ひきこまれるように従った。

その十日のあいだに、大須賀万左衛門はくだらぬ喧嘩《けんか》を一つやった。いや、くだらぬというのは他人の目からみてそういうことかもしれず、万左衛門からいえば大いにくだると信じていたし、げんに命がけでその喧嘩をやった。大坂には市街を南北に流れる二つの運河がある。東横堀川と西横堀川がそれだが、これを東西にむすぶ運河が長堀川。この長堀川からもうひとつ南に東西連結運河を掘ろうとしたのが、安井道頓という地下《じげ》の奇特人《きどくじん》で、秀吉生存当時から自費をもって掘りはじめた。が、冬・夏ノ陣がはじまり、工事はまだ完成せぬながら道頓は秀吉の恩顧がわすれられず町人ながら入城し、戦死した。戦後松平忠明は徳川家の敵ながらこの道頓の志をあわれみ、その工事の続行を道頓の一族である町年寄安井九兵衛に命じ、その工事を援助した。

大須賀万左衛門がやってきた当時、この掘割工事のあたりには人夫小屋、ふせやなどのほかは家屋などなく、空堀《からぼり》のまわりには目のさめるほどに碧《あお》い粘土質の土が山のように掘りあげられていた。人夫が二千人ばかり働いている。

その人夫小屋に、昼から賭場《とば》が立っている。人夫だけでなく松平忠明の中間《ちゅうげん》なども群れをなして小屋に入りこみ、さかんにばくちを打った。この日の夕、そういう小屋で喧嘩がおこった。

一方は、松平家の中間である。一方は工事人夫であった。双方なかまを呼びあい、喧嘩はたちまち大きくなった。人夫は百人ほどもいたであろう。が、松平家のほうは二十人ばかりで、懸命にふせいだが、敗勢が濃くなった。

(機会《しお》だ)

と、万左衛門はそのあたりで手頃《てごろ》の棒をかっさらい、一団をめがけて駈《か》けだし、走りながらそうおもった。この喧嘩にはなばなしく加勢して名を売り、それを縁にして松平家に入りこもうというのである。最初からそういう覚悟だから、人夫の群れのなかにとびこんだ万左衛門の形相《ぎょうそう》はすさまじく、目にふれた最初の一人を、容赦もなくたたきつぶした。

粘土の山を駈けのぼり駈けくだり、その間棒が天に舞い、地を叩《たた》くたびに一人二人が悲鳴をあげてころがった。人夫たちはこの意外な人物の出現で、不意を衝《つ》かれた。が、かれらもあほうではない。やがて遠巻きにして礫《つぶて》攻めに攻めはじめ、そのあいだになかまを呼びあつめた。人数はまたたくまに三百人になり、五百人になった。かれらは礫をやめ、態勢をととのえ、やがて手に手に土運びの朸《おうご》をふりかざして逆襲してきたときには、もはや大須賀万左衛門の腕でももちこたえられない。それよりも当惑したのは松平家の中間どもが崩れたったことだった。万左衛門も逃げた。乱軍のなかで、

——退《ひ》くな、ひくな。

と、わめき、叱《しか》り、それでも武家奉公人かと狂い躁《さわ》ぐうちになにやら自分が大将になったような陶然たる気分がちらちらきざしたが、結局はすねをまわして逃げた。高《たか》津《つ》から坂をのぼり、城の玉造口《たまつくりぐち》にのぞむ御長屋に一団になって駈けこみ、その夜はこの連中の部屋へもぐりこんで寝た。連中にすれば万左衛門は何者とも知れない。

朝、連中はお城へ仕事にゆく。そのあと万左衛門は起きて顔も洗わず、ぼんやり板敷にすわっていると、重い戸口がぐゎらりとあき、土間に猫が入ってきた。つづいて人間が入ってきた。昨夜の中間がふたり、その男にぺこぺこしながら従っている。男は尻をからげ、両刀を帯し、碁盤のように厚手の顔をぶらさげた二十七、八の人物で、

手に青竹をついている。万左衛門のそばへやってきた。

「中間の小頭《こがしら》で、松蔵という者だ」

と、みずから名乗った。身分は足軽で、あらくれ中間を統御するためにえらばれた者らしく、みるからに強壮な男で、両の目がほそく、凄味《すごみ》が宿っている。松蔵はゆうべの礼をいった。

万左衛門も、名乗った。生国《しょうごく》のところは力をこめていったが、相手に反応がない。

「暮れてから来な。酒を買っておく」

と、松蔵はいって万左衛門を追っぱらうようにしてそとへ出した。酒を買う、というのは礼のつもりにちがいない。

城の台地の坂を西に降りると、そこが市街である。あちこち所在なく歩きまわっているうちふと小鍋のことを思いだし、南へ歩いて南のはしの制札場《せいさつば》まで行った。これより南は畑地であった。その制札場というのは仮橋の袂《たもと》にある。仮橋は数年のちに本普請されて日本橋《にっぽんばし》と名づけられるようになったが、このときは空堀のなかに踏み板をおとしこんで置きならべられただけのものにすぎない。

その堀ぎわにむしろを敷いて、お義以がいつものようにすわっている。ひざのまわりに鍋が十ばかり尻を曝《さら》していた。

「小鍋の男だが」

と、万左衛門はしゃがんだ。

お義以は手足に白い地の手甲脚絆《てっこうきゃはん》をつけている。その手がうごき、背中のほうから小鍋を一つまわしてきて、前へおいた。

——これかえ？

と、万左衛門はうけとって丸味をなで、ちょっとたたいてひび割れがないかと音でさぐってみた。りっぱな鍋である。貰《もら》おう、といった。

値も手ごろである。銭を払ってから、ふとこれで縁が切れることに淋《さび》しくなった。重大なことは、この瞬間女もふとおなじことをおもったらしいことである。首をかしげ、視線を流すようにして、「ゆうべの喧嘩」といった。媚《こ》びがにおっている。すくなくとも万左衛門はそう感じた。

「見ていたのか」

と、おもわず気おいこみ、声がうわずった。あっはははは、わるいところを見られたな。

「ところでおれの腕、どうみた」

「どうとは？」

「惜しかろう、牢人には。駈けまわりながら、われとわが身でそうおもった。どうだ、どうおもった」

「言えとおっしゃるのでございますか」

女はひどく意地のわるい目をした。すこし考えていたが、やがて思いきったように、お姿があさましゅうて、あれでは所詮《しょせん》は下郎の喧嘩、とてものこと馬乗《うまのり》のご身上《しんしょう》にありつけようとはおもわれませぬ、とひくい声でゆるゆると言う。

万左衛門は、不愉快になった。返事もせず、小鍋をかかえていったんは立ち去ったが、二、三丁行ってから女の言葉がだんだん怖くなってきた。

（女には、おれの――）

下心が透けてみえたらしい。仕官ほしやの下心の汚なさが、おれが駈けまわる二本のすねにも振る腕《かいな》にもあさましく出ていたと見たか、それにしてもおそろしいのはかの目よ、とおもった。

（……いっそ）

万左衛門は、あわててきびすをかえした。制札場までもどると、女はすでに見世《みせ》を仕舞い、小さな車に鍋を積み、どこかへ去ろうとしていた。

万左衛門はその車の轅《え》をとり、だまって曳《ひ》いた。女も万左衛門に車をまかせてついてくる。東か、ときくとうなずく。辻《つじ》にくると、女は指で方角を指す。結局、長町《ながまち》といわれる、田の中の道路にながながと小屋のならんだ乞食《こじき》町に入った。乞食、遊芸人、露天商《ろてんあきない》といった者たちがこの町だけで千人は住んでいる。そのうちの一軒が、お義以の小屋だった。お義以は近所に帰宅したことをあいさつしてまわり、やがてもどってきた。すでに灯《ひ》が要る。

——女ひとりで、心細くないか。

と、万左衛門は燧石《いし》を打って灯をともしてやりながらきいた。女は黙殺した。が、まんざら無愛想でもない証拠に万左衛門にも食べさせるべく夕食の支度をした。

そのあと二人でめしを食いおわると、妙なもので他人ではないような快い油断が万左衛門の顔も心も解きほぐした。

「こんな小屋でのひとりぐらしで、心細くはないかね」

心細かろう、たとえばおれがよ、ここで居なおっておまえの金を奪《と》ろうとしても奪れるわけだ、といった。

「それは、無理」

できぬ、と女はいう。ここらあたり二十軒ほどの小屋にはみな同郷の備前衆が住みつき、まるで備前町であるという。みな金物の露天あきないをしている。が、もとをただせば関ヶ原でやぶれ、さらには大坂ノ陣でもやぶれた宇喜多勢の残党で、ことに大坂ノ陣のときは牢人大将明石《あかし》掃部《かもん》全登《たけのり》の手に属し、あわよくばふたたび世に出られるものと夢をみたが、ついには夢におわり、落城とともに武士をやめ、この南郊に住みつき、国もとの備前から金物などをひいてきてみな寄りそいながら暮している。

「寄りそいながら？」

（街とは、そのようにしてできてゆくのか）

万左衛門は感心しながらきいていたが、しかしそういう城落ちの残党が大坂城下に住みついているというのは徳川家にとって危険ではないか、城主の松平下総守忠明はなんともいわないのか、と女にきくと、

「下総守どのは明君ですから。知っていてだまって見のがしておられます。天下の政治《しおき》というのはそうでなくてはできぬものなのです」

と、智恵《ちえ》にみちたことばをゆっくりと説く様子は、ただ者ともおもわれない。万左衛門はしだいに姿勢《かたち》がひくくなってきて、女をあがめるような気持になった。

（――思うに）

万左衛門はひるがえっておもった。この女とともに住むこの界隈《かいわい》の備前衆というのはさぞ器量もすぐれ、戦技にも長じているのであろう。しかも関ヶ原、大坂ノ陣とい

う大乱を通じて戦場を往来し、生死の場数を踏んできた連中ばかりにちがいない。その連中すら、どこへも仕官できず、こんな界隈で小商人《こあきんど》におちぶれているとすれば、いまの世はもはや万左衛門などを容《い》れる余地がないのではあるまいか。そうおもうと身の将来《すえ》がこころぼそく、つい顔も暗くなり、気持も沈んできた。

「おれはどうすればよいのだ」

と、薄べりの上にねころびつつそんなうめき声をあげたとき、ちょうど板葺《いたぶき》屋根が、雨で鳴りはじめた。

（雨か。――）

　気が、滅入《めい》った。灯はすでに消されており、せまい小屋に闇《やみ》が満ちている。闇が蒸れているのは雨のせいか、それとも先刻まで抱きあったふたりのからだの蒸熱《いきれ》のせいか、そのどちらかかもしれない。それにしても薄べりの下に敷きつめられたわらが厚く、骨身が溶けそうになるほど心地よい。なるほど男が女を恋うというのは、眉目《みめ》やら唇《くちびる》やら腰やらだけではないのであろう。女がつくる巣の心地よさに男は焦《こが》れるのかもしれなかった。ともあれ万左衛門はこの女ずまいの小屋の心地よさにほだされたせいか、声までが涙まじりになってきている。

「おれは」

と、おなじことを言おうとしたとき、

「――お城の火縄蔵《ひなわぐら》の草はらに」

と、女はだしぬけにいった。いつもこの女のいうことは不意であった。

「人が出るそうでございますね」

「ひとが？」

「いいえ、しぶと（死霊《しりよう》）だといいます。元和のさわぎのとき非業《ひごう》にお果てなされた淀《よど》の御方《おかた》さまとか、右大臣（秀頼）さまとか、そのほか大野修理《しゆり》どの、お女中、お小姓がたが輪になって酒盛などなされ、その笑いさざめく声が雨の夜には雲間にまでひびくとか」

「場所は？」

「申しあげたばかりです。それとも二度申しあげねばなりませんか」

（――こいつは）

いやなおんなだ、と万左衛門はおもったが、しかしべつに不快ではない。

「つまりあれかね、それは死霊のことだというのかね」

万左衛門は、智恵が機敏にまわるほうではなかった。お義以はいらだった、――それもすでに申しあげました、死霊です、といった。

（なるほど、秀頼卿《きよう》や淀の御方にすれば恨みがこの世に残るだろう）

と、万左衛門は胸中大いになっとくしたがお義以はそのせっかくの納得をつき崩すように、

「あるいはちがうかもしれませぬな」

大男をからかうつもりなのか。

「死霊ではないという噂《うわさ》もあります。古来、公家《くげ》の恨みは残っても武家の恨みはのこらぬと言います」

公家の幽霊はあっても武家の幽霊はない、という。公家の菅原道真公《すがわらのみちざね》は罪なくして大宰府《だざいふ》にながされ、配所で死に、そのためうらみが残って都でさまざまの怪異を現《げん》じ、それを鎮《しず》めるために天満社ができたが、それは道真公が公家だからで、公家は生死に未練がましい。そこへゆくとたとえば源氏武者の幽霊などありうるか、ないだろう。武家はもともと勝負で生死しているからたとえ敗死しようともさっぱりしている。平家の幽霊のはなしはあるが、それは平家が性根まですっかり公家になってしまっていたからだ、とお義以はいう。お義以のいうところでは秀頼卿は武をもって天下を統《す》べられたお人の御子、淀の御方は近江小谷《おうみおたに》城主浅井長政どののおんむすめ、というほどのお人が、死霊になって夜な夜な出るなどは、おふた方のご面目にもかかわることで

あり、

「左様なことは金輪際ありませぬ。あってよいことではありませぬ」

と、お義以はいった。万左衛門は混乱し、大いに迷惑だとおもい、

「死霊でないというのなら、いったいなんだというのだ」

と、やや腹が立ってきた。恨みならうらみ死霊なら死霊でそれでいいではないか。

「なんだとおもっている」

「狐狸《こり》です」

そうにちがいありません、市中でもすこしかしこいひとびとはあれは狐狸だといっています。

「狐狸」

かもしれない。狐狸がひとを誑《だま》す害というのは地方へゆくほどはなはだしいが、京や大坂の市街地でも一町内に一ぴきはいるといわれている。まして大坂城は焼けただれの城郭であり、なかば以上が人の丈ほどもある草で覆《おお》われ、樹木は枝葉が乱茂して場所によっては密林とかわらず、狐狸のよいすみかになっているのであろう。それが、夜ごと豊臣家のかつての栄華の宴のまねをして笑いさざめいているのではあるまいか。

「もっともなこと」

と、万左衛門はお義以の解釈のするどさに頭のおのずから垂れるおもいがした。

「万左衛門どの」

お義以は、ことばをあらためた。

「雑兵《ぞうひょう》ならばいざしらず、馬の一頭も曳かせ戦場に出ては鉄砲、弓、槍《やり》の足軽衆一組なりともひきいて立つ武士というのは、物事が慧《さと》くなければなりませぬ。あなたさまは、このお城の火縄蔵の草はらに出る怪異《あやかし》をきいてもなんともおもいませぬか」

「とは？」

「退治なさればどうです」


あくる日の日暮前、大須賀万左衛門は本町橋をわたり、やがて坂をのぼった。途中、

（武家というものは工夫が要る、とあの女が申しおったが、ほんとうかもしれぬ）

と、昨夜からずっと考えつづけていることをなおも思案していた。その火縄蔵の怪異というものをこの兵法をもって退治すれば武名はあがる、天下は賞讃《しょうさん》する、松平家もあわてて召しかかえる、というぐあいにゆくことはまちがいない、とお義以もそういうし、万左衛門もそのとおりだとはおもうのだが、なにぶん相手が相手である。

（おそろしくはない。しかしむじな、狐狸のたぐいは人の気を迷わせるという。数珠《じゆず》をかけた修験者《しゆげんじや》ならともかく、われら兵法つかいの間尺《ましやく》に適《あ》うかどうか。狐狸に立ちむかう法など、御流儀でもおしえられたことがない）

この夕、万左衛門のめあてはむろん狐狸ではない、松平家の中間長屋へゆこうとしていた。松蔵というあの小頭どのが酒を買って待ってくれているはずであり、約束より一日遅れたが、まずかまうまい。

（狐狸より、松蔵のほうがたしかだ）

と、おもった。煙のような狐狸退治に仕官の夢をかけるより、生きた松蔵にとり入って手蔓《てづる》をもとめるほうがいい。

坂をのぼりつめその御長屋の前へくると、荷物でも解いたのか、路上一面にわらくずが散乱しており、中間たちがその清掃をしていた。松蔵もいる。

身をそらせ、腕を組み、作業を督励している。大小を流行《はやり》のカンヌキざしにし、短袴《みじかばかま》をふんどしののぞくまでにたくしあげ、黒松の幹のようにたくましい両の脚をあらわにしている。いかにも腕力をもって中間どもを服従させている感じであり、世が世なら中間小頭などにおさまっている男ではないであろう。

「きたか」

ともいわず、会釈《えしやく》もかえさず、松蔵は万左衛門のあいさつを黙殺し、中間どもの作業を見つづけている。あとできいたことだが、この夕、殿さまの松平忠明が四天王寺へ参詣《さんけい》しての帰路、不意にこの道路をへて城へもどった。道路にわらくずが散乱していた。そのことを家老に注意した。家老は組頭をよんで叱った。そのあと組頭は槍を奴《やつこ》にかつがせ、騎馬でこの長屋の前までかけつけ、馬上のまま路上へ松蔵をよびだし、土下座させ、夏の雷のような声で叱りに叱った。組頭が去ってから松蔵は中間七、八人を束にしてなぐり、ぞんぶんに折檻《せつかん》してから清掃にかからせた。その直後に万左衛門がきた。不機嫌《ふきげん》なはずであった。

「万左《まんざ》」

松蔵は、よびすてである。

「汝《われ》はそれでも侍か」

「?」

「なぜ先日言うたとおり、ゆうべ来なんだえ?　口約束もまもれずに姿《なり》だけが侍とはどういうわけかえ」

万左衛門はむっとしたが、しかしうそで繕える男ではなく、正直に、女だ、おんながむこうから伽《とぎ》をもちかけてくれた、断われば冥利《みようり》につきると思い、つい女の小屋へ入りこんだ、と答えた。松蔵は、だまっている。こういう場合、無口のほうが強そうにみえる。

「松蔵」

万左衛門もよびすててやった。

「酒は、まだあるかえ」

と、つい相手の機嫌をとるような、卑屈な物腰になった。笑顔をつくってしまっていた。松蔵はだまってうなずき、万左衛門を屋内へ入れた。あとは一間きりの中間部屋で酒盛がはじめられた。酒は、澄んでいる。杯の底がみえる。よほど分限者《ぶげんしや》か、大名の口にしか入らぬ酒ではあるまいか。それより万左衛門がおどろいたのは、中間小頭というこの足軽格の男がこの御長屋の世界では王者のようにふるまっていることであった。

——肴《さかな》。

というだけで、あらくれた中間（折助《おりすけ》ともいうが）どもが犬のような忠実さでどこかへ駈《か》けだし、やがて干魚などを運んでくる。運ぶ、といっても町でゆすってくるのか掻《か》っぱらってくるのか。

「どうだ、かんのぐあいは」

松蔵は、機嫌がよくなった。部屋のすみで、火をおこしてかんをつけている中間もある。やがて松蔵が人払いをするために蠅《はえ》でも追うような手ぶりをすると、もうそういうしぐさだけでかれらは恐れ入りつつ身をちぢめて出て行く。

(大したものだ)

これも、ひとつの権勢かもしれない、と万左衛門は感心し、まるで大名のようだ、といった。

「まあ、似てはいる」

と、松蔵はいった。大名と、である。松蔵にいわせれば大名も侍どもに何百石の知行や何人扶持《ぶち》の扶持米をくれてやるように、松蔵も組頭から受けとった中間どもの給米や給金を松蔵自身の裁量で配下にわけてやる。気に入ったやつには多くやる。ときに上前《うわまえ》をはねる。はねた上前を溜《た》めておき、ばくちで負けたやつに貸しつける。利が松蔵にもどってくる。

「それで下の者に不服の音をあげさせるような小頭なら、小頭はつとまらぬのよ。腕でおさえてゆく」

「豪儀なものだ」

万左衛門は、このふるまい酒の礼をかえす意味でほめてやった。が、松蔵は目を白

くしてからんできた。「なにが豪儀だ?」と、すこし酔っている。

「世の中がさかさまになっていてなにが豪儀だ」

(さかさま?)

よくわからなかったが、松蔵が弁じはじめたのをきいていると、鬱懐《うつかい》があるらしい。本来どこの家でも足軽までが戦闘員で、中間小者といわれるこの雑役夫は、戦場では荷物をはこび、兵糧《ひょうろう》をはこび、平時ではありとあらゆる雑役に任じている。ところが松蔵にいわせると、元和ノ役《えき》がおわって数年というのに侍どものすねは早くもやわらかくなり、性根は腐りはてた、それにひきかえ中間どものたくましさをみよ。

「ばくちをするからだ」

と、松蔵はいう。戦乱のころは侍どももばくちをし、戦場でもそれをやり、賭《か》け物がなくなればつぎの戦場で獲《と》る首を賭け、いつも嚢中《のうちゅう》に風がふき、金銀などは身につかず、平素ははだかでくらし、この世は所詮《しょせん》は勝負よ、ばくちよ、泡《あわ》のごときものよ、とおもって暮しているために身に未練がない。いま、世定まって侍の風儀がよくなり、おのれの身上を愛するがゆえにばくちもせぬようになったが、中間どもは日ごとそれを打ち、負けもし、勝ちもし、つねにおのれの心胆を練っている。もし戦さがあれば侍が強いか中間がつよいか。

「いくさはあるか」

と、万左衛門は話題を変えようとした。

「あるもないも、たとえあったところでおれは中間小頭だ、——これほどの器量」

松蔵の顔に、陶酔の色があらわれた。

「があっても、所詮は戦場働きができぬ。世の中はさかさまだというのはそのことよ。おらア、それを思うと御城に火をつけたいと思うことがある」

「城といえば」

と、万左衛門は、話題を変えることに懸命になった。例の怪異の実否をききたい。ほんとうに火縄蔵の草はらにあれが出るのか。

「出る」

壁土が落ちるほどの大声で、松蔵はいったのである。すわりなおしている。笑うべきことに、顔が別人のように青ざめていた。

(存外、小心なやつだ)

万左衛門も、むろん内心におびえがある。もしそれが真実秀頼卿の怨霊《おんりょう》とすれば怨霊というのは噂をする者にもたたるという。松蔵めは祟《たた》られまいとしてこそこそと居ずまいをなおしてしまったのであろう。万左衛門はわが身の怖さはべつとして、内心、この松蔵に対する目分量を軽くし、たいしたやつではあるまい、とおもった。が、松蔵は「おれはな」といってしばらく血の気をうしなったまだまっていたが、やがて、見たのだ、といった。

それをきき、万左衛門はわけもなく狼狽《ろうばい》した。

——そうか、見たか。

と、声をひそめ、顔を松蔵に寄せるようにして言い、どうやらわれにもなくおびえが出てしまったが、やがて思いかえした。ここは虚勢を張るべきだとおもった。

「おれはな」

万左衛門は、杯を置いた。

「そいつを退治《たいじ》るつもりだ。どうせ狐狸のしわざだとおもうが、わが兵法によって正体をつきとめ、首胴を両断して天下におのれが武名をあげるつもりだ。——それしか」

と、しばらくだまった。昂奮《こうふん》の潮がひくと、急に万左衛門の酔いがひえびえとしてきてわが身がかなしくなり、「それしか、おれにはない」と言い、やがて首をたれて泣きはじめた。この、いわば時世に遅れてうまれてきた武辺者である自分がこの世にうかびあがれる道はそれしかない、というのである。

「頼む」

と、万左衛門はいった。

「おれをたすけてくれ。このおれを御城のなかに入れてくれ。たのむ」

御城にな、と松蔵はいったが、さすが事の重大さに浮かぬ顔になり、あとはだまった。松蔵は三日交代で御城の八町目御門の番卒をも兼ねている。当番のときには御門番衆のかしらだから入れられぬことはない。しかし露顕すれば、

「丁《ちょう》、よ」

これが、と自分の首すじを打った。なるほど万左衛門の武辺あせりはけっこうだが、それを協《たす》けたためにこの笠《かさ》の台が飛んだとあれば、これほどわりにあわぬことはない。

「ちがう、松蔵どの、そいつはちがうだろう。ご料簡《りようけん》らしくもないことを言われる。あんたはさっき世間はさかさまだといわれた。武辺はこんにち馬乗侍《うまのりざむらい》から中間に移ったといわれた。あのお話にわしは感動した。感動のあまりわしはあんたを誘った」

「ふむ？　わしもなかまに入れるのか」

「言わずもがな。中間小頭と牢人とが太刀をそろえて怪異の正体を両断し、ともどもに武名をあげて松平家の馬乗どもの鼻をあかしてやろうではないか。となればあんたはたちどころに御取立て」

「御取立て」

松蔵はつぶやき、思案した。なるほどそうなる。が、危険ではある。牢人《ろうにん》を御門内に入れるということが、である。第一、火縄蔵へたどりつくまでの御門は松蔵の八町目御門だけでなく、奥にまだ一つある。それをどう抜けるか、であり、たとえうまうまと抜け、かつ狐狸妖怪《ようかい》を退治してもその罪は罪で残るのではあるまいか、さすれば打ち首。かといってこの妙案はすてがたい。

「考えてみる。三日後に」

きてくれ、と言いながら、松蔵は話をそらすために、万左衛門のうしろを指さした。まるい風呂敷包みがおいてある。「さっきから気になっていたのだが、その中身は兜《かぶと》か」といった。兜ときいて、万左衛門は笑いだした。暗い話題から急に日向《ひなた》へ出たような思いで、あっははは、これは鍋《なべ》よ、例の女から買ったのだ、と言い、風呂敷包みをひきよせ、剝《む》いてみせた。

「鍋だったのか」

松蔵は手にとって膝《ひざ》にのせてみた。小鍋だが、底が雑賀兜《さいかばち》のように深い。この重味、手ざわり、鋳物《いもの》の粒子《め》がよく詰っているようであり、ただの鍋ではない、万左衛門これは備前ものではあるまいか？

「よい鑑定《め》じゃ、ずぼしよ」

「……とすると」

松蔵の目が、急にけわしくなった。

「女というのは、道頓が掘ったあの堀のそばで蓆《むしろ》をしいているあの女か」

「図星」

万左衛門はおどりあがるような陽気さでいった。

「……そうか」

あとは、松蔵はなにもいわない。


雨が降りつづいている。

その翌日の夕刻、松蔵はむしろをひっかついで頭上にかざし、ひらひらと水溜《みずたま》りを飛びながら駈けた。この時代、傘《かさ》というものは貴人や僧の儀礼のばあいにつかわれるだけで、松蔵などはむろんもっていない。刀のつかにもむしろの切れはしを巻き、なりは着ながしの尻《しり》からげ、褌《ふんどし》をわざとみせる。

――どうだ、あのみごとな男。

と、安堂寺橋のたもとにたたずんでいた旅の老武士が、供の小侍にいった。駈けている松蔵の耳にもきこえたが、しかし駈けすぎた。過ぎたあと、老武士が、

「身うごきに性根があらわれている。往時《むかし》なら一番槍《やり》をする男だ」

といったが、松蔵にはきこえない。槍をしようにもいまは後年元和偃武《げんなえんぶ》とたたえられたほどに四海の波はしずかで、乱もなく敵もいない。松蔵はおだやかな市中を駈けている。女のもとをめざしている。腹の底で魂胆が煮えくりかえっているような思いであった。途中、足をすべらせた。のちに宗右衛門町といわれたあたりは堀の掘鑿《くっさく》工事で泥が山のようにほうりあげられており、山から空堀のなかへいきおいよくすべり落ちた。起きあがって水溜りで衣類をあらい、褌をあらい、ついでに泥《どろ》だらけの股間《こかん》に水をすくってあらい、

(お義以め)

と、またしてもおもった。松蔵はお義以を自分のおんなだとおもいこんでいた。ところが、あの関東《あずま》からくだってきた薄汚ない兵法者をもひき入れて寝たという。松蔵は洗いおわった股間を、しぼりあげた褌の中におさめ、衣類と大小はむしろで包み、ふたたび駈けた。のちに日本橋六丁目といわれるあたりが、お義以のすむ長町であった。長町に入ったころはすでに暮れて灯がほしくなる頃だったが、お義以の小屋はわ

かった。戸を割れるほどたたいた。

——なによ。

という鼻つきで、お義以が戸から顔をのぞかせた。その隙間《すきま》をこじあけるなり、松蔵はお義以の小さな顔を撲《は》った。お義以は土間にころがったが、しかし叫ばない。目が光っている。

松蔵は仁王《におう》立ちのままその目をにらみすえていたが、そこは巧者な男で、ふっと息をぬき、背を向けてゆっくりと褌をはずした。憎いが、お義以は気圧《けお》された。

——出てお行きッ。

と、お義以は近所にきこえぬよう、声を殺して松蔵の背中にさけんだ。松蔵はわざと鼻唄《はなうた》をうたい、両手をあげて、はずした褌を戸口の横木にかけ垂らした。

「褌を乾かしにきただけよ」

「乾くあいだ、どうするのよ」

と、お義以は愚劣なことをきいた。戸外《そと》は雨さ、と松蔵はふりむいて笑った。季節は、五月である。戸内《なか》まで湿気《しけ》ている。

「一晩で乾かねば、二晩でもほすさ」

結局は、めしを作らされた。寝た。臥《ね》はしたが腹立ちがおさまらず、男の左腕を噛《か》

んでやった。歯が肉に食いこみ、血がにじんだが、男は意にも介せず自分の動作をつづけた。結局はお義以はその動作につられ、

（この自分は、自分ではない）

と、懸命に唱えていたが、やがては糸が切れた。切れた瞬間から、あるいは本性のお義以かもしれぬ女が、松蔵の胸の下で仔猫《こねこ》のように顔をこすりつけ、情夫《さま》、情夫《さま》、と泣きながらつぶやきつづけた。

——まあ、こういうものだ。

と、松蔵はたかをくくっている。

死ぬかもしれない、とおもう瞬間が、お義以を何度も訪れては去った。最後にすべてが昏《くら》くなったとき、松蔵の体が離れた。お義以は夢中で手をのばし、厭《いや》、とからだをねじらせ、離すのは、と懇願した。

——もう、無理よ。

と、松蔵は落ちついている。起きあがって土間へ降り、芯張棒《しんばりぼう》をはずして戸をあけ、戸外へ出た。雨が板屋根にしぶき、軒から糸滝のようになってしたたりおちている。松蔵は髪を濡《ぬ》らしながらしゃがみ、雨で股間を洗った。その闇《やみ》の、ほんのそばで物音がした。

（――犬か）
と、しゃがみつつ濡れた闇に目をくばったが、犬でもない。気配は人である。後世《のち》
この町に住んだひとびとよりもこの当時の松蔵のような人間は、気配を嗅《か》ぐことにす
ぐれている。ひとに相違ないとおもったとき、松蔵は戸内《なか》にむかい、
「お義以、灯をもってこい」
と、大声でよばわった。ほどなくお義以がなにごとかと思い、灯をもって出てきた。
松蔵はその燈明皿《とうみようざら》をうけとり、糸滝に飛沫《しぶ》かせている股間を照らした。
――見せてやる。
闇にむかって、である。どうせお義以に嗅ぎ寄る男に相違ないが、松蔵はこういう
方法でこの女に対する占有権を誇示した。声をたてて笑った。
「二度と来るまい」
言いながらなかに入り、足指に棒をはさみ、蹴《け》るようにして戸をかった。お義以、
見たか、といった。
「あいつは大須賀万左衛門だったかもしれねえ。でないにしても、もうこの小屋へ男
は近づくまい」
（勝手な）

と、お義以はすでに体が醒《さ》め、自分のいつもの性根（どれが本性かはわからぬにせよ）にもどりはじめている。勝手すぎる、とおもった。男をよぶのはこの鍋売りお義以の甲斐性《かいしょう》と勝手によるのであり、この松平家の中間小頭に阻《はば》まれることはない。

「それともおまえは売女《ばいた》か」

ぴしっ、とお義以の掌《て》が飛び、松蔵の頰《ほお》が鳴った。松蔵は苦笑した。せざるをえなかった。お義以が、一度も金銭で身をひさいだことがないことは松蔵自身が知っている。

（――こいつをいっそ亭主に）

お義以は、おもった。いままで何度かおなじことをおもったが、いや松蔵だけが男ではあるまい、この世のどこかから自分の亭主になるはずの男が自分に近づくべく日ごと歩みつづけてきているようにおもえて（それが大須賀万左衛門かともおもうが）そういう将来《さきざき》への期待があるために松蔵を好こうとする自分を叱《しか》りつけてきた。しかしいまはこの松蔵を亭主にする以外どうにもならぬであろう、この松蔵めはあの軒下で、ああいう方法でお義以のからだの所有者であることを闇にむかって（ということは全世界にむかって）宣言してしまったのである。近所も知ったであろうし、万左衛門も知ったかもしれない。

「しかたがない」

と、この髪のながい権謀家は小さな声でいった。

なんだ、と松蔵は満足げに問いかえした。

「あなたのことよ。見せたわね」

軒下であのようなものを、である。それを見せてしまった以上、あたしとしてはあなたの女房にしてもらう以外、もはや立つ瀬がない。

「厭？」

と、松蔵の首すじに腕《かいな》をまきつけてみたが、しかしもしこの粗放で野臭《のくさ》くておのれのことしか考えていない男が、「応《おう》」といってしまったらどうしよう、ともおもった。この男はなるほど膂力《りょりょく》もあり勇敢でもあるが、こういう種類の粗豪さは所詮《しょせん》は足軽までのもので、どうころんでも将来士分に取りたてられようとはおもえない。

(万左衛門のほうが)

まだしもであろう。万左衛門は鈍重で機転がきかなくてなにをやらせてもすこしずつにぶいが、しかし松蔵とくらべると、おだやかなだけ気品らしいものがある。取立ての幸運にあずかれるのはえてしてああいう男だとおもうのだがどうであろう。その

くせ思案しつつ、

（どちらも厭）

と、みもふたもないむなしさの穴におちこんだりする。自分ほどの女が、せっかくの鍋売りの稼《かせ》ぎもすてて人の女房になりはてるというについては、万も松も、その両方とも、

——片腹いたい。

ともおもった。

「いまのは、うそ」

と、お義以はいった。しかしそう言ってしまうのも惜しくはあり、松蔵の首すじの腕に力をこめ、唇《くちびる》を松蔵に近づけ、その骨のように固い耳たぶを咬《か》み、好き、あなたが、とささやいた。それだけで松蔵、これほどに女馴《な》れた男が、むざんなばかりに欲情をたかぶらせてしまい、息を鞴《ふいごう》のようにあらくし、お義以をいま一度組みふせ、おれもだ、おぎい、と言い、たのむ、おれの女房になってくれ。

「あとで」

と、お義以は、冷静な調子でいった。

「あとで、とは？」

「いま言うわ、士分《さむらい》にね、あなたはならなくちゃ。それでね、なる」

「なる」

——女房に、とお義以はためらいつついった。松蔵は即座に、

「無理だぜ」

といった。とてもこの時世に御取立てはあるまい、と松蔵はほとんどあきらめている。無理？　お義以の声はちょっとつめたくなり、むりはございませんでしょう、と平素の丁寧な武家言葉にもどった。それがむりだとおもうあなたご自身に無理があるというべきです、なぜなろうとなさいませぬ、といった。

「道が、あるか」

城のある上町台地を、うずくまった一頭の牛であるとすれば、その頭の部分に大坂城があり、尻のあたりに四天王寺がある。それを脊梁《せきりよう》道路がむすんでいるが、その道路の北の終了点が、城の八町目御門になっている。松蔵はその番小屋にいる。

大須賀万左衛門は、この日の昼すぎ、この路上にいた。路の東に京の聖護院《しょうごいん》末寺の小さな山伏寺があり、そこでしかるべき金をおさめて最下位の山伏——修験者にして

もらった。京の愛宕《あたご》や貴船《きぶね》に詣《まい》る、大和の大峰《おおみね》や吉野山に詣る、などと申し立てれば在家《ざいけ》の俗人でもその場で山伏になれる。

――そうしろ。

と、三日前、松蔵がおしえた。その三日前という日、万左衛門は約束どおりに松蔵をその御長屋に再訪したのである。松蔵はその日ひどく血色がよく、声も妙に弾み、やあ万左衛門どの待っていたぞ、と酒で歓待し、

「わしも覚悟をきめた。ともどもに狐狸《こり》をうち殺して武辺の名をあげよう」

といった。そのあと、手はずをうちあわせたが、この修験者のなりもそのひとつである。松蔵にいわせれば牢人《ろうにん》を城内に入れるとなればあとで申しわけもたたぬほどの大罪になるが、修験者ならば怪異を調伏《ちょうぶく》させるため上には無断ながら入れたという、罪は罪ながらもっともらしい申しわけがたつ。

万左衛門は御城をめざし、晴れた北の天を仰ぎながらあしを運んだ。いずれにしてもこの雨季のなかでのこのめずらしい晴れ間は、自分の前途と無縁ではあるまいと思い、意外なほど不安がなかった。

不安は、松蔵のほうである。御門の番小屋で落ちつかずにいたが、やがて路《みち》のむこうからやってくる山伏姿の万左衛門を見たとき、

（やつめ、本当に来やがった）

と、深酒をのんだあとのように後悔のほうがさきに立った。気が重かったが、ともかくも御門を通過させた。あと、城内を歩いた。松蔵もむろん、付き従っている。火《ひ》縄蔵《なわぐら》のある台上まで、あと一つ門を通らねばならなかった。いくつかの石段をのぼってその門の番小屋に達すると、万左衛門は番卒の小頭に一礼し、焼印を捺《お》した木札をみせ、松平家の御納戸《おなんど》役田代喜左衛門の筆《て》による祈禱《きとう》依頼の手紙をもみせた。むろん、焼印も手紙も松蔵が偽造したもので、もしあとで事がこじれればこの二つの罪科だけでも打ち首はまぬがれない。

「ごくろうでござる」

と、番卒の小頭が山伏万左衛門に一礼したとき、同行している松蔵はほっとするより、もはやひっかえしのできぬ世界に入ってしまったとおもい、いよいよ気が重くなった。万左衛門のほうはむしろのんきで、そのあと石段をのぼりながら、焼けたものよの、石までがぼろぼろじゃ、と、この日本人がつくりあげた最大の構造物のあちこちをながめながら、やたらと感心したりした。ついに二人は火縄蔵の台上にのぼった。

そこは畳千畳ほどの草原で、その縁辺に立てば城下の市街どころか、北ははるかに北摂の山々がみえ、東は生駒《いこま》・信貴《しぎ》の山々、南は二上《にじょう》・金剛の山なみをのぞむことができる。

火縄蔵は、すでに廃蔵らしい。壁が落ちて粗壁《あらかべ》がむき出し、瓦《かわら》には草がはえているが、戸だけは厳重で、錠がさびついている。

「ここで、夜をまて」

と、松蔵はいった。夜になるまで気が遠くなるほど時間があるが、万左衛門その草むらにでも寝ていよ、わしは役目をすませ、夜になってこっそりのぼってくる。

「ああ、そうしてくれ」

万左衛門は、一人で草の中にいることに多少不安であったが、ここは我慢をせざるをえない。

松蔵が、去った。

寝て待っておれ、といっても、前夜来の雨で地も草もぬれており、腰をおろすこともできない。火縄蔵の軒下はといえば、もともと軒が浅いうえに軒瓦がくずれ落ちてしまっているために軒下の地面も濡れている。万左衛門は、草の中で立っていた。はるかな頭上で、鳶《とび》が舞っている。日没まで五時間はあろうというこのぼう大な時間量を立ちつくし、なにをすることもない。時の経《た》つこととたたかい、疲労が増し、しかも立ちつくすその果ての目的はばけもの退治であるというこの行為は、どういうことであろう。人間の行為のあらゆる類型のなかでもっとも愚かしい行為であるかもしれないが、万左衛門はそうとはおもわず、かれの人生の跳躍をただこのことに賭《か》けていた。

（——海が見える）

夕刻になって、そのことを発見した。西のほうに霧があり、霧が白くきらめいているようにおもっていたが、夕陽《ゆうひ》がその上にさしかかってからよく見ればあれは海であった。海を発見したころには、万左衛門は疲れきってしまい、草の根もとに尻《しり》をおろした。尻がたっぷり濡れたが、この疲労には代えられない。やがて、両膝《りょうひざ》に顔を伏せてねむった。眠ると、姿勢がだんだん大胆になった。横倒しになり、あおむけになり、背を濡らしながらねむった。

どれほど経ったか、顔が濡れてきたために身をおこした。闇である。星がなく、雨が降りはじめている。

身が、冷えた。冷えたぶんだけ熱でも出たのか、全身がけだるく、立ちあがるのもやっとであった。手さぐりで身を移動し、やがて火縄蔵の壁にゆきあたり、

（あった）

と、おもった。蔵があるのが当然であったが、しかしそれでも確かめて安堵《あんど》したのは、この蔵がなければ怪異が現《げん》じそうにないような、そういう気がしたのである。錠に触れた。鉄銹《てつさび》のつめたさが変にこころよかったのは、掌に熱があるせいかもしれない。松蔵は来ない。

怪異も出ない。

山伏万左衛門は、降る雨のなかでぼんやり立ちつくしている。立つことが、目的のようになった。疲れのせいか、それほど気が鈍くなった。松蔵が来るということについても、疑わなかった。

（あれは、わるい男ではない）

と、おもっている。むろん、万左衛門はあの雨の夜、つまり松蔵がお義以の小屋の戸のそとにしゃがんでああいう宣言をした夜、あの長町へは行かなかった。自然、松蔵とお義以のいっさいを知らない。第一、万左衛門は、お義以が万左衛門についてあれこれ思ったほどには、この男はお義以という存在を、深くおもうまでにはいたっていない。ただ、お義以というのは万左衛門の人生にとって路傍の賢者であったとこの男はおもっている。辻《つじ》に立ち、思案に暮れる万左衛門に対しゅくべき方角を彼女はおしえてくれた。方角とは、むろんこの火縄蔵の草はらに出るというばけもの退治のことである。

（しかし、松蔵は遅いな）

万左衛門は、慄《ふる》えはじめた。恐怖ではなく、雨に濡れつづけていることによって身の内の熱がいよいよ高くなったせいであった。寒くなった。歯の根があわぬほどに、下顎《したあご》がふるえた。

時が、経った。日が暮れてからかぞえても、三刻《ろくじかん》も待ったかとおもわれる頃には、万左衛門の心気は朦朧《もうろう》としてきて、気が抜けたように立っている。もう妖怪《ようかい》が出るもなにも、万左衛門自身が妖怪であった。

げんにこの男の朦々《もうもう》として朧《おぼ》ろなあたまのなかには、秀頼卿《きよう》の霊もとっくに出ていたし、淀の御方様も、あざやかな金糸銀糸の縫いとりの衣装を、百目蠟燭《ろうそく》のにぶいあかりのなかにうかびあがらせ、先刻から何度も万左衛門にことばを賜わっている。豊臣家の執事大野修理もいたし、その母の大蔵卿局《おおくらきようのつぼね》もいたし、弟の主馬《しゆめ》もいた。お女中衆もいた。そのなかにお義以もいた。

が、万左衛門はよほど気がにぶってしまっているのか、それを退治ねばならぬと思いつつも、心に弾みがおこらず、そのまま打ちすてて雨の中で立っている。松蔵との約束だけが、ありありと意識を規制していた。

（松蔵が来ぬうちは）

討ちもならない、松蔵とともに戦う、ともに武辺の名をあげねばならぬ。

とおもううち、眼前の視野いっぱいの闇が一点だけ音をたてるようにして破れ、箒《ほうき》のさきほどの火があらわれた。火は動き、万左衛門に近づいた。

「おれだ」

と、松蔵が雨の中でいった。蓑《みの》をかぶっていた。松蔵はつねに悪意でうごいているような男であったが、それでもこの万左衛門が待つということについて、これほどの悲惨な状況があったということは予想も計算ももっていなかった。いまも、気づいていない。なにしろ諸門には閉門ということがあるため、陽の高いうちに万左衛門を城内にまぎれこまさねばならず、この点で、すべて計画どおりに行ったと松蔵はおもい、むしろ進行状況は快調であるとおもっていた。万左衛門は、快調でなかった。

「どうだ、出たか」

と、松蔵がすりよってきてささやいたとき、万左衛門はわずかにうなずいて、

「いま、出ている」

といった。頭の皮のなかに出ている。

が、このことは松蔵をおびえさせた。この男はこれほど気の豪《えら》い男でありながら、

物事を妙に想像する力が天性そなわっているのか、怪異《あやかし》というものについての恐怖感が、万左衛門などの比ではなかった。松蔵は、万左衛門にすり寄った。

「出ているのか」

どこにだ、と聞きとれぬほどの小声でいった。万左衛門は、状況を報告した。

正確にいった。百畳敷である、といった。蠟燭の灯が無数にきらめき、膳部《ぜんぶ》の塗りには螺鈿《らでん》がかがやいている。あの上段十畳の間には秀頼卿が座しておわすし、その横に淀の御方がおわす。

「さあ、修理どのが立ちあがったぞ、ゆるゆると舞いはじめたわ」

と、万左衛門は、大声をあげた。

松蔵はとびあがるほどおどろいたが、そうとなればもはや怪異である、それも死霊《しりょう》ではあるまい、狐狸であろう、「だまされぬぞ、ひかえろ、ひかえろ」と松蔵は闇《やみ》のあちこちにむかってくるくると向きをかえつつ、ありったけの大声をもって怪異をなす族《うから》をおどそうとした。松蔵は、味方の万左衛門をも叱咤《しった》した。万左衛門は、ぼんやり立っていた。寒いのである。

「万左、なにをしている。太刀をわすれたか、抜かぬか」

「いかにも」

万左衛門はその声で目がさめた。とたんにあれほど煌々《こうこう》とかがやいていた蠟燭の灯のむれは一時に消え、秀頼卿も淀の御方も大野修理もみえなくなったが、万左衛門はその修理が舞っていたあたりへ斬《き》りこんだ。その勇猛さに松蔵も勇気づけられ、

「万左、敵はそっちか」

叫び、跳び、わめいた。この松蔵の躁《さわ》がしさはどうであろう。このやかましさでは、たとえ狐狸どもがこの古蔵《ふるぐら》の床下に巣くっていたとしてもたまりかねて逃げだしたにちがいなかった。

雨が、小降りになった。

やがて、降りやんだ。

降りやむというたかが知れた天候上の平凡な現象が、台上の二人の運命に露骨に関係《かかわ》ってきた。

この一郭の地理をいえば、この火縄蔵がある台から十五段の石段が下の道路へおりてゆき、さらにその道路がひと曲りして二十五段の石段がおりている。おりたあたりに、門が一つと、番小屋が一棟ある。番小屋は板ぶきであったためついさっきまで雨の打つ音でさわがしかったが、雨がやんだためにあたりが静かになった。小頭《こがしら》は服部《はっとり》

治平という男で、三人の番卒をひきいている。

「おい」

と、声をひそめ、一同の顔をみた。「汝《わい》らの耳にもきこえているか、上で声がする」

治平は、落ちついた男だった。「どうだ、聞えるか」

聞えるもなにも、雲間にとどろくような声である。どの番卒も真っ青な顔で激しくうなずいた。どの男も、巷衢《まち》でささやかれているうわさがうそでなかったことを考えていた。服部治平も、当然そう考えた。ただ、小頭をつとめるだけに他の三人とは多少性根がちがっていた。

「どうせ、狐《きつね》か狸《たぬき》のいたずらだ」

と、みなを鎮《しず》めようとした。だけでなく、できればこの現象に挑《いど》み、服部治平という名を家中でさわがれてみたいとおもった。

治平は、落ちついて指図をした。一人は下の番屋へ走れ、走って告げてまわれ、いま一人はここにのこれ、最後の一人はわしとともについて来い、わしに万一のことがあればみなに報《しら》せよ。

と、板壁の上から三間《さんげん》の長槍《やり》をおろし、腰に馬乗提灯《うまのりちょうちん》をさしこみ、

「一同、いいな。ぬかるな」

というなり、闇にむかって駈《か》けだした。一人がそれを追った。石段をのぼった。のぼるにつれて声はときに雲間から落ちてくるようでもあり、ときにきこえなくなる。雨はどうやらあがりきった。むら雲の一角が、月を含んでいるらしく、黄色《こがね》に染まっている。

やがて治平は台上にのぼり、草むらに身をひそめた。かれはまず観察者であろうとした。しばらくして月が出た。治平は草の上に駈けまわっている二人の男のふるまいをありありと見ることができたが、しかし両人が何者で、ここでなにをしているのか、まったく理解することができなかった。妖怪でないことだけはたしかであった。さらに治平の立場から言えることは、かれら両人はこの城郭への侵入者であることだった。御門の警衛者としてはこれを捕えるか、殺さねばならない。

——加勢を、よんでこい。

と、つれてきた配下の者に言いふくめ、走らせた。この場合、治平は自分の安全を考えれば加勢が来るまで待つべきであったが、それでは功名にならぬとおもった。治平は勇をふるいおこし、草の中から立ちあがった。槍をかまえ、ありったけの声をあげた、何者か。

「何者かあっ」

と、連呼した。声をはりあげていなければ、気が萎《な》えそうになる。が、このことはかえって治平にとってまずかったかもしれない。相手の大須賀万左衛門は兵法者《ひょうほうしゃ》であった。多年、敵とたたかうための訓練を自分に課し、そのため全身が弾機《ばね》のような反射能力を帯びるにいたっているため、治平の喝声は、万左衛門の反射をいたずらに刺《し》戟《げき》したかたちになった。

万左衛門は太刀をかざして数歩跳び、治平の槍を二度ばかり払ってその手もとにつけ入り、

——狐狸《こり》ッ

と、腰を沈めてずっしりと斬りさげた。治平は左肩を割られて転倒し、そのまま気を失った。あとで一命はとりとめることができたが、ともかくもこの段階では、死んだ。松蔵にはそう思えた。

松蔵は、服部治平が出現したときから、すでに正気にもどっている。治平は、かれの同役であった。まずいことになった、とおもった。

——お義以がいった。

と、松蔵はそのことを思いだした。狐狸を退治て武辺を立てることがもしできなければ、松蔵は万左衛門の侵入を幇助《ほうじょ》したかどで打ち首になる、殺される。

——ばかね。

と、あのときお義以はいった、「殺されるという裏目の骰子《さいころ》があるとすればその表目は出世でなければばくちにならないじゃありませんか、もっと利口に考えるのよ」と、お義以はいった。その利口な手口というのはどういうことだ、と松蔵は教えを乞《こ》うたが、お義以はさすがにおそろしさを感じたのか、あとはなにもいわなかった。そのあと松蔵自身が思案し、ついになにがこの場合利口かということを覚《さと》った。

——万左衛門を殺す。

のである。

(もはや)

と、松蔵はあらかじめ考えていたことを、この段階で考えた。もはやこの大須賀万左衛門というばかはばけもの退治にしくじり、計画は頓挫《とんざ》し、機会は永久に去った。松蔵としてはいまこそ松平家の八町目御門の責任をもつ中間小頭としての警備上の立場からこの万左衛門という侵入者を、役目の上から斬ってすてなければならない。斬って、いや斬れば、松蔵の役目が立つだけでなくその武辺の名は大いにとどろき、一躍士分への御取立てもあるであろう。松蔵はそのように今夜のことは二段構えでいた。その第二段目の行動をすべきときがきた。げんに同役の服部治平が殺されているではないか。

「大須賀万左衛門」

と、松蔵は声をあらためてどなり、汝は御城に侵入した、物を盗らんとした、不敵の賊であり、役目によって斬る、とどなった。どなりながら、

(証人が要る)

と、不意に思った。この不意の思案が、松蔵の行動をにぶらせた。証人が要る。松蔵がこの賊を役目として斬るということについて証人がいる。

「賊だあっ、出会え」

と、松蔵は台上の縁辺をかけめぐって下にむかってどなり、駈けまわりつつ万左衛門のほうにも油断なく刃《やいば》を構えつづけた。

万左衛門は、最初は事態のこのおもわぬ変化がのみこめず、松蔵のこういう物狂いをぼんやりみていたが、しかし石段のあたりからざわめきが馳《は》せ登ってくるにつれ、ようやくわかった。

——裏切られた。

ということが、である。

ところが妙なほど憤《いきどお》りが湧《わ》かない。それほどに万左衛門は疲れていたし、悪寒《おかん》がは

げしく、身も心も自分のもののようではなかった。そこへ、人数があがってきた。

松蔵は、勇奮した。

人数にむかって大声をあげ、まず名を名乗り、事情を手みじかに述べ、述べおわったあと、万左衛門にむかって突進した。

斬った。

万左衛門が、である。一対一の太刀打ちになれば兵法を知らぬ松蔵はやたらに太刀をふりまわすだけであったが、万左衛門のほうは疲れきっているとはいえ体が自然に動き、丁々と二合打ったが、踏みこんで袈裟《けさ》がけに斬りたおした。

さすがこのときは、おのれの武辺のあざやかさに万左衛門はよろこびが湧き、

「おのおの、見たか」

と、輪になって槍ぶすまをつくっている人数にむかって叫び、誇り、

「三州牢人《ろうにん》大須賀万左衛門」

と、三度名乗って槍ぶすまにむかって斬って入り、包囲をくずしては闘い、たしか二、三人に刃をあてた手応《てごた》えがあったが、おのれも傷《て》を負い、傷を負いながらも日本一は大須賀万左衛門ぞとわめきつつ槍を払い、かいくぐり、そのあたりを駈けまわったが、不意に様子がかわった。

身が、軽くなった。

天へ飛んでいる。雲間の月まで飛んでゆくのかとおもうほどのはやさで翔《と》びにとんでいるのだが、これは万左衛門がこの世でやってのけた最後の錯覚であるかもしれなかった。かれは石垣から落ちつづけていた。やがて内濠《うちぼり》の水ぎわに体をたたきつけ、巨《おお》きな水音をあげた。あとは骸《ぬけがら》になり、しずかに沈みはじめた。もう、あくせくと生きてあがかねばならぬ苦労というのは、

——仕舞か。

と、まだこの虚空を翔びつつある万左衛門の意識のほうは、晴れやかにおもった。あれほどあくせくと生きねばならなかった地上の頃の自分が、ふしぎでならなかった。

翌日は、めずらしく晴天であった。

相変らず、例の掘割の普請場のあたりでお義以がすわり、むしろに鍋《なべ》をならべている。

手拭《てぬぐい》を庇《ひさし》にして顔をおおい、心持うつむいている姿も、いつもとかわらない。

——きいたか。

と、早耳の男が、土工たちをつかまえて、けさ、お城の濠に牢人の水死体があがったといううわさをしていたが、お義以の姿勢はかわらない。

万左衛門が、むしろの前に立っている。

やがてしゃがみこみ、どの鍋が欲しいというのか、そこらあたりの鍋の尻《しり》をなでては考えこんでいる。

むろん、お義以にはみえない。

そこにいるのは、万左衛門の意識のほうである。体のほうは、ここより十数丁むこうの御城の濠ばたでむしろをかぶって臥《ね》ている。

「おぎい」

と、万左衛門はやがていった。

「もっと、小鍋はないか」

（「小説新潮」昭和四十四年四月号）

貂《てん》の皮

播州宍粟郡《ばんしゅうしそう》の山中で三つばかりの渓流《けいりゅう》が合うと、揖保川《いぼ》になる。ながれのはやい川で、ここからは播州平野という竜野《たつの》の町までできても、川の瀬々にはたえず波がしらが立っている。

竜野には、朝夕、深い川霧がたつ。そうめんも産する。さらには脇坂《わきざか》氏五万一千石の旧城下として知られている。いまは城郭はのこっていないが、城があったころは、白壁のよく映る景色であったであろう。

脇坂氏は、豊臣系の大名である。徳川時代にも生きのび、維新までつづいた。が、べつに歴史などはうごかしたこともない。うごかそうとおもったこともないにちがいない。

十一代将軍家斉《いえなり》のころ、

「また出たと坊主びっくり貂《てん》の皮」

という落首《らくしゅ》が、江戸で評判になった。というのは、そのころの脇坂氏の当主が淡路《あわじの》守安董《かみやすただ》という人物で、このひとは二十三歳というわかさで寺社奉行になった。そういう時期、寺院が腐敗し、僧房が淫靡《いんび》をきわめているという風評があったので、この能吏はそれを調査し、ことごとく剔《えぐ》りだして処分し、日本中の僧侶《そうりょ》の胆《きも》をひやさしめた。この彼がのちおなじ寺社奉行に再任したとき、「また出た」と僧侶たちはふるえあがった。川柳は、それを諷《ふう》している。

「貂の皮」

というのは、ちょっと説明が要る。脇坂の殿さまが行列の前に立ててゆく二本道具(二本の槍《やり》)のさやが、右がおすの貂の毛皮、左がめすの貂の毛皮で、黄色の毛なみがあくまでもあざやかで、江戸や東海道すじにすむ庶民にまでこのみごとさが知られており、「貂の皮」といえば、それだけで脇坂氏の代名詞になった。この貂の皮の槍ざやは、初代脇坂安治《やすはる》からずっと世襲されている。ついでながら貂とは、いたち科に属し、いたちよりはるかに大型である。毛は夏に黄いろく、しだいに暗褐色《あんかっしょく》になる。ねずみを捕る。捕るとき、貂はさわがない。えものをじっと見すくめるだけであり、ねずみはこの動物によって呪縛《じゅばく》されたようにうごけなくなる。

貂によって象徴される脇坂氏は、豊臣・徳川の諸大名のなかまでは、ごくめだたない。あくまでも貂のように小動物であり、めだたぬことを本領にしているようである。

二代目の脇坂安元、号は八雪軒《はっせっけん》というひとは、関ヶ原から大坂ノ陣、徳川初期にかけてのころのひとだが、この時代にはめずらしく和歌に長じていた。三代将軍家光の寛永年間、幕府はたいそうな調査事業をした。諸大名や旗本の系図を編纂《へんさん》することであり、いかにも泰平の世らしいひま仕事である。ところが徳川大名の氏素姓などはまことにあやしく、その始祖のほとんどは戦国の風雲に乗じてのしあがった卑賤《ひせん》の徒である。しかし大名ともなればそうは言えず、適当にうその系図をつくりあげて幕府にさしだした。大名だけでなく、この幕府事業によって寛永から寛政期にかけて系図つくりが流行し、百姓・町人までが系図を創《つく》ったりした。遠祖は源氏、または藤原氏などという日本人の家系図の九割以上はうそであるが、そのほとんどはこの時代に創作された。脇坂も、作らねばならない。幕府の学問所の長官である林大学頭《だいがくのかみ》が、それを代作してくれる。によって大学頭は、あらかじめ脇坂八雪軒を江戸城内でつかまえ、

「貴家のご遠祖は、源氏でござるか、あるいは平氏、または藤原氏でござるか」

と、予備調査のつもりできいた。

「私のほうでは、遠くは藤原氏より出たということになっております」

と、八雪軒は答えた。そうなっているというだけで、藤原氏でござる、と断言しな

いあたり、八雪軒というひとの人柄《ひとがら》がうかがわれる。ところで藤原氏という公卿《くげ》の大流は、遠いはるかなむかしに、北家《ほっけ》と南家にわかれたということになっている。そこで、林大学頭にすれば脇坂氏は藤原北家の出か、藤原南家の出かということをきいておかねばならない。かさねてそれを質問した。

「書きましょう」

と、脇坂八雪軒は料紙をひきよせ、即興の和歌を一首かいた。

「北南《きたみなみ》それとは知らぬむらさきのゆかりばかりは末の藤はら」

そんなことは知らぬ、まあまあ何かの因縁があって末の藤原を称しているだけのことなのです、そのあたりはよろしくねがいます、という意味である。

さて、この八雪軒の父が、脇坂安治。

甚内《じんない》。

これが、通称である。この脇坂甚内こそ、戦国の風雲に乗じてささやかながらも一軒の家をおこした。藤原北家であろうが南家であろうが、血統などはひま人の談義であり、血は血でも、甚内は槍の血みぞの血のしたたりから脇坂家を立てあげたといっていい。血統といえば、若いころ甚内は、おれは源氏であると称していた。

近江《おうみ》の出である。

——わしは、近江の浅井郡脇坂庄という在所の出である。

と、甚内は称していたが、近江に脇坂庄というような地名はいまは残っていない。おどろくべきことに明治以前にもない。戦国期にもあるいはなかったかもしれない。村内だけで通用する坂の名称で、たとえば「藪《やぶ》の横の脇坂」といったふうなのがあったかもしれない。いずれにせよ近江では、この村は脇坂中務少輔《なかつかさしょうゆう》安治さまのご出身の村である、という言いつたえをもっている村は、一カ村もなさそうである。近江にいたころの甚内の身分のひくさがわかる。

もとは、六角《ろっかく》氏（佐々木氏）の家臣だったという。六角氏は京極《きょうごく》氏とともに近江の室町大名で、筋目がただしい。ところが尾張に織田信長が勃興《ぼっこう》して近隣を斬《き》りとり、やがて京を制すべくその通路の近江を獲《え》ようとし、信長は大軍をもって六角氏のこもる観音寺城をかこみ、火の出るように攻撃した。この攻撃側の織田軍に甚内の父親が加わっていたのである。寝返って敵についたのだが、寝返っても文句の出場所もないような、敵味方の話題にもならぬひくい身分であった。野伏《のぶせり》かもしれなかった。この父は外介《げすけ》と言い、この観音寺攻めのときに戦死した。

残された甚内は、まだ十四歳でしかない。

「これからの世は、織田氏だ」

と、亡父の仲間から教えられたが、かといって織田信長の直参《じきさん》になるわけにもいかないから、部将の明智光秀の手に属した。家来ではなかった。「陣借り」というものである。牢人《ろうにん》分で身を寄せ、合戦のときだけ戦場にあらわれて手柄をたてる。要するに、野伏である。甚内は、亡父があつめておいた十人ばかりの稼《かせ》ぎ人をつれて、あちこちの戦場に出た。

「なんだ、汝《うぬ》は桔梗《ききょう》の紋をつけているではないか。先祖からのものか」

と、大将の光秀が、あるとき、戦場でこの若者の定紋《じょうもん》をみておどろき、わざわざ声をかけてくれた。桔梗紋といえば美濃《みの》の土岐《とき》源氏の紋章で、天下にひびいている。土岐氏の支流の明智氏の出である光秀も当然ながらこの定紋であり、明智の軍旗も、水色桔梗が染められていた。

「へい、先祖からのものでございます」

と、少年はいったが、むろん怪しい。しかし光秀はふかく詮索《せんさく》せず、それ以後はなんとなくこの少年を記憶のはしにとどめてくれるようになった。

もっとも当方が野伏である以上、関係はそれ以上には進まない。それだけであった。

合戦がないときは、甚内は近江に帰って具足などを繕っている。小兵《こひょう》だが、すばしこくて大人以上の力があり、それに敵と闘うということが、すこしもこわくない。いい戦士をつくるには年少から戦場を経験させるといいというが、甚内がそれであった。ねずみのような用心ぶかさと、いたちのような獰猛《どうもう》さを自然に身につけ、戦場でのかんのよさはかれの生涯《しょうがい》のもち味になった。とくに敵味方の強弱についての洞察《どうさつ》眼は抜群といっていい。ただ野伏の世界で成人しただけに、忠誠心というものだけは身についていない。

そのうち、近江の様子がかわった。

近江の北半分の領主である小谷《おたに》城の浅井氏が織田氏と断交し、戦いがはじまった。が、光秀はこの方面の担当ではない。光秀が信長から命じられているのは丹波攻略であり、北近江攻略は当時まだ木下藤吉郎といった秀吉であった。

「そっちのほうへゆこう」

と、甚内が仲間をあつめて言ったのは、むろん木下藤吉郎という織田家の部将の将来を見抜いたわけではない。近江者にとっては近江の戦場で働くほうが地理感覚という点で有利だとおもったにすぎない。ただそれだけであったが、人間の運不運というのははかりしれない。このとき光秀についていれば脇坂家などという大名は歴史に存在しなかったにちがいない。

甚内は、秀吉をたよった。秀吉は光秀とちがい、けたちがいに大度《たいど》な男で、陣借りなどはさせず、

「わしは近江衆がすきだ、手もとで働け」

と、いってくれた。秀吉は、この敵地である近江の人心を得ようとしていた。侵入者である織田家の大将が、近江人がすきでいかほどでも召しかかえるといえば、人心は、この近江の地生《じば》え大名である浅井氏をすてて秀吉のほうへ奔《はし》る。秀吉はさらに、氏素姓などは問わない。ついでながらおなじ織田家の大将でも光秀は、多少門地がやかましい。光秀自身、壮年のころ流浪《るろう》したとはいえ、もとは美濃の名流の出である。その配下には美濃閥がはばをきかせている。そこへゆくと秀吉はえたいの知れぬあがりであるため、家の子郎党という者すらない。秀吉はむしろそれを欲しがった。

「おまえは、こどもか。こどもなら、わしの陣屋で台所めしでも食え」

と、秀吉はいった。

ついでながら、秀吉は三万五万の軍勢をうごかしているが、そのことごとくは織田家からの借りもので、身分こそちがえ、織田侍という点では秀吉の同僚であった。秀吉は自分の家来を欲した。欲したが、この段階では秀吉はじめ織田家の諸将には領地

というものがない、領地がなければ、家来をめしかかえられない。

「台所めしを食え」

といったのは、せいぜいそういう待遇しかできなかったのである。秀吉はこういう少年を多くあつめて、「床几《しょうぎ》まわり」とよばせた。親衛隊士である。甚内と前後して「台所めし」の待遇にありついた少年に、尾張出身の加藤清正、同福島正則《まさのり》、近江出身の石田三成らがいる。

近江の戦乱が片づくと、秀吉は信長から北近江三郡をもらい、長浜に城をきずいてはじめて大名になり、羽柴筑前守《はしばちくぜんのかみ》と名乗った。それにつれて床几まわりの少年たちも知行取りになり、羽柴家の家士になった。

信長は、琵琶湖《びわこ》畔の安土《あづち》に南蛮風の城郭思想をとり入れた巨城を設計《なわばり》し、まず石塁をきずくべく大小の石を配下の大名たちに割当てて馳走《ちそう》させた。石馳走は諸大名たちの競争になった。こういうことになると、秀吉はぬけめがないうえに、地の利をえている。秀吉はこの時期、姫路城を前線基地として播州から中国にかけて経略を担当していたが、その海岸には家島《えじま》群島などがあり、良質の花崗岩《かこうがん》がきり出せる。秀吉は合戦のあいまをみてはとびきり大きい石塊をきりだして、つぎつぎに安土へ送った。その石は、海路運ばれ、摂津西宮の浜に揚陸される。その浜で築城奉行の丹羽《にわ》長秀の配

下の者にひきわたされるのだが、丹羽家の者が、

——ちくぜん（秀吉）のみに功をさせてよいものか。

と、この石の荷札をすりかえ、丹羽長秀のものとして輸送した。山崎街道ぞいの水《み》無瀬《なせ》のあたりまできたとき、姫路から秀吉の用で安土へむかっていた脇坂甚内が、石の荷駄《にだ》に追いついた。

甚内は、この石に見覚えがある。念のため近づいて刻印をさぐると、それがのみで欠きとられていた。まぎれもない。甚内は、とびあがってさわいだ。

（もっと騒げ）

とおのれをはげました。街道には、往来中の織田家の武士、飛脚、旅の僧、商人などがいる。騒げばあつまってくる。それらをのちの証人にしなければならない。

さらには、口だけで抗議すれば、相手は口で応答するだけで、なんの役にもたたない。甚内は機先を制しようとした。剣をぬいておどりあがるなり、石を縛りあげている綱という綱を切って放した。勇気が要った。なんといっても甚内は小者一人しかつれていない。石の荷駄方は、侍一人に足軽十人、人夫は百人ほど居る。

当然、それらが怒りだし、手に手に丸太をふりかざしてせまったが、こどものときから戦さばに馴《な》れている甚内は、こういう場合の行動には思案が要らない。本能のよ

うなものがかれを走らせた。走っていきなり頭《かしら》だつ侍に抱きつき、首すじを掻《か》いよせ、剣先をその胸もとにあてて、

「騒ぐな。さわぐと、うぬらの主《しゅう》を殺すぞ」

と言った。ここまでならたれにでもやれることだが、甚内は、このいけどりの侍をこのままの姿勢で姫路へつれて帰ったのである。姫路まで、近くはない。二日かかる。剣を擬したままこの容疑者を姫路までつれてゆくなど、常人では考えられぬほどの執念ぶかさである。姫路までつれ帰って秀吉の前で黒白を決しないと、このあらそいは単に私闘になる。黒白さえ決すれば相手は石盗人になり、甚内はそれを召し捕ったという大功を得る。甚内は、功名というものの胸倉をつかまえているようなものであった。乱世の稼ぎ人というものは、そういうことにしぶとい。

捕えられた男は、ただの男であった。七里も歩きつづけると悲鳴をあげ、甚内、わしは逃げはせぬ、たのむ、はなしてくれ、といった。こういう男は、結局は乱世では失落する。

「わしも楽ではない」

と、甚内は答えた。かれとしてはこの功名のたねを放すことは金輪際《こんりんざい》できない。しかし生かしたまま道中することは甚内も足がもつれるし、疲労も大きくなる。

——いっそ、首にして運ぶか。

そのほうが持ちやすいであろう、と甚内はべつに相手をおどすわけではなく、おのれ自身の問題として考え、思案がまとまらずにしきりとつぶやいた。このつぶやきをきいて、相手は慄《ふる》えあがってしまった。甚内、わるい料簡《りようけん》を出すな、わしは石を盗んだとみとめているのだ、ちくぜんどのに見参《げんざん》してあやまろうとおもっている、わしを殺すと、ちくぜんどのとわしの主《しゆう》とのあいだで悶着《もんちやく》がおこるぞ、かるはずみすな、と言った。

(それもそうだ)

悶着をおこしては、わが功にならない、と甚内は内心なっとくした。功が、すべて思考の基準であった。

甚内は、栗の実のような顔をしている。

「栗の甚内」

と、仲間うちでいわれた。顔の色も栗色であり、小兵ながら手足の肉は栗材のようにかたく、両眼が休みなくうごき、つねに油断がない。ついに姫路までの二日行程を、甚内は一休みもせず、寝もせず、相手にもむろん寝かせずに連れて帰った。

「ようやった」

と、秀吉がほめたのは、甚内が盗まれた石をとりかえしたということではない。甚内がそれを報告したあと、丹羽どのと悶着があってはまずいということで、

「おねがいがございます。この者をお罰しくださいますな。おゆるしが出ればそれがしとしてはいま一度、この者をつれて安土へゆき、丹羽どのに謁《えつ》し、丹羽どのにもこの者の罪の軽からんことを願いあげるつもりでございます」

といったからである。丹羽長秀もそのようにされれば秀吉に恨みは持つまい。甚内はそこまで考えをめぐらせた。

——甚内は、物頭《ものがしら》になれる男だ。

と、秀吉はあとでそういった。向うっ気だけでなく思慮がある、とみたのである。つねに褒賞《ほうしょう》を即時にきめる秀吉は、当時百石の知行取りであった甚内に五十石を加増した。

その男は命こそたすかったが、その前後において大苦労をさせられた。甚内は姫路で一泊もせず、その足で丹羽長秀に会うべく安土にむかったのである。むろん男を連れていた。男は疲れきっていた。甚内は不眠不休で安土へゆき、長秀に謁し、どうかこの男の罪をおゆるしくださいますように、と嘆願した。長秀はにがい顔で、

「もう、罰は済んだようなものだ」

と、いった。白洲《しらす》にすわっている男は息もたえだえなほどに疲労していた。

甚内は、はねっかえりでもある。

秀吉が播州三木城を兵糧《ひょうろう》攻めしていたとき、寄せ手の将兵は長陣《ながじん》で士気が懶《だ》れはじめた。たれかに目のさめるような武者ぶりをさせて士卒の競争心をあおらねばならないが、かといって敵城は固く、うかつに寄せては命があぶない。そうしたある日、

「どうだ、この母衣《ほろ》」

といって、秀吉はあざやかな紅色《べにいろ》の母衣をとりだしてみせた。輪違《わちがい》の紋が染めぬかれている。織田家にあっては母衣を拝領するというのは一つの資格で、母衣衆になるということであり、よほど屈強の者でないと選ばれない。

「この母衣ほしくはないか。ほしい者にくれてやる」

と、いった。ほしい、といえば要するに母衣に見合うだけの武功を公約することであり、公約はいいが城攻めにあっては妙な武功あせりはかえって命をおとす。それに、いまひとつべつな謎《なぞ》を秀吉はかけている。武者が母衣をかけて戦場にむかうのはきょうは死ぬという覚悟をきめたしるしとされている。それが慣習であった。となれば、秀吉のなぞは、「たれぞ、この母衣をかけて死狂《しにぐる》いのいくさをしてみる気はないか」という意味でもあった。

みな、さすがにひるんだ。が、脇坂甚内はまずひざをたたいて自分の存在をしらせ、さらにそのひざをすすめて秀吉の面前で叩頭《こうとう》し、両手をさしだした。

「甚内か。やるか」

やるつもりである。戦場で生きながらえるのが武者の道だが、しかしときに死を賭《と》して運を購《あがな》わねばならぬことも、少年武者あがりのこの男は知っていた。その翌日から、足軽どもに弾よけの竹束を城壁ちかくまですすめさせ、城内をののしってはしきりに挑発《ちようはつ》した。三日目に一騎の武者が出てきた。甚内はそれと激しく打ちあってついに突き伏せ、帰陣した。

この間《かん》、明智光秀がうけもっている丹波攻略が信長の予想した以上にながびいている。丹波は、山国である。山間の小盆地にはかならず一豪族がすみ、山にはかならず砦《とりで》がある。そういう山塞《さんさい》豪族が連合して波多野《はたの》氏を国主とあおいでおり、平地戦を得意とする織田勢に対し、有効な山岳戦を展開してきた。その丹波豪族のなかでの最大の存在が、船井郡、氷上《ひかみ》郡などにいくつかの城塞をもつ赤井直正であった。直正は悪右衛門というあだなで尾張にまできこえた人物であったが、すでに老い、しかも背中にようといわれる悪性の腫物《はれもの》をわずらい、防戦の指揮もはかばかしくない。

「悪右衛門は死ぬだろう」

というわさが、丹波のとなりの播州作戦をしている秀吉の陣にまできこえていた。信長は、丹波作戦のはかのゆかなさにじれていたが、ついに秀吉へ使いをやり、播州のがわから丹波の側面をつく作戦をおこなうよう命じてきた。要するに、光秀に援軍を送れということである。

「甚内、われがゆけ」

と、秀吉はいった。秀吉にすればこれほど魅力のない作戦はない。秀吉自身播州で忙殺されており、丹波の光秀に人数を割いてやるゆとりがないばかりか、丹波作戦がうまくいったところでそれは光秀の功になる。結局、甚内程度の者に三百ばかりの人数をつけて丹波へ送ることにした。

「甚内、策をさずけてやる」

と、秀吉は赤井悪右衛門のことをいった。悪右衛門に対し、抵抗の無意味さを説け、かれは死病で心も弱まっているはずだ、子孫をひきうけてやるといえば城をひらくかも知れない、と秀吉はいう。

が、それには悪右衛門が籠城《ろうじょう》する城へ甚内が乗りこまねばならぬのである。十に九つまでは命をとられるだろう。

「甚内、それをやるか」

と、秀吉がいったが、甚内はさすがにだまっていた。みすみす敵に首を授けにゆくことはあるまい。が、秀吉は、

「甚内」

と、余人にはきこえぬほどの声でささやいた。

「甚内は城をもつ身分になりたいか。なりたければやれ。人の一生には刃物の上を渡ることを一度や二度せねば人がましくなれぬものだ。自分の運を信ずることだ。わしもそれでやってきた」

甚内はかしこまって承《う》けた。

出かけた。

まず悪右衛門の守城である黒居山に矢文《やぶみ》を射こんだ。その文面は羽柴筑前守の家来脇坂甚内がとくに謁したい、昼未《ひつじ》ノ刻、平装で大手門前に馬を立てる、というものであった。

返事は、ない。

が、甚内はその刻限に出かけた。このときこの男の衣服につけた紋は、かつての桔梗ではない。母衣に染めぬかれていた輪違紋で、これが脇坂家の定紋になった。

山をのぼって城門までたどりつくと、矢狭間《やざま》から鉄砲がのぞいている。ことごとく

甚内に照準されていたが、撃ちはしない。甚内は、城門をたたいた。

「こちは、甚内と申す者。あけられよ」

小声でいうと憚えがめだつため、張りさけるほどの声をあげた。城の奥の病室にいた悪右衛門は、この甚内の大胆さが気に入ったらしい。門をあけさせ、郎党に案内させて本丸内の居室で対面した。

——これは、よほどの器量人だ。

と、この悪右衛門をひと目みたとき、おもった。道具だての大ぶりな顔で、皮膚は赤く、眉《まゆ》が濃いが両眼は婦人のようにやさしげで、まぶたがゆるゆるとまたたいている。甚内は秀吉につかえ、その主の信長という人物も知ったし、のちに家康にも昵懇《じっこん》したが、しかしいかにも英雄らしい神韻《しんいん》を帯びた相貌《そうぼう》をもっていたのは、丹波の山奥の豪族であった赤井悪右衛門だけであった、と晩年まで語った。

暑いころで、蟬《せみ》しぐれがやかましい。甚内は丁寧にあいさつしたあと、相手の血色のよさを嘆賞し、

「ご病中とはおもえませぬな」

というと、この顔か、これは熱で浮いておるのよ、と悪右衛門はおだやかに言い、

「背一面が腐りおってな、もはや余命はいかほどもあるまい」

と、敵の使者に対して手放しの正直さでいったのには、甚内のほうがうろたえるほどであった。

ついでながら、赤井家は丹波では源平いらいの家で、ここ数代船井郡を領し、国中でも「赤井の政所《まんどころ》」と敬称されている。悪右衛門は年少のころ舅の荻野《おぎの》某を攻め殺してその城を奪ったため悪といわれたが、悪は強悍《きようかん》、という意味にも通じるため、もと右衛門尉《えもんのじよう》といったこの男が、みずから称してこの悪を名乗りに用いるようになった。甚内もそうきいているだけに、

「どのようなお人かとおもいましたのに、意外や」

と、相手のふんいきにつりこまれて、そういった。

悪右衛門も、かすかに笑った。この若僧の無邪気さが気に入ったらしい。

「ところで、なにを口上するためにみえた」

(口上。……)

つまり降伏勧告の口上を言わねばならないが、しかしこの涼やかな座敷に土足で踏みこむような言い方がどうにも言いづらく、それはゆるゆると申しあげましょう、と小声で言い、そのあと自分でも思ってもいなかったことをいってしまった。

「それがしは若うございます」

いきなり、言う。

「物事にも稚《おさの》うございます。殿のようなお人にめぐりあえたのを幸い、武辺のお話やら昔ばなしなどを伺い、おのれのみちしるべに致しとうございます」

(妙なことをいった)

と、言いおわってから、甚内は叫びだしたくなるほどに後悔した。敵に媚《こ》びている。というより、悪右衛門のもつ威厳のようなものからのがれるには、相手を突き殺すか、いっそすべてを投げだして媚びるしかないとおもった。甚内は、後者をとった。が、悪右衛門はそれを媚びとはうけとらず、

――少年愛すべし。

とおもった。そうであろう、敵城にひとり乗りこんできて、敵将から人生教訓を聴こうなどという芸当は、古来やった者があるまい。

ところでこの甚内がやったふるまいは、悪右衛門のこの時期の心境にいかにも適《かな》っていた。

悪右衛門は齢五十、一時は波多野氏から委嘱されて丹波三郡の支配をしたこともあったが、いまはすでに運の数《すう》がつきはてたことを知っている。さらには、ようは死病であった。死がさきか落城がさきか、いずれにせよ前後してやってくる。悪右衛門は

そのことを毎日考えている。

「五十年は、みじかい。みじかすぎる。またたくまであったように思える」

と、悪右衛門はいった。この男は、その運と寿命がおわるにあたって、自分の生涯《しょうがい》についてなにごとかを誰かに語りたかった。その語る相手が、自分の縁者や家来でなく、敵であるという点がこの光景の度はずれて奇妙なところである。しかしふりかえっておもえば、敵である脇坂甚内だけが聴き手として適格者であった。なぜならば味方はこの丹波の山中でほろぶ。敵に語り残しておけばその語り草は世間に息づき、語り継がれて残るであろう。その世間への唯一《ゆいいつ》の窓が、いま単身とびこんできたこの脇坂甚内だったわけである。

「ふりかえっておもえば、わしの生涯には妙なところがある。この五十年のあいだ、わしはこの丹波一国の山襞《やまひだ》のあいだにうごめいているばかりで、一度も天下をねらおうとおもったことがない。天下どころか、波多野氏を蹴崩《けくず》して丹波の国主になろうとしたことすらない」

なるほど、それは奇妙といえるかもしれない。悪といわれたほどにこの強悍な男が、しかも乱世にうまれて一度もそういう野心をもったことがないというのはどういうことなのか。

「理由はひとつだ」

と、悪右衛門はいう。人が欲するのは富貴であり、それを望んで身をおこすべく努めるのだが、しかし不幸なことに富も名誉も自分にはうまれながらにしてあった。赤井家は、山国の小屋形《こやかた》ながら四百年以上もつづいた家で、氷上郡や船井郡あたりの在所々々では、この家を尊ぶことははなはだしい。その家の根太《ねだ》も乱世でゆるみはじめた。わしの兄に兵衛大夫《ひょうえだゆう》家清という者があり、これが多病なためにわしは兄を援《たす》けつつ家の安堵《あんど》のため年少のころから百二十たびも戦った。兄が死ぬとき、わしにその子の忠家という者を托《たく》した。いまの当主がそれだ。忠家はまだ幼く、わしを天にも地にもかけがえのない庇護者《ひごしゃ》として頼っている。ついつい頼られ冥加にいままでやってきたが、いわばそういう田舎神楽《いなかかぐら》の狂い舞がわしの一生よ、といった。

「甚内」

と、悪右衛門は話題を転じ、甚内の紋所をみながら、

「輪違紋とみたが、遠祖は藤原の北家か南家か、それとも秀郷《ひでさと》流か」

と、問うた。甚内は秀吉からもらった母衣の紋を自分の紋にしただけで、この問いには答えることができない。だまっていると、悪右衛門はかさねて、

「素姓は?」

と、きいた。甚内は息を吸い、顔を赧《あか》らめつつ、

「野伏同然の素姓でござる」

と、思いきっていうと、悪右衛門は何度もうなずき、それがいい、なまじい素姓のある者は手足も心も素姓にしばられてうごきがとれぬ、織田殿の軍勢のつよさは、織田殿じたいの素姓のわるさもさることながら、配下の衆が田夫野人《でんぷやじん》の分際から身をおこし、みなおのれの腕だけがたよりに世間へあがきのぼろうとしていることによるものだ、家柄《いえがら》に縛られた丹波の国衆などは、この赤井一族のごとくほろびざるをえぬ時代にきているらしい、といった。

甚内は、降伏開城を説いた。この方面の寄せ手の大将は明智日向守《ひゅうがのかみ》でござるが、丹波では脇備えとはいえ、織田殿の信任のあついそれがしあるじ羽柴筑前守が身の功に代えてもご一身のご安全はうけあい申す、と申しております、ぜひそのように御決意を、というと、悪右衛門ははじめて声を立てて笑い、

「そこが、ちがうのだ」

と、声音《こわね》まで別人のように朗らかになった。ちがう、というのは田夫野人のあがりとはちがう、という意味である。田夫野人というものはしょせんはおのれ一人の進退ゆえ、裏切りもすれば寝返りも打ち、それについて世間もあれはあのような男よ、と

なんとも思わぬ。が、この赤井悪右衛門は累代《るいだい》四百年の弓矢の家である赤井家の名誉を背負っているため、もし進退潔《きよ》からざれば祖霊をけがすことになる。「はっきり申しておくが、この赤井悪右衛門は、いかに利をもって誘われようとも寝返りはせぬ。ましてや、わが身愛《いとお》しさに敵の軍門に命乞《いのちご》いして城をひらくようなこともせぬ。このあたり、甚内のような家名を背負わぬ男にはわからぬところだ」と、ひらきなおったような高調子でいった。

（昂《たかぶ》ったことを）

と、甚内は心外におもったが、しかしふしぎに不愉快さは感じない。甚内は重ねて、いった。

「なるほど赤井家は清和源氏頼季流の名家であられますが、しかし一朝の潔さを誇らんがために累代のお血すじが絶えるということについては、いかがおぼしめす」

「むずかしい」

悪右衛門は、不意に顔をあげた。

「いっそ、たすけてくれるか」

待った、わがいのちではない、兄家清の子忠家のことである、これをたすけてくれるか、さらにはゆくゆく羽柴殿のもとで一家を立てさせて貰《もら》えればありがたいが、といった。

「そのこと、身に代えても」

と、甚内はうなずいた。

悪右衛門は居ずまいを直して、甚内に頭をさげた。が、かんじんの城をひらくことについては言い出さず、立ちあがって三方《さんぼう》に物をのせ、やがて座にもどって、

「これは、礼だ」

といって甚内のひざもとに進めたのが、世にひびく赤井の貂《てん》の皮の指物《さしもの》である。

悪右衛門は、その由来を物語った。

足利尊氏《あしかがたかうじ》のころ、赤井家の当主は刑部少輔《ぎようぶしようゆう》景忠といった。景忠は尊氏が丹波篠村《しのむら》八幡宮で旗あげをして以来これに従い、各地で軍功をたてたが、あるとき丹波大江山に狩をし、洞窟《どうくつ》をいぶらせたところ、奇獣が走り出てきた。景忠は手わざの早い男で、すばやく手づかみにし、その場で首の骨をへシ折って殺すと、ついでめすもとびだしてきた。景忠は同様にしてこれも捕殺したが、たれもこの獣の種類を知らない。霊獣かもしれぬということで城の乾《いぬい》のすみに首塚をつくって祀《まつ》り、その皮を毛皮にすると、ほそながい嚢《ふくろ》のような姿になった。赤井家ではこのふくろを、太刀などをおさめてつかっていたが、その後数代、さまざまの奇瑞《きずい》がおこった。「この貂の皮こそ赤井家の

武運の守り神ではあるまいか」ということで、家重代《じゆうだい》の宝として尊ばれるようになり、やがてこの家を相続する者が、相続権の形代《かたしろ》として代々うけつぐまでに神格化された。それが悪右衛門の代にいたって、はじめてかれが弟の身ながら、兄からこれを譲りうけた。悪右衛門はこれをよろこび、戦場に出るときは指物として背負った。

「わしは、自分の五十年の生涯でこの貂の皮という家宝を兄から譲りうけたときほど、うれしいことはなかった。これを嗤《わら》うか」

と、悪右衛門はいった。たかが田舎豪族の家宝である。それを弟の分際で譲りうけたというだけでそれほどうれしいものか、このあたりの感情は家を背負わぬ甚内にはわからない。が、悪右衛門にとっては、その生涯の舞台は丹波以外になく、その丹波のうちでも赤井家とその一族以外になかったことをおもえば、貂の皮というのは、たとえば源家における重代の鎧《よろい》である「源太ヶ産衣《うぶぎ》」に相当するものであり、悪右衛門のよろこびはわからぬでもない。

（これが、その貂の皮か）

三方の上に、折りたたまれている。甚内は悪右衛門のゆるしを得て、それを膝《ひざ》の上でひろげてみた。思ったより長大なものである。しっぽまでふくめると、四尺はあるであろう。金毛をふくんだ毛皮はいささかも色つやをうしなっておらず、こころみに掌でなでてみると、毛がさざなみだち、すずめの柔毛《にこげ》をくすぐるようにやわらかい。温か味がある。撫《な》でるにつれて温かみが増し、この貂のめすは生きているのではないかとさえおもわれた。

「この貂には、たしかに霊気がある。霊験《れいげん》もある。わしはそれを知っている」

と、悪右衛門はいった。

「赤井家の武運も末になった。貂の霊験がおとろえたのではあるまい。運が衰えれば貂の通力《つうりき》といえどもおよばぬのであろう」

この貂の皮が落城の火で灰になるのはなんとしても惜しい、惜しいがゆえにゆずる、甚内もこの貂によって武運が憑《つ》くにちがいない、と悪右衛門はいう。

が、甚内は不審である。

「これは、めすでございますな」

「めすだ」

「すると、おすのほうは？」

一番《ひとつがい》でこそ、赤井の貂の皮といわれる重宝になるのではないか。めすだけでは霊験もあるまいとおもいつつ、勇を鼓して、いっそ、おすのほうをも頂くわけには参りませぬか、といってみると、悪右衛門はだまっている。しばらく目をつぶっていたが、

やがて、

「おすの貂は、まだまだわしの背に居たがっている。もしほしければあす、卯《う》ノ刻、槍《やり》さきでとってみることだ」

といった。甚内は、考えた。

——あす、午前六時《うのこく》、槍さきで。

という言葉は重大であろう。悪右衛門は降伏はせず、城門をひらいてうって出、死に花を咲かそうとおもっているのにちがいない。しかもあす夜明けの卯ノ刻という時刻まで教えてくれた。甚内としてはその刻限に濠《ほり》ぎわへ進出する、待つ、戦う、悪右衛門を突き伏せてその首とともにおすの貂をうばう、それだけでよい。

甚内は悪右衛門に感謝し、城を辞した。夜がふけたころ、城から悪右衛門の兄の子忠家が落ちてきた。甚内は鄭重《ていちょう》にあつかい、護衛をつけて播州の秀吉のもとに送った。忠家はのち秀吉から播磨美囊郡《はりまみなぎ》で千石をもらって馬廻役《うままわり》をつとめ、のち家康からも恩をうけて大和十市《とおち》郡のうちで千石をもらい、この家系は江戸の旗本としてつづいた。

翌朝、卯ノ刻、甚内は濠ぎわに三百人の兵をすすめ、弾よけの竹束のかげに折り敷いて待つうち、城壁の矢狭間《やざま》という矢狭間が鳴動して銃声があがり、城門が八ノ字にひらかれたとみるや、五百人ばかりの丹波兵が打って出た。

（まずい）

と、甚内は狼狽《ろうばい》した。明智方に連絡しなかったため味方は甚内一手の三百人しかない。敵は予想に反して五百人という多数であり、それが足軽にいたるまで死を決している。この黒煙りの立つような死兵を前に、とうてい三百人ではふせげそうにない。たちまち突き崩された。

ひくな、ひくな、と甚内は馬を輪乗りしつつ、わめき、叱《しか》り、乱軍のなかを駈《か》けまわるうち、幸い明智勢が応援にかけつけた。そのため赤井勢がひるんだすきにいくさ馴《な》れた甚内はすかさず槍を突き入れ、突きすすみ、悪右衛門のそばに近づいた。

悪右衛門は、白ラシャに雲竜をえがいた陣羽織を着、例の貂の指物を背負い、背のいようが痛むのか、馬をゆるゆると乗りまわしている。

「やあ、甚内」

と、甚内をみとめるや、槍をあげて駈けよってきた。甚内も馬腹を蹴って駈けさせ、やがて槍を突き出した。その槍先を悪右衛門はかるくたたいて流し、そのまますするすると馬を寄せてきて甚内の手もとにつけ入り、その具足の袖《そで》をつかんだ。甚内は、覚えず引きよせられたが、かろうじてふんばった。槍をすてた。相手に抱きついた。おのれの重みをかけると、悪右衛門は病でよほど衰えているのか、朽ち木が倒れるようなもろさで横倒しになってゆき、やがて落馬した。甚内は遅れて落ちたためにごく自然な勢いで相手を組み伏せるかたちになった。悪右衛門は、大ノ字にねている。

「甚内、早う獲《と》れ」

獲れ、とはおのれの首のことである。しかし、無抵抗であった。甚内はひるんだ。これでは討つのではない。殺すにひとしい。

が、悪右衛門は、甚内のひるみを察した。

「若僧っ」

わめいた。

——この悪右衛門を、憐《あわ》れむか。

いい、しんから恚《いか》っているのは、その形相でわかる。甚内程度の小僧に赤井悪右衛門ともあろう者が同情をうけるのは、堪えられることではない。この時代、戦場に出る男どもは、そういう名誉心だけで生きてきた。悪右衛門は、志を変えた。

「やめた」

と、いった。首を授けることは、である。本気だったろう、言うなり、悪右衛門はすさまじい力でもって甚内の体をはねあげた。ころがった甚内は、ぶざまに空を見た。その空いっぱいに悪右衛門の顔が覆《おお》ってきて、甚内ののど輪をせめた。締め殺すつもりだった。げんに、悪右衛門は宣告した。

――匹夫《ひっぷ》を殺すのに、刃物は要るまい。

甚内は気が遠くなり、仮死状態になった。

しかし、運というのはばかばかしい。甚内は、生きた。体を持ちあげて起きあがったときは、顔から首すじにかけて血みどろであった。どうやら甚内自身の血ではなかった。悪右衛門の血であった。悪右衛門は、足もとに横たわっていた。

その死体のそばで、甚内の郎党の左平――甚内の郷里の若者で甚内が大名になったとき家老になった男である――がしゃがみこみ、首を掻《か》く作業に熱中していた。この百姓あがりの無口な若者が甚内をたすけたことだけはまちがいない。

ふと甚内が気づくと、掌のなかがやわらかかった。いつのまにか貂の皮をにぎって尾をひきずっている。あとで左平がいうのに、

「ずっと、そのようなあんばいで」

という。格闘中も握っていたという。むろん甚内には覚えもないし、そんなばかなことは信じられもしない。しかしそれを信ずるとすれば、命拾いをしたのも、赤井悪右衛門という丹波随一の大将首を獲ることができたのも、この貂の皮に憑いている運

のおかげかもしれず、となれば貂の皮の力はこのときから悪右衛門を離れて甚内に乗り移ったのであろう。


その後、脇坂甚内は各地に転戦したが、めだつほどの武功はない。かといって落ち度もない。主人の秀吉が、

「甚内は、野良しごとをする作男《あらしこ》のようだ」

と、わらったことがある。武士の戦場稼《かせ》ぎというのはきわめて投機性の高いものだが、甚内は作男が照る日も曇る日も野良へ出てくわをうごかすように平凡で、実直で、むらがない。またさほどの器量もないから、一軍をまかせられるということもない。そのまま戦場から戦場へと転々するうちに齢《とし》を食ってしまった。

数えて三十になった。

そんなに齢を食ってしまっても、秀吉の床几《しょうぎ》まわりの小姓であることにはかわりない。同僚の加藤虎之助（清正）も福島市松（正則）も二十《はたち》すぎで、甚内からみれば童《わっぱ》のようなものである。かれらわっぱどもも、甚内を、

「甚おじ」

とよび、ばかにしているのか、うやまっているのか、なんとなく仲間どものあいだでは特別あつかいしている。天正十一年、いわゆる賤ヶ岳《しずたけ》の合戦がおこり、七本槍というよび方で秀吉床几まわりの七人の小姓の武功が喧伝《けんでん》されたのは、甚内のそういうころである。甚内も、その七人のうちに入った。

この間《かん》の甚内の印象については、「武家事紀」の文章が、簡潔である。

安治（甚内）、賤ヶ岳七本槍にて年嵩《としかさ》なり、その人品もまた高くして、一時の人、みなこれを信用せり。

この合戦は、信長の死後、織田家の軍事権の争奪が秀吉と柴田勝家とのあいだでおこなわれたとき、それを決定したものとして意義がある。北近江の山中でおこなわれた。両軍の慎重な対峙《たいじ》がつづき、そのあげく柴田方に動揺があらわれたが、その動揺を秀吉は見ぬき、すかさず全軍に対し突撃を命じた。秀吉は賤ヶ岳にいた。こういうばあい、大将の親衛隊は任務上、突撃に参加しないのがふつうだが、秀吉は戦勢を見て手兵まで出しきるほうがいいとおもったか、床几まわりの小姓たちにむかい、

「汝《わい》らも、ゆけ。存分に手柄《てがら》せよ」

と、大胆な命令をくだした。みな猟犬のように駈けだし、それぞれよき敵を得ようとして谷をくだり、嶺《みね》をのぼり、敵に追いすがったが、福島市松が一番首をとった。それも敵将のなかでも名の高い拝郷《はいごう》五左衛門を討ちとった。一番槍は加藤虎之助、戸波隼人《はやと》という越前で古くから名のある者を討ちとった。他に脇坂甚内、片桐助作（且元《かつもと》）、糟屋《かすや》助右衛門、平野権平《ごんぺい》、加藤孫六（嘉明《よしあき》）がそれぞれ前後して槍を入れ、加藤・福島ほどでないにしてもそこそこの功名をあげた。

「秀吉が眼前にて槍を入れたり」

と、秀吉は七人のどの感状にもそのような文句を入れたが、実際のこの現場にはこの七人と同様の働きをした者が数人ある。が、石川兵助というかれらの同僚は討死し、ほかに桜井左吉、渡辺勘兵衛、浅井喜八郎、浅野日向という者がいたが、これらは秀吉の直参ではなかったためにわざとこの列に加えられなかった。秀吉には、作意があった。これまで秀吉じきじきの家来の名など、世間にはひとりとしてきこえていなかったのである。世間はなんとなく、秀吉などにじかの郎党が居るはずがないとおもいこんでいるふしがあり、たとえ居ても勇者はいない、その証拠に知名の者は絶無ではないか、とおもっていた。秀吉は、かねがねこれを不本意としていた。というより、不利であった。柴田を殪《たお》して天下を得ようとする秀吉ほどの者の麾下《きか》に知名の士がいないというのはその軍事力を世間にうたがわれるであろう。

秀吉は、このため、

「七本槍」

という名題《なだい》をつくって世間に吹聴《ふいちょう》しようとした。げんにこの戦場から諸国の大名に使者を急派して柴田討滅のことをしらせるとともに、この七人の名を明記して七本槍の名を高からしめた。かつて、「小豆坂ノ七本槍」ということが故事になっていたのを秀吉はおもいだし、「賤ヶ岳の七本槍」ということをつくりだしたのである。

「脇坂甚内」

という名前を秀吉は入れてくれたが、甚内はべつに名ある士の首をとったわけではなかった。七人という人数の足しにするために、秀吉はわざわざ入れた。

「ばかなはなしだ」

と、のちのちまでこの七本槍の筆頭だった福島正則はひとにも語った。正則は、七本槍を名誉とせず、ひとがこの話題にふれるたびに、かならず不快な顔をした。福島正則にすれば、単独の軍功であった。その軍功は清正とともに抜群であったが、であるのにさほどの手柄もない「脇坂づれと一緒に七人のひとりとは、およそばかげている。脇坂づれは、上々《うえうえ》（秀吉）が人数あわせに入れられただけであり、いわばわしの武功のすそわけを受けたのだ」といった。

が、内実はどうでもいい。

秀吉の宣伝によって、七人の指物までが天下に喧伝された。福島は紙の切裂《きつさき》シナイ、加藤虎之助は四手《よつで》バレン、加藤孫六は紫母衣《ほろ》、片桐助作は銀の切裂、平野権平は紙子の羽織、糟屋助右衛門は金の角取紙《すみとりがみ》、それに脇坂甚内は、貂《てん》の皮である。

「貂の皮」

というのは、その来歴が来歴であり、それが天下に二つとないだけに、世間で武辺を心掛けるほどの者はことごとくそれを知った。甚内の名は、一躍あがった。

秀吉は、さらに考えている。織田家の官僚にすぎなかったかれには、譜代衆がいない。すくなくとも、世間からそうみられている。譜代衆のいない天下取りなど滑稽《こつけい》であったが、すでにかれの天下がほぼ決定したこの一戦をさかいに、譜代大名をつくる必要があった。大名は高名な者でなければならない。このため、宣伝であるにせよ何にせよ、一夜で名士をつくらねばならなかった。この名士たちは、当然、大名になることを約束された。

合戦の直後、秀吉は、まず福島正則に五千石をあたえ、他の六人には一律に三千石をあたえた。それ以前の身分はみな、四百石、五百石ばかりの連中で、甚内だけが最低の三百石という身上《しんしょう》であった。それらが、みな、一隊の将になった。甚内も、その待遇をうけた。秀吉から五百人の鉄砲足軽をあずけられ、しかも騎乗の士二十騎の与力《よ りき》衆（秀吉の直属侍）をつけられるという身分になった。

すでに、部将である。

（これもあれも、貂の皮の験《げん》か）

験であるとおもいたい。甚内は自分をなんの取り柄《と え》もない男だと考えているが、貂の皮をもっていることだけで他の朋輩《ほうばい》とはきわだってちがっている、と信じていた。

柴田勝家がほろんだ以上は秀吉の織田政権の相続はきまったようなものであったが、まだ敵がのこっていた。

旧主信長の次男、信雄《のぶかつ》である。秀吉ら信長の遺臣たちは、信雄をその幼名でサンスケドノとよんでいる。利口ではないが欲も活力も旺盛《おうせい》な人物で、はじめ秀吉はこの信雄と連合して柴田を討った。権謀の世である。たがいに本気で同盟していたわけではなかった。信雄にすれば、思惑がある。柴田がほろんだ以上、秀吉は織田政権を自分にわたすべきではないか。が、秀吉は信雄をうやまうばかりで、そのほうは渡さない。

信雄は、ないないで策謀をすすめた。浜松に密使を出した。浜松にいる徳川家康と同盟して秀吉をたおそうという策謀である。

——サンスケドノは、またまたご謀叛《むほん》の虫をおこされているらしい。

と、このころ大坂に根拠地をつくりはじめていた秀吉はそう察していたが、多忙で防ぎの手をうつことができない。もっとも秀吉にとって安心の材料はあった。信雄付の家老の何人かの心を秀吉がにぎっていることであり、かれら家老から人質もとっていた。たとえ信雄が謀叛しようとしても、かんじんの家老たちがめったに動かぬであろう。

織田信雄の家老は、四人いる。岡田重孝、津川義冬、浅井長時、滝川雄利《かつとし》で、いずれも信長がえらびぬいてその次男に付属せしめた者であった。みな調略の上手だけに、世間師のようなところもある。かれらにすれば時勢は秀吉の側に有利である。おのれの愚鈍な主人の信雄がいかにあせろうともとうてい天下はとれない。そう見て、むしろ秀吉のほうへ気持をかたむかせ、秀吉の利益のために信雄を監視しようとするかたむきがあり、信雄にすればゆだんができない。

信雄は、東海の家康と密約するにあたってむしろ自分の家老を斬《き》ろうとした。それをやった。天正十二年三月といえば賤ヶ岳合戦からほぼ一年になる。その三日は、上《じよう》巳《し》の節句である。その日、伊勢長島城に参賀にやってきた三人の家老を信雄はにわかに取り籠《こ》め、うむをいわさずに切腹させてしまった。家老のうち滝川雄利だけは例外で、信雄に対しかわらずに忠実であり、秀吉の勃興《ぼっこう》後も信雄の利害のためにはたらいた。雄利は、むろんこのとき誅《ちゅう》されていない。

この滝川雄利という男は、

「りちぎのさぶろびょうえ」

ということで、信長のころから実直さで評判をとった男であった。伊勢の木造《きづくり》という在所のうまれである。織田家が門閥無視、人材登用主義をとっていたためにかれも草莽《そうもう》のなかから身をおこすことができた。はじめは坊主で、木造の源常寺という寺で学生《がくしょう》をしていたが、織田家にあこがれ、やがて機会をえて織田家に身を投じ、のち百戦に功あり、信長はこれを愛してとくに滝川一益《かずます》の養子にし、三郎兵衛という名まであたえ、信雄の付《つけ》家老にした。体つきは痩《や》せ、ぜい肉というものがない。顔の色は鉄色で、歯ばかりが白い。信雄は、この男だけが頼りであった。

「しかし三郎兵衛、そのほうは羽柴に人質をとられている。それをどうする」

と、信雄はきいた。秀吉と断交するにあたって、まずいことに家老滝川雄利はその嫡子《ちゃくし》奇童丸を人質にとられている。捨て殺しにするのはふびんであり、またたとえ捨て殺しの覚悟をしても、信雄のほうがうたがうだろう。秀吉に人質をとられているかぎり、このりちぎ者といえども裏切るということがありうる。滝川雄利にすれば主人にそのように疑われるのも片腹痛いことであり、

「いっそ、取りかえして参りまする」

と、思い詰めたような表情でいった。

信雄は、おどろいた。人質を取りかえすなど、どう考えてもできることでなく、それが成功した話をきいたこともない。まして相手は智恵者《ちえ》の秀吉である。

「できぬことはありませぬ」

と、滝川雄利は、こんな男だけに断言した。この男がいうのに、自分は平素うそをつくことがない、律義《りちぎ》をもって世に知られている、そういう自分が一世一代のうそを作ってたぶらかせば、おそらく相手はうそとは思いますまい。

「しかし相手は、ちくぜん（秀吉）ぞ」

「さにあらず。ちくぜんがじきじきに人質を取り構えているわけではございませぬ。家来にあずからせております。その家来と申すは、ちくぜんの郎党あがりにて、いまは美濃大垣城をまもっております脇坂甚内と申す者」

「甚内？」

信雄は、陪臣《またもの》にあたる甚内などの名を知ってはいない。しかし滝川雄利が、「例の賤ヶ岳七本槍の」というと、秀吉の宣伝がそこまで吹きなびいているのか、信雄は、

「ああ、七本槍のひとりか」

と、うなずいた。

「どういう男だ」

「一口には言え申さず」

と、滝川雄利はこたえた。要するに働き者というほか、なんの特徴も取り柄もない男だ、というのである。

この会話は、信雄の居城である尾張清洲《きよす》城でおこなわれている。尾張清洲から美濃大垣までは七里ほどの近さで、馬をいそがせてゆけば三時間もかからない。

その日の午後、滝川雄利はわざと薄汚れて汗くさい平装をつけ、供を一騎だけ従えて笠松から木曾《きそ》川をこえた。墨股《すのまた》をすぎ、大垣に入り、顔知りの城番の士に会釈《えしやく》し、するすると糸をたぐるようなたやすさで脇坂甚内に会うことができた。甚内は、城番の筆頭である。

「どうなされた、そのご様子」

甚内は、汗みずくになって顔色を蒼《あお》ざめさせ肩で息をしている滝川雄利をみた。滝

川はわざとやつれた体《てい》をつくるために朝からめしを食わずにいる。

「なにか、大事が？」

と、甚内はきいた。ついでながら、伊勢長島城内で、秀吉の息のかかった三家老を織田信雄が誅殺したという一件の秘密は、あるいはあすにも洩《も》れるかもしれないが、この午後はまだ洩れていない。甚内は、知るよしもない。

「いいや、私事でござる」

といって滝川雄利が語った事情というのはかれの妻の病気のことである。

滝川雄利の居城は、伊賀上野である。そこに妻の日若《ひわか》がいる。その日若が去月から病の床に臥《ふ》して——うそだが——いまはあすをも知れぬ重体になっている。その病妻がいうに、死ぬ前にせめてひと目でも嫡子の奇童丸に会いたい、そのような無理難題を毎日言い暮して、まるで狂えるがようである。会わさずに死ねばこの世に怨念《おんねん》が残り、後生《ごしょう》の障りにもなるであろう。自分としてはいったん人質にさしあげている奇童丸について左様なことは身勝手すぎると思うが、しかし人の子の母の想《おも》いというのは、身を焦《こ》がすほどにやるせないものでござる、といった。

作りごとにしてはいかにも素朴《そぼく》で、この律義者らしい。素朴だが、しかし咄《はなし》というのは素朴なほうが、かえって真実のにおいがあるであろう。

（いやさ、意外なことだ）

甚内は、べつなことに感動していた。わが身のことである。ほんのこのあいだまではわずか三百石の侍で、しかも織田家における階級は信長の直参ではなく、陪臣《またもの》であり、そういう陪臣であることからいえば織田家直参の平侍《ひらざむらい》よりも身分が低かった。ところが相手の滝川雄利というのは、本来なら雲の上の人である。なぜなら雄利はふるくからの信長の寵臣《ちょうしん》のひとりであり、次男信雄のお守役をつとめるという重職のひとである。しかも、城持《しろもち》の大将である。

むろん、その身分関係は、いま逆転してしまったわけでもない。依然として織田信雄は秀吉の主筋であり、秀吉は天下こそ渡さないものの彼を主筋として尊んでいる。自然、滝川雄利の位置はまだまだ下落していない。その滝川雄利が、いま甚内の前で涙をうかべ、手をついて頼んでいる。

（おれも、えらくなったものだ）

と、ついおもわざるをえない。そのえらくなったことが、甚内の実力ではなく、たまたま身を寄せて仕えた主人木下藤吉郎が、羽柴筑前守になり、さらには天下人《びと》になりつつあることによるものだが、しかし甚内にすればこの眼前の滝川雄利を見ればついついそう思わざるをえないのである。滝川雄利は、いま憔悴《しょうすい》しきっておがんでいるのだ。げんに雄利は恥も外聞もなく掌をあわせているのである。甚内はえらくなってほどもないだけに感覚の調節ができず、この光景を政治的に解釈すべき心構えをわすれてしまった。

「もっともなことでござる。同情いたす」

と、滝川雄利の前へゆき、そのあわせている掌をとり、馬鹿な涙をこぼした。この涙は滝川雄利への同情というよりも、おのれのえらさへの感動だったであろう。

「奇童丸どのをこれへおよび致します。一夜母御に添わせ候《そうら》え」

「あっ」

と、滝川雄利は平伏した。平伏である。甚内は、ろうばいした。

「一夜でござるぞ」

「ご念には及びませぬ。このご恩は生々世々《しょうじょうせぜ》わすれませせぬ」

あとは、事務だけである。甚内は、餅尾五兵衛という家来に人数をつけ、奇童丸の護送兵として滝川雄利につけて城門から送りだし、自分自身も見送った。いい気なことをした。人質に帰宅させるという権限は甚内にはない。

翌日、織田信雄が清洲城で反旗をひるがえしたことがあきらかになった。信雄の版《はん》図《と》は、尾張一国、伊勢で半国、伊賀一国という広大なもので、それが東海に強大な勢力をもつ徳川家康と連繫《れんけい》してしまった以上、秀吉にとっても容易ならぬ事態である。信雄との手切れによって、秀吉圏との境界線は木曾川ということになり、甚内らが城番をする大垣城は秀吉方の最前線の要塞《ようさい》になる。秀吉はたまたま、根拠地の大坂からこの方面にむかって到来しつつあった。途上、信雄の反乱の報をきいた。動転した。

（まずい）

と、おもった。軍事的には信雄はおそるべき敵ではない。たとえ徳川家康と連繫したとしても秀吉にすれば敗北を覚悟せねばならぬ敵ではない。ただ痛手は、天下への聞えである。秀吉は実質は信長の勢力を簒奪《さんだつ》したとはいえ、表むきは信雄や信長の嫡孫の三法師《さんぼうし》に親しみ、それをことごとしく立てることによって簒奪者ではないような姿勢をとってきた。旧織田政権の諸将は秀吉のそのような擬態を知りつつもそれに安《あん》堵《ど》して秀吉を公然たすけ、むらがってその幕下《ばっか》に入り、かれらが幕下に入ることによって秀吉は短日月のあいだに天下を覆《おお》うほどの大勢力になりえたのである。

ところが、そのかんじんの織田信雄が家康と締盟して反旗をひるがえしたのである。信雄は諸国に打倒秀吉の檄文《げきぶん》を撒《ま》くであろう。その檄文には秀吉の簒奪者であることをあきらかにするにちがいない。いま一歩で天下を取るというふんいきを世間につくりあげてきた秀吉としては、この織田信雄の反乱ほどつらいものはなかった。その織田信雄が反乱に踏みきったのは、付家老滝川雄利の協力があったればこそである。その滝川雄利をして反乱にふみきらしめたのは、大垣城の脇坂甚内をだまして人質をとりかえしたというその成功にかかっているにちがいない。要するにこの重大事態になったそもそものおこりは、甚内の失敗にある。

「なんというやつだ」

と、秀吉は近江路をいそぎながら、このことを何度も言った。やがて美濃大垣城に近づくと、城外の街道わきに城番の諸将が出迎えている。むろん脇坂甚内もいる。

「甚内っ」

と、このころすでに従《じゅ》四位下《げ》参議という公卿《くぎょう》の身であるはずの秀吉は、馬上から馬もおびえるほどの怒声を発した。甚内は、自分の名がよばれたことに気づかなかった。秀吉の側近から人が走ってきて、

——甚内っ、御前へ。

といってからはじめて気づき、兜《かぶと》を家来にあずけ、威儀をただし、ゆっくりと歩み出した。この男はまだ自分のやったことが天下をゆるがすほどの大事をひきおこしたということに気づいていなかった。甚内は、器量からいえば所詮《しょせん》は戦場かせぎの武者

なのであろう。世間というものが政治によって動いているということを、どうにもわかりにくいらしい。

秀吉の馬前に近づくと、秀吉は犬でも打つように鞭《むち》をあげた。——下座せぬか、と秀吉は叫んだ。蹲《つくば》え、つくばえ、うぬのような裏切り者に縄《なわ》でも打つのが当然であるが、それを打たぬのは手飼いの飼いぬしの慈悲とおもえ。

「うぬは、サンスケドノに内通しおったな」

まったくすさまじいことを秀吉はいった。この内通という言葉と、それを吐き出す秀吉の形相のすごさのために街道三丁にわたってひとびとは息をひそめ、深山《みやま》のように静まった。たしかに内通である。甚内のやったことは動機はどうであれ、政治的に解釈すると内通であった。秀吉は、その配下に政治教育などはしない。するとすれば、このように内通というもっとも的確なことばと、それを吐き出す自分の形相によってすべてを知らしめねばならない。

「内通。——」

甚内は悲鳴のような声をあげた。泣き叫ぶようにそうでないことを弁解したが、秀吉はただ虚空《こくう》で、するどく鞭を鳴らすばかりである。甚内はついに飛びあがり、内通でない証拠にただいま伊賀上野まで駈《か》けてとりもどして参りましょうず、と駈けだした。

秀吉は、だまっている。

家来にも、甚内のあとを追わさない。秀吉はむろん甚内が内通したのではないことを知っている。

しかし甚内にすれば、内通であるとうたがわれた。もはやさまざまの栄達どころか、たったいまの一命すらあぶない。この男は、狂った。

狂いながら、その場からおのれの与力二十騎をひきい、砂を蹴《け》あげながら駈けだした。

「あの馬鹿は、あの人数で伊賀上野の城を攻めにゆくつもりだ」

と、秀吉は急に柔和な表情にもどって、左右にいった。伊賀上野は小城とはいえ、それを攻めるには一万の軍勢は必要であろう。

秀吉は柔和な表情にもどったが、かといって甚内のあとを追わせて人数を追加してやるという令はくださない。捨て殺しにするつもりである。信賞必罰は戦場の法である。本来なら甚内の士籍をとりあげて追放するか、それとも首を刎《は》ねるか、どちらかしかない。秀吉にすれば、甚内を戦場にむかって狂い走らせ、敵の手で殺してしまうという法を、結果としてえらんだ。これは、寛大すぎるほどの処置かもしれない。

甚内は、駈けた。

途中の尾張と伊勢は敵地である。怪しげな間道をぬいつつ三日目にようやく鈴鹿《すずか》山系の加太《かぶと》越えをこえて伊賀盆地に入ったときは、疲労と昂奮《こうふん》でどの男も頰肉《ほおにく》が落ち、目ばかりが光っている。加太越えを駈けおりるころから、

「聞けや、地《じ》の者」

と、先へ走り、後ろへ走りして呼ばわってまわった。

「われらは天下人たる羽柴どのの先駈けの者ぞ。いまから伊賀上野を一気に踏みつぶすによって、功名を心掛けん者は馬前に願い出よ。働き得《どく》ぞ、功名のし得《どく》ぞ。身を立てよや、立てよ」

この地帯には、田働きの郷士のような者が無数におり、それらが山に棲《す》み、野に棲み、近くで合戦があると勝ち目のほうをえらんで加勢にゆき、恩賞かせぎをする。平時は山賊もする。あるいは他国に出て長技として戦場の斥候《せっこう》のようなものをやったりする。要するに、伊賀衆、伊賀者という特別な目でみられている連中がすんでいる。甚内は、そこは近江の野伏《のぶせり》あがりであった。このような同類をどう使うかについては馴《な》れている。

みちみち、人がつぎつぎに集まってきて、ついに枝道にまで人があふれた。兜もな

く腹巻ひとつを着けた者、兜だけをかぶって身は裸同然の者、いつどの戦場で掠奪《りやくだつ》したのか、柄《え》に青貝をすりこんだ大名道具のような槍《やり》を持った者など、老若あわせて五百人という人数を得た。人数は、甚内とともに駈けた。甚内は、ほとんど狂気である。

（どっちみち、死ぬのだ）

という思いが、兜の目庇《まびさし》の下の両眼を、切るように鋭くしている。駈けて、夜になった。

伊賀の野伏どもは、心得ていた。甚内がなんの命令もくださぬうちに、伊賀上野城をとりまく三方の野に無数の松明《たいまつ》、篝火《かがりび》をたき、土地の百姓どもにもたせ、味方の人数を誇張した。野伏の常套《じようとう》戦法であった。さらには城下にうわさを放ち、

——羽柴どの十万の軍兵が押しよせる。

という流説をはなった。城下はたちまち無人になった。そこへ火を放った。

城主の滝川雄利は、百戦の将である。城外の野にみちている松明の火の実態もわかってはいたが、流説は信じた。当然であった。秀吉が十万の軍兵をもってここへ押しよせてくるというのは、ありうべきことなのである。むしろ、寄せて来ぬというほうが怪しい。

——戦っても、むだである。

と、判断した。そのあとの行動はきわめて迅速で、家族をまず落し、自分は手兵をまとめて夜のうちに搦手《からめて》からぬけ出、迂回《うかい》して伊勢路へのがれ、やがて翌朝、信雄の属城である伊勢松ヶ島城に入った。

甚内は、城を獲た。

要するに、わずか二十騎で、伊賀国の首城である上野城に乗り入《い》ってしまったのである。甚内は城頭に貂の皮の馬標《うまじるし》を押し立てた。

むろん、その報告は大垣にいる秀吉のもとにとどいた。秀吉はたまたまその場にあった手箱をたたいてよろこび、

「甚内は、さすがわが手飼いだ」

と三度言い、甚内への手紙にもそのことを書いた。さきにあれほど怒声をあげたことなどわすれたようであった。

秀吉は、さらに上野城の甚内へ使者を走らせ、そのままその城にとどまれ、守備せよ、あわせて伊賀一国の国人どもを撫《な》でおさめよ、と命じた。

その年の暮、信雄・家康の連合軍との戦いが片づいた。翌天正十三年三月、秀吉は内大臣にのぼり、ついで関白になった。この間、秀吉の手飼いの郎党が大量に大名になった。甚内もなった。摂津能勢《のせ》郡において一万石である。

関白の家従には、官位が要る。甚内は、従五位下中務少輔《なかつかさしょうゆう》というものをもらった。石高も、次第にあがった。摂津能勢郡で一万石から大和高取で二万石、さらに転じて淡路に封《ほう》ぜられ、洲本《すもと》城主になり、三万石を領した。これが、天正十三年の一カ年のうちの累進《るいしん》だから世人はおどろき、

——貂《てん》の皮の験《げん》であろう。

と、甚内の器量によるものとせず、そういう不可思議な力のせいにした。が、当の甚内にすれば、つねに不満であった。なぜならばもとの朋輩の加藤清正は肥後半国をもらって熊本城主になり、二十五万石、福島正則は伊予で十一万石という大身上《おおしんしょう》になっている。ほどなく正則は尾張に封ぜられ、清洲城主になり、侍従の官をもらい、二十四万石という大封を得た。甚内はただの三万石でしかない。

「あの程度が貂の皮のゆきどまりよ」

と、福島正則などは大坂の殿中でそう放言したといううわさを甚内はきいたが、べつに腹もたたなかった。正則にすれば甚内の器量はたかだか三万石、といったのではないであろう。貂の皮の霊験が三万石どまりだという意味であったにちがいない。なぜならばこの貂の皮をもって代々つたえていた丹波の山国の豪族赤井氏が三万石程度であったからである。それを分家の悪右衛門がゆずりうけたが、悪右衛門自身の所領

もちょうど三万石であった。

なるほど甚内の持ち高はすくない。が、その持ち道具である貂の皮は高名であった。このころ甚内はこの雌雄の貂の皮を槍の鞘《さや》になおし、その二本を行列の先頭に立てて京や伏見、大坂の街を練った。まっ黄色な貂が、空中を泳ぐようにして町をゆく。町のひとびとは、

——あれよ、脇坂さまよ。

と、目ざとくみつけ、みな軒下へととびだしてきては、この珍獣の毛皮を見あげた。

この貂の皮は、渡海して異国にまでわたった。朝鮮ノ陣のとき、甚内は水軍を担当し、一度は加徳島沖において韓将李舜臣《りしゆんしん》のためにはなはだしく敗られ、わずかに小舟を拾って金海までのがれたが、このときは貂の皮をもっていなかった。ために貂の皮の加護を得られなかったのだと甚内は本気でおもった。慶長の再征のときは巨済島《きよさい》、南原城で大いに戦果をあげ、蔚山《うるさん》の救援戦でも武功をたてた。

「貂」

といえば明軍の士卒でも、それが倭《わ》の脇坂軍であるということを知るようになった。

滞陣中、日本では秀吉が死んだ。甚内ら渡海軍が復員して博多湾に上陸したときは、すでにこの翌々年におこなわれる関ヶ原合戦の前兆ともいうべき政治的軋轢《あつれき》が主要人

物たちのあいだでおこなわれていたが、小禄者《しょうろく》の甚内——脇坂中務少輔安治——などの耳目にはかすかにしか入らなかった。

このあと、脇坂安治の名が歴史にあらわれるのは一度しかない。それも、連名であらわれる。

関ヶ原合戦においてあらわれる。東西両軍の配備を描いたどの地図にもかれの名が記されている。ただし、よほど注意せねば見落すほどに小さい。

かれは、結局は敗亡した西軍の石田方に属している。関ヶ原は、馬蹄《ばてい》形に丘陵をめぐらした盆地である。北西角の笹尾山に石田三成、西辺の天満山に宇喜多秀家、南辺の松尾山に小早川秀秋という三大軍団がそれぞれ布陣し、それらの丘の起伏の谷間やふもとに小さな大名たちが陣屋をかまえている。そのうちの松尾山の北斜面をくだりきったところに、藤川、黒血川というふたつの小川が流れていて山麓《さんろく》で合流するが、その両川にかこまれたせまい土地に無名の丘がわずかに盛りあがっている。その無名の丘に四人の小さな大名が、たがいに肩を寄せあうようにしてならんでいる。小川祐忠、赤座吉家、朽木《くつき》元綱、脇坂安治である。

この日、夜来の雨は夜明けとともにあがったが、濃霧がこめて隣りの陣の旗もわからない。その霧がやや流れて薄らいだころ、午前八時前後にあちこちで銃声がおこり、徐々に戦いがはじまった。午前十時ごろになると、関ヶ原の中央を東から西へ突進してきた東軍の先鋒《せんぽう》と西軍の大軍団宇喜多勢とのあいだに激戦がおこり、天地も割れるかとおもわれるほどの銃声が盆地に満ち、それに鉦《かね》、太鼓、陣貝、武者声、さらには刀槍のふれあう音までが交錯し、それがあちこちの丘にこだまし、すさまじい音響世界を現出した。この盆地での合戦を経験した者がいうこの役のおそろしさは、なによりもこの音響であったという。

が、この松尾山のふもとの無名の丘で肩をよせあっている四人の小大名の陣地からは、一発の銃声もきこえない。

どの男も、その配下に射撃令をくださなかった。理由は簡単だった。どの男もあたまから戦う気がなかったからである。ということは、四人それぞれがたがいに同類の陣の様子を横目でうかがっている。隣りが撃てば撃とうとおもっていた。四人ともに共通していることは、自分が属している石田方の勝利に自信のある観測がもてなかったのである。かといって徳川方が必ず勝つともおもえない。小川祐忠などは、

「脇坂どのはどうなさる」

と、合戦の最中に二度ばかり使いをよこして甚内にきいたぐらいであった。甚内が

この四人の同類のなかで、「事に古《ふ》りし者」だとみたのである。甚内は、すでに老いていた。使者をていねいにあつかい、茶などふるまってやったが、しかし、

「知らぬ」

と、答えた。小川祐忠はかつては柴田家に仕えていた男で、出身は近江である。秀吉はこの祐忠が茶道に堪能《たんのう》であるところからずいぶんと寵遇《ちょうぐう》した。

赤座吉家も、近江蒲生《がもう》郡の出身である。朽木元綱も近江人だが、他の三人とはちがい、室町幕府いらい近江高島郡朽木谷を領していた名家である。ぐうぜんながら四人とも近江人であったが、べつに平素仲がよかったわけではない。というより同国人だけにそれぞれが他を軽蔑《けいべつ》していた。甚内は秀吉の手飼いであるということで自負し、たとえば小川祐忠を茶坊主めとおもっている。祐忠は甚内を、素姓も知れぬ野伏あがりめがとおもっていた。

合戦は、激しく継続している。勝負はさだかではないが、午前中いっぱいは西軍のほうがやや優勢であったであろう。午後になって、逆転した。松尾山の頂上に布陣していた西軍の小早川秀秋が、にわかに寝返り、旗を自軍にむけ、一軍ことごとく山をかけくだって西軍陣地に乱入したからである。

それに前後して、松尾山のふもとの無名の丘に布陣する四人の大名の旗が、一つ調

子で向きを逆にした。同時に寝返った。が、わずかに脇坂甚内の寝返りのほうが早かった。祐忠のいうとおり、甚内は「事に古り」ていた。甚内にすれば、

——戦いは勝つほうにつく。

というのが原則であり、かれの老練な予感で、背後にそびえる松尾山の小早川陣の様子が開戦の前からおかしいと感じていた。小早川秀秋が寝返れば、甚内は背後を衝《つ》かれる。その愚を避けるには、甚内は小早川陣のなりゆきで自分の行動をきめようとしていた。小早川陣は朝から一発も発砲していない、それがために甚内も自陣の発砲をおさえつづけていた。このため、他の三人の大名も発砲しかねた。ついに一発の弾もうたなかった。

これも、功のひとつであろう。甚内は家康から嘉賞《かしょう》され、この功によって二万石を加増された。もっとも、おなじこの仲間でも小川祐忠、赤座吉家は戦後、家康によって封領を没収され、放逐された。世間では、

——なぜ、貂の皮だけが褒賞《ほうしょう》されたのか。

と、不審がった。

甚内はその後、家を嫡子《ちゃくし》の安元にゆずり、自分は幕府のゆるしを得て京の西《にし》ノ洞院《とういん》

にあった秀吉時代の脇坂家の京屋敷に隠棲《いんせい》したが、ひとが脇坂家の無事をふしぎがるごとに、

「貂の皮の験でしょうな」

と、それだけいった。が、むろん甚内自身はそうでないことを知っている。甚内は、あのときそれだけの手を打った。関ヶ原での激突よりもすこし前、家康は会津の上杉景勝をうつべく下野《しもつけ》の小山《おやま》にまで軍をすすめた。甚内は、三成とともに大坂城内にあった。ひそかに甚内は観望し、密使を仕立て、はるばる関東へさしくだし、家康に謁《えつ》し、のちのち両軍の大衝突のあるばあいはかならず徳川どのに内応いたします、ということを申し入れてあったのである。この周到さが、おなじ寝返り衆でも、小川や赤座にはなかった。

貂は、劫《こう》を経れば人をだますという。

甚内も若いころから世の移り変りのなかで齢をかさね、やがては事に古り、ついにはかれが陣頭にかかげている貂のようなあやしげな老人になっていたのであろう。

徳川の初期、豊臣系の大名のとりつぶしがあったとき、甚内の朋輩《ほうばい》だった福島正則も没落し、清正の加藤家もとりつぶされた。七本槍の仲間のうち、大名では脇坂家だけがのこり、貂の皮は参観《さんきん》交代のごとにつつがなく江戸と播州竜野のあいだを上下し

た。めでたいというほかない。

（「小説新潮」昭和四十四年六月号）

文庫版のために

司馬遼太郎

唐突なことをいうようだが、私には、奥州というと、自分にだけ通用する一種の詩情を通してしか感じられない。

奥州は、古代以来、母系制のつよい——そのために猥雑《わいざつ》さもある——瀬戸内海文化とはたしかにちがっている。私など、日本の社会の底には多分に南方的な母系制社会が横たわっていると思ってきたのだが、おとなになるにつれ、日本には大蛇《おろち》のように太い梁《はり》でのしかかるような家父長制があることを知ったりした。家父長制は江戸期に整備されたものでむろん西日本にもあるが、しかし本家の家父長が一族郎党にいたるまでの責任をもち、家父長の弟も上代の用語でいうケライ（下人）であり、弟の子やさらにその子は家父長にとって従者のはしばしになってゆくという東国社会の原像は、『平家物語』や『太平記』の東国武士のくだりを読むにつれて知り、決してその社会に属したいとは思わなかったが、異国を見るような思いをもった。

上代のふるいころは逢坂《おうさか》の関《せき》をもってアヅマとの境界とされた。次いで境界は不破《ふわ》の関（関ヶ原）になり、奈良朝のはじめは遠江《とおとうみ》あたりへゆき、ほどなく信濃以東、次いで関東がアヅマそのものになり、やがてその異称として定着した。アヅマがもつ風土的ダイナミズムは私のようにアヅマを知らない者にとって――あるいは辺疆《へんきょう》に現実以上の想念を託したくなる者にとって――一種の華やぎが感じられ、たとえば『万葉集』においても東歌《あずまうた》がもつ質朴《しつぼく》さをもっとも好むかたむきをもっている。（もっとも江戸期以後の江戸・東京は四百年の首都として独自の文化をつくりあげ、さらには国の内外の地方文化を吸収してつねに昇華作用をおこなっているために、ここでいうアヅマとはむろん言いがたい。）むしろアヅマは奥州に残っているのではないか。

東京文化から見る東北地方は、ごく簡単に観念処理される場合が多い。後進的であり、田舎の代表であり、古代をひきずっている農民の一種のずるさ、その裏返しののんきさ、純朴さ、冬の永さと父系的社会の堅牢《けんろう》さのために抑圧された精神、そこから自己を解放するための独特なユーモアと小さな狡猾《こうかつ》さ、あるいはつねに天災と政治の害をうけつづけてきた損な地方、といったぐあいである。

むろんそれらは、こんにちなお東北でおこる人間の現象においてしばしばあてはまるかもしれず、しかしそうではなく日本全体にあてはまることをことさらに東北に押しつけようとした場合に、いっそう生きてくるかもしれない。

江戸幕府が成立して早々、この集のなかの『馬上少年過ぐ』の主人公である伊達政宗は、戦国の伊達勢力の膨脹期よりすくなかったが、六十二万石を安堵《あんど》された。嗣子も長男の秀宗を廃し、次男の忠宗を相続人にした。

理由は簡単で、長男の秀宗は政宗の政略上、かつて秀吉の猶子《ゆうし》になり、秀の字をあたえられ、伏見城や大坂城に住み、秀吉の子の秀頼の遊び相手として育ったのである。政宗は徳川体制になるとあわてて次男の忠宗を相続人にして徳川家康や同秀忠に拝謁《はいえつ》させ、秀忠の忠の字をもらった。このため長男秀宗は宙に浮いたのだが、徳川氏はその間の機微を計算し、べつに伊予宇和島十万石に秀宗を封《ほう》じ、伊達氏の別家、分家というよりも、独立の家をたてさせた。

このため仙台衆が秀宗を擁し、御用商人にいたるまで同行して南伊予に移住した。伊予文化は元来上方《かみがた》文化圏に属するが、宇和島だけがアヅマと母系的社会が融合して方言の面でも習慣、民俗の面でもおもしろい文化をつくりあげる結果になった。(ちなみにここで頻用《ひんよう》している西日本における母系的とは純然たるそれをささず、多分に四捨五入して使っている。長い歴史のなかで父系的要素も十分混入しているのである。)

伊予の宇和島の町に、天赦園《てんしゃえん》という名園がある。城山の西南麓《ろく》から直線にして三百メートルほどの平地にあり、江戸初期に海岸近い湿地を埋めたてて造成したらしい。幕末にはすでに隠居していた第七代宗紀《むねただ》(明治二十二年、百歳で病没)がここに隠居所をつくったのがこの園で、宇和島伊達家の歴代のなかでこの種の贅沢《ぜいたく》な別邸をつくった唯一《ゆいいつ》の人物といえるかもしれない。

天赦園は五千坪ほどの周遊式の庭園で、まわりの樹々がよく伸び、とくにクスの樹勢がさかんで遠くからみると湧《わ》きあがる緑の雲のようにみえる。庭の一隅《いちぐう》に木造の宿がある。昭和二十五年に市や伊達保存会などが出資してつくった宿で、私も昭和三十八、九年ごろに泊った。

庭内の池のアヤメを見ながら、

(ああ、政宗の詩から、とったのか)

と、この庭園の奇妙な名のいわれに気付いた。残軀《ざんく》天の赦《ゆる》すところ、という一句を憶《おも》い出し、その前後の句がどうにも思いだせず、宿の備えつけの何かで調べて記憶を確実にした。馬上少年過ぐ、という少年はいうまでもなく若くてさかんな時期という意味であり、その時期を馬上で過したという述懐なのだが、このことはかれの別な作である「四十年前少壮の時」と、イメージを重ねていい。つぎの句は拙作にも引いているように、秘《ひそ》かに功名――天下の志――を期した、しかしいまは老いて戦場のことどもは忘れた、ただ春風桃李《とうり》のなかで杯をあげるのみである、という感懐と、天赦の詩のほうの「年をとったのは天が赦してくれたものだ、すでに身は壮心のぬけがらとはいえ、これを楽しませねばどうにもならぬ」という句とが同系色濃淡二枚のフィルターを重ねるようにして観賞できる。

それより前に私は仙台に行ったが、都市として規模が大きすぎるせいか、伊達政宗のことなど身辺に感じず、むろん政宗についての自分の感じ方を書こうなどとは思わなかった。むしろ伊達家の別家がそこにいた南伊予の小さな町で不意に政宗の息づかいを感じてしまったのは、われながらおかしい。さきにふれたように、私を成立させた風土と伊予のそれとが一つのもので、それだけに油断をしながら町の一角で寝起きしていたからであろう。不意に、その風土と本来異質であるはずの政宗という存在に接して、かえって新鮮な像を感じてしまったともいえる。

それも、詩人としての政宗像から入ってしまった。

当時、全国の戦国武将のなかで――あるいは士卒もふくめて――政宗ほどの詩をつくれた者はなかったろう。わずかに上杉謙信がいるが、他の者たちの多くは手紙が書けるのがやっとであった。しかも政宗の詩は古詩をまねた手習い程度のものではなく、漢詩の約束事を手なれた道具のようにつかって自分の感懐を自在にのべている。戦国期における奥州の文字文化をかれ一人で代表しているかの観があるのはどうしたことかと思ったりした。

さんさしぐれか　萱野《かやの》の雨か
音もせで来て　濡《ぬ》れかかる

というのは一説では伊達軍の軍歌で、政宗の作であったといわれている。政宗の詩《し》藻《そう》のゆたかさは和歌にもおよんでおり、勅撰《ちょくせん》の『集外歌仙』に採られたという歌に、

鎖《とざ》さずも誰かは越えむ逢坂の

関の戸埋む夜半《よは》の白雪

あるいは、

出づるより入る山の端《は》はいづくぞと
月に問はまし武蔵野の原

などという作がある。型どおりの新古今調とはいえ、調べは十分に美しい。この型どおりというのはあるいは勅撰に採られるのを意識してことさらに型にはめたのかもしれず、政宗の性格からみておそらくそうであったであろう。ただ辞世の歌をみると自分の得た果実――封土――を守るために四苦八苦した営為への自嘲《じちよう》ともいとおしさともつかぬ感懐を十二分に詠《よ》みこみ、型を意識のうわべには置いていない。

政宗の生涯《しようがい》は、悪謀と譎詐《きつさ》、華やかながらも見えすいた自己演出に満ちている。しかも政宗の複雑さはそれらの悪が性格の暗い部分から出ているのではなく、悪をやってみせるという一種の才華から出ており、ぜんたいとしては陽気であかるい。かれがもしその所業にふさわしい陰気さを印象としてひとに与える男であったならばひとびともついて来なかったろうし、かれをつねにおさえつづけた秀吉や家康もただでは済まさなかったにちがいない。

この集のなかの『馬上少年過ぐ』は、宇和島の天赦園で得た私の情感を核に、政宗のその作のいわば解説としての作品であった。一度、思いをあらたにして政宗とはどういう人間であったかを、時間をかけて考えてみたい気がする。

（昭和五十三年十月）

「英雄児」「慶応長崎事件」「喧嘩草雲」は新潮社刊『鬼謀の人』(昭和三十九年七月)、「馬上少年過ぐ」「重庵の転々」「城の怪」「貂の皮」は新潮社刊『馬上少年過ぐ』(昭和四十五年八月)にそれぞれ収められた。

「司馬遼太郎記念館」への招待

司馬遼太郎記念館は自宅と、隣接地に建てられた安藤忠雄氏設計の建物で構成されています。広さは、約 3180 平方メートル。2001 年 11 月 1 日に開館しました。数々の作品が生まれた書斎、四季の変化を見せる雑木林風の庭、高さ 11 メートル、地下 1 階から地上 2 階までの 3 層吹き抜けの壁面に、資料など 2 万余冊が収蔵されている大書架……などから一人の作家の精神を感じ取ってもらえれば、と考えました。展示中心の見る記念館というより、感じる記念館ということを意図しました。この空間で、わずかでもいい、ゆとりの時間をもって、来館者ご自身が自由に考える、読書の大切さを改めて考える、そんな場になれば、という願いを込めています。（館長 上村洋行）

利用案内

所 在 地　大阪府東大阪市下小阪 3 丁目 11 番 18 号　〒577-0803
T E L　06-6726-3860
H P　https://www.shibazaidan.or.jp
開館時間　10:00 ～ 17:00（入館受付は 16:30 まで）
休 館 日　毎週月曜日（祝日・振替休日の場合は翌日が休館）
特別資料整理期間（9/1 ～ 10)、年末年始（12/28 ～ 1/4)
※その他臨時に休館、開館することがあります。

入館料

	一般	団体
大人	800円	640円
高・中学生	400円	320円
小学生	300円	240円

※団体は 20 名以上
※障害者手帳を持参の方は無料

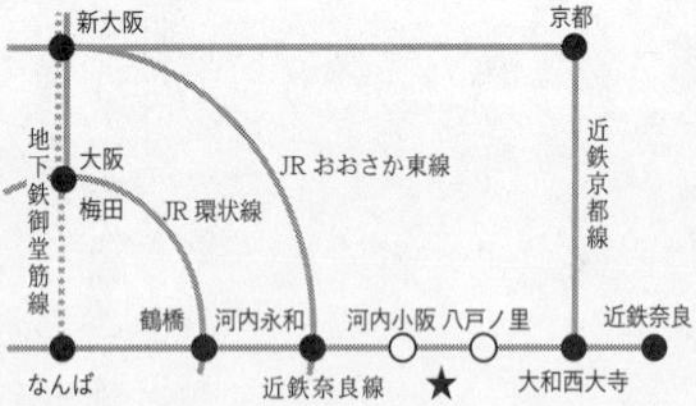

アクセス　近鉄奈良線「河内小阪駅」下車､徒歩12 分｡「八戸ノ里駅」下車､徒歩 8 分｡
Ⓟ5台　大型バスは近くに無料一時駐車場あり｡必ず事前にご連絡ください｡

記念館友の会　ご案内

友の会は司馬作品を愛し、記念館を支えてくださる会員の皆さんとのコミュニケーションの場です。会員になると、会誌「遼」（年 4 回発行）をお届けします。また、講演会、交流会、ツアーなどの行事に会員価格で参加できるなどの特典があります。

年会費　一般会員 3500 円　サポート会員 1 万円　企業サポート会員 5 万円
お申し込み、お問い合わせは友の会事務局（TEL 06-6726-3860）まで

司馬遼太郎著

梟の城

直木賞受賞

信長、秀吉……権力者たちの陰で、凄絶な死闘を展開する二人の忍者の生きざまを通して、かげろうの如き彼らの実像を活写した長編。

司馬遼太郎著

人斬り以蔵

幕末の混乱の中で、劣等感から命ぜられるままに人を斬る男の激情と苦悩を描く表題作ほか変革期に生きた人間像に焦点をあてた7編。

司馬遼太郎著

国盗り物語（一〜四）

貧しい油売りから美濃国主になった斎藤道三、天才的な知略で天下統一を計った織田信長。新時代を拓く先鋒となった英雄たちの生涯。

司馬遼太郎著

燃えよ剣（上・下）

組織作りの異才によって、新選組を最強の集団へ作りあげてゆく〝バラガキのトシ〟――剣に生き剣に死んだ新選組副長土方歳三の生涯。

司馬遼太郎著

新史太閤記（上・下）

日本史上、最もたくみに人の心を捉えた〝人蕩し〟の天才、豊臣秀吉の生涯を、冷徹な史眼と新鮮な感覚で描く最も現代的な太閤記。

司馬遼太郎著

関ケ原（上・中・下）

古今最大の戦闘となった天下分け目の決戦の過程を描いて、家康・三成の権謀の渦中で命運を賭した戦国諸雄の人間像を浮彫りにする。

司馬遼太郎著
花神（上・中・下）
周防の村医から一転して官軍総司令官となり、維新の渦中で非業の死をとげた、日本近代兵制の創始者大村益次郎の波瀾の生涯を描く。

司馬遼太郎著
城塞（上・中・下）
秀頼、淀殿を挑発して開戦を迫る家康。大坂冬ノ陣、夏ノ陣を最後に陥落してゆく巨城の運命に託して豊臣家滅亡の人間悲劇を描く。

司馬遼太郎著
果心居士の幻術
戦国時代の武将たちに利用され、やがて殺されていった忍者たちを描く表題作など、歴史に埋もれた興味深い人物や事件を発掘する。

司馬遼太郎著
歴史と視点
歴史小説に新時代を画した司馬文学の発想の源泉と積年のテーマ、〝権力とは〟〝日本人とは〟に迫る、独自な発想と自在な思索の軌跡。

司馬遼太郎著
胡蝶の夢（一〜四）
巨大な組織・江戸幕府が崩壊してゆく――この激動期に、時代が求める〝蘭学〟という鋭いメスで身分社会を切り裂いていった男たち。

司馬遼太郎著
項羽と劉邦（上・中・下）
秦の始皇帝没後の動乱中国で覇を争う項羽と劉邦。天下を制する〝人望〟とは何かを、史上最高の典型によってきわめつくした歴史大作。

司馬遼太郎著
風神の門（上・下）

猿飛佐助の影となって徳川に立向った忍者霧隠才蔵と真田十勇士たち。屈曲した情熱を秘めた忍者たちの人間味あふれる波瀾の生涯。

司馬遼太郎著
アメリカ素描

初めてこの地を旅した著者が、「文明」と「文化」を見分ける独自の透徹した視点から、人類史上稀有な人工国家の全体像に肉迫する。

司馬遼太郎著
草原の記

一人のモンゴル女性がたどった苛烈な体験をとおし、20世紀の激動と、その中で変わらぬ営みを続ける遊牧の民の歴史を語り尽くす。

司馬遼太郎著
覇王の家（上・下）

徳川三百年の礎を、隷属忍従と徹底した模倣のうちに築きあげていった徳川家康。俗説の裏に隠された〝タヌキおやじ〟の実像を探る。

司馬遼太郎著
峠（上・中・下）

幕末の激動期に、封建制の崩壊を見通しながら、武士道に生きるため、越後長岡藩をひきいて官軍と戦った河井継之助の壮烈な生涯。

司馬遼太郎著
司馬遼太郎が考えたこと 1
―エッセイ 1953.10～1961.10―

40年以上の創作活動のかたわら書き残したエッセイの集大成シリーズ。第1巻は新聞記者時代から直木賞受賞前後までの89篇を収録。

司馬遼太郎著

司馬遼太郎が考えたこと 8
―エッセイ 1974.10～1976.9―

'74年12月、田中角栄退陣。国中が「民族をあげて不動産屋になった」状況に危機感を抱き『土地と日本人』を刊行したころの67篇。

司馬遼太郎著

司馬遼太郎が考えたこと 9
―エッセイ 1976.9～1979.4―

'78年8月、日中平和友好条約調印。『翔ぶが如く』を刊行したころの、日本と中国を対比した考察や西域旅行の記録など73篇。

司馬遼太郎著

司馬遼太郎が考えたこと 10
―エッセイ 1979.4～1981.6―

'80年代を迎えて日本が「成熟社会」に入った時代。『項羽と劉邦』を刊行したころの、シルクロード長文紀行などエッセイ55篇を収録。

司馬遼太郎著

司馬遼太郎が考えたこと 11
―エッセイ 1981.7～1983.5―

ホテル＝ニュージャパン火災、日航機羽田沖墜落の大惨事が続いた'80年代初頭。『菜の花の沖』を刊行、芸術院会員に選ばれたころの55篇。

司馬遼太郎著

司馬遼太郎が考えたこと 12
―エッセイ 1983.6～1985.1―

'83年10月、ロッキード裁判で田中元首相に実刑判決。『箱根の坂』刊行のころの日韓関係論や国の将来を憂える環境論など63篇。

司馬遼太郎著

司馬遼太郎が考えたこと 13
―エッセイ 1985.1～1987.5―

日本がバブル景気に沸き返った時代。『アメリカ素描』連載のころの宗教・自然についてのエッセイや後輩・近藤紘一への弔辞など54篇。

司馬遼太郎著　司馬遼太郎が考えたこと 14
―エッセイ 1987.5～1990.10―

'89年1月、昭和天皇崩御。『韃靼疾風録』を刊行、「小説は終わり」と宣言したころの、遺言のように書き綴ったエッセイ70篇。

井上靖著　敦（とんこう）煌
毎日芸術賞受賞

無数の宝典をその砂中に秘した辺境の要衝の町敦煌――西域に惹かれた一人の若者のあとを追いながら、中国の秘史を綴る歴史大作。

井上靖著　風林火山

知略縦横の軍師として信玄に仕える山本勘助が、秘かに慕う信玄の側室由布姫。風林火山の旗のもと、川中島の合戦は目前に迫る……。

井上靖著　氷壁

奥穂高に挑んだ小坂乙彦は、切れるはずのないザイルが切れて墜死した――恋愛と男同士の友情がドラマチックにくり広げられる長編。

井上靖著　天平の甍
芸術選奨受賞

天平の昔、荒れ狂う大海を越えて唐に留学した五人の若い僧――鑒真来朝を中心に歴史の大きなうねりに巻きこまれる人間を描く名作。

井上靖著　楼（ろうらん）蘭

朔風吹き荒れ流砂舞う中国の辺境西域――その湖のほとりに忽然と消え去った一小国の運命を探る「楼蘭」等12編を収めた歴史小説。

馬《ば》上《じよう》少《しよう》年《ねん》過《す》ぐ

新潮文庫　し - 9 - 24

昭和五十三年十一月二十七日　発　行
平成十八年二月二十五日　六十六刷改版
令和　七　年九月二十日　八十七刷

著者　司《し》馬《ば》遼《りよう》太《た》郎《ろう》
発行者　佐藤隆信
発行所　株式会社　新潮社
郵便番号　一六二—八七一一
東京都新宿区矢来町七一
電話　編集部(〇三)三二六六—五四四〇
　　　読者係(〇三)三二六六—五一一一
https://www.shinchosha.co.jp

価格はカバーに表示してあります。
乱丁・落丁本は、ご面倒ですが小社読者係宛ご送付ください。送料小社負担にてお取替えいたします。

印刷・株式会社光邦　製本・加藤製本株式会社

ISBN978-4-10-115224-0 C0193